LA MAGIE PERDUE

La Magie Perdue

Le Souffle des Dieux - 1

Vincent Portugal

Vincent Portugal

www.vincent-portugal.fr

Illustration de couverture : Wahya
ISBN : 978-2-9555329-0-4

Pour Élise, ma grand-mère

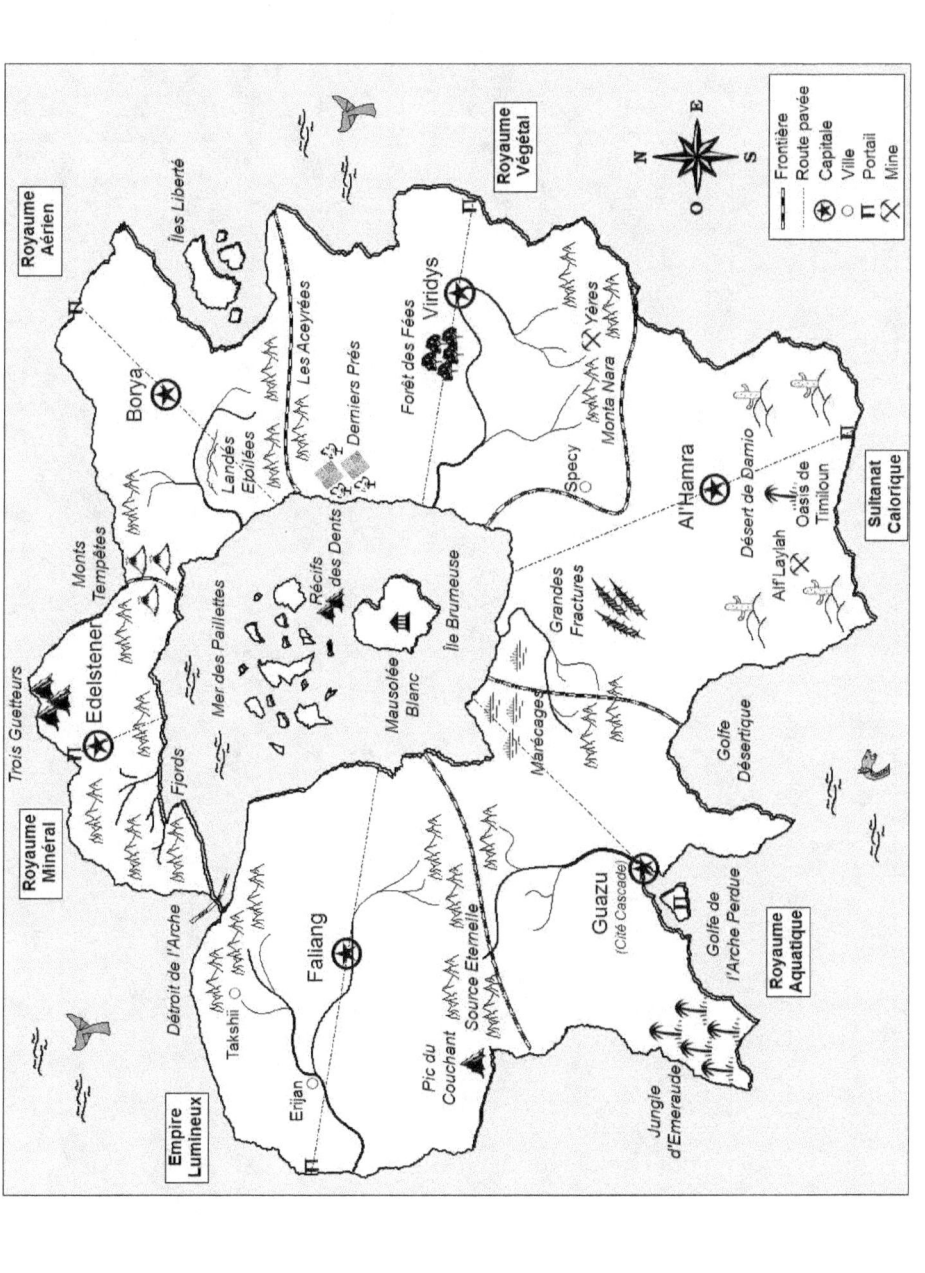

DRAMATIS PERSONAE

ROYAUME VEGETAL

Famille De los Calyptos :
Reine Granada et Roi Anamo (grands-parents)
Reine Mirabella et Roi Kiridjo (parents)
Princesse Mariña (sœur)
Prince Angelo
Duchesse Prunelle (tante)
Gracilla, Clara, Tim et Aldo (cousins)

Autres personnages :
Acacia (mage)
Mona (domestique)
Navio (valet personnel)
Séquijo (Archidruide)

SULTANAT CALORIQUE

Famille Al'Malwib :
Sultane Lamia et Sultan Kadir
Princesse Amira
Prince Djalil

ROYAUME AQUATIQUE

Famille Achiyuka :
Natalia (reine déchue, mère d'Elliw)
Roi Aldirus II (usurpateur, oncle d'Elliw)
Elliw (princesse déchue)

Empire Lumineux

Famille Mingwang :
Impératrice Jani et Empereur Reyo
Prince Shadiin (fiancé de Mariña)
Princesse Luli

Royaume Mineral

Famille Fejell :
Roi Björn

Autres personnages :
Rébus (ami d'Angelo)
Robulus (frère de Rébus)
Lex (assassin)

PROLOGUE

Des écharpes de brumes flottaient autour d'un jeune homme endormi.
Elles touchèrent son front et lui insufflèrent un rêve, en souvenir
d'un événement vieux de quinze ans.

∫

Le rêve ébaucha les contours de jardins luxuriants. Le palais du Royaume Végétal se dressait en arrière-plan, hautes tours de marbre blanc et de dorures. Les branches des arbres dessinaient des ombres sur le gravier des allées, éclairées par une lune voilée. La nuit avait étendu son emprise jusqu'aux moindres recoins.

Soudain, une silhouette apparut en courant et déchira le silence nocturne. Les sandales de la jeune femme crissaient sur les cailloux. Ils s'envolaient à chacune de ses enjambées et piquaient l'arrière de ses mollets. Elle haletait d'angoisse, le cœur battant.

Des cris d'alarme se firent entendre dans son dos. Si elle tardait à s'échapper de ce lieu de pouvoir, les mages la rattraperaient et l'accuseraient de meurtre. Ce crime l'animait d'une joie profonde ; malgré son urgence, elle esquissa un sourire triomphant. Elle jouissait de sa vengeance enfin apaisée. Son ennemie venait de rejoindre les fantômes de ses ancêtres.

Elle se débarrassa de son poignard et de son déguisement pour courir plus vite. Sa peau était aussi noire que la nuit. L'étrangère distinguait les berges d'une mare scintillante, un bassin rempli de vif-argent qui miroitait dans l'obscurité. La magie liquide pouvait la ramener dans son pays et sauver sa vie.

Le sifflement d'un sortilège s'engouffra brusquement dans les arbres. Un réflexe lui permit de se jeter à terre et d'éviter de justesse l'étincelle verte qui frôla ses épaules avec un bruit strident. Ses tresses se mêlèrent à la boue. Couverte d'éclaboussures, elle jura en s'essuyant du revers de la main. Derrière elle, l'Ensorceleuse du Royaume Végétal se découpait dans l'ombre. Son visage était masqué de noir.

« Vous regretterez ce meurtre, promit la magicienne. Vous brisez notre traité de paix !

— Ce papier ridicule ? Vous avez massacré mon peuple avant de le signer... La reine paye aujourd'hui les dettes de son passé ! »

L'assassin cracha à ses pieds et se précipita vers la mare. Si elle plongeait suffisamment vite, la magie du vif-argent pouvait encore la sauver.

C'était sans compter l'Ensorceleuse qui prononça sa sentence d'une voix tranchante :

« J'invoque la justice de la Balance ! »

Une constellation d'étoiles s'enflamma dans l'espace. Des rayons obliques déchirèrent la voûte du ciel et illuminèrent les lieux de l'invocation d'une lueur éblouissante.

Une sensation de brûlure parcourut sa peau. La fuyarde s'affola, tandis que la magicienne psalmodiait son incantation :

> *« Justice suprême, je t'implore à genoux*
> *Pour endiguer les flots de mon sombre courroux.*
> *Que s'abatte ta loi, foudroiement et géhenne,*
> *Un divin châtiment à l'aune de ma peine ! »*

Des éclairs cosmiques frappèrent l'assassin de plein fouet. Elle s'effondra dans un chaos d'arcs fluorescents et se tordit de douleur.

L'implacable sortilège commença à ronger sa mémoire. Des souvenirs s'échappèrent à jamais de son esprit, comme le sang se déversait d'une blessure. L'amnésie se propagea en elle. Elle comprit que l'enchantement continuerait à lacérer son âme jusqu'à ce qu'elle oublie tout : son existence, son nom, ses instincts de survie... Elle finirait bientôt par cesser de respirer.

Soudain, un éclair s'abattit sur la mare de vif-argent dans une explosion de lumière. Une onde de choc secoua les jardins et projeta l'assassin en arrière.

La tempête magique se calma brusquement. Le silence retrouva ses droits sur cette nuit agitée.

La meurtrière se releva avec prudence, un peu sonnée. Sa mémoire avait été irrémédiablement blessée. Elle se rappelait vaguement avoir tué quelqu'un, mais pourquoi ? La vérité s'échappait, inaccessible. Une femme gisait à terre... Qui était-elle ?

Un gémissement attira son regard vers un paquet de linge échoué sur la berge. Elle s'avança, intriguée, et aperçut le visage souriant d'un bébé. Avec précaution, elle recueillit l'enfant comme un précieux trésor.

Devant elle, une inconnue quitta le couvert des arbres et s'approcha avec colère. Ses traits étaient masqués par une cape de fourrure blanche ; des boucles blondes s'en échappaient incidemment. La femme ramassa un autre paquet de linge. D'un ton brûlant, elle s'adressa à l'étrangère avec ces mots cinglants :

« Partez ! Vous avez causé un grand malheur. Ces enfants ne doivent jamais se rencontrer. Si vous échouez, leurs ennemis seront sans pitié, et soyez assurée que nous serons parmi eux. »

PREMIÈRE PARTIE

LIGNES DE VIE

Intermède

Des éclats de quartz blanc jaillissaient autour d'elle. Sa sculpture prenait forme peu à peu.

La femme essuya la sueur de son front. Elle entendait au loin la mélodie d'une harpe qui résonnait dans les couloirs des grottes. La musique semblait venir des profondeurs de la terre.

Quinze années s'étaient écoulées depuis la naissance des Messagers, mais l'antique magie ne s'était toujours pas réveillée. La Prophétie d'Argent était intacte, pleine de promesses. Les mots chargés de pouvoir imprégnaient les cavernes depuis des millénaires.

DE LA MAGIE PERDUE AUX SECRETS OUBLIÉS,
IMPURE ET DÉFENDUE SERA LA SEULE CLÉ.
POUR LE RETOUR DES DIEUX ET LA FIN D'UNE FRONDE,
ELLE OUVRIRA VOS YEUX ET CHANGERA LE MONDE.

La femme reprit son marteau et son burin. Elle se concentra sur sa sculpture pour éviter de songer à ses vieux ennemis qui rêvaient de se repaître de l'âme de ces enfants. Une seule arme pouvait les combattre, mais elle n'était pas prête.

Pas encore.

CHAPITRE I

Les murmures des sortilèges restent audibles à qui tend l'oreille. Leur écho traverse les airs comme un soupir étouffé, une note fondamentale que nos sens captent et traduisent par un frisson ou un clignement des paupières. Ils attirent le regard par un scintillement à peine ébauché, un éclat fugitif, une lueur déjà disparue. Le temps d'un battement de cœur, nous percevons le vide que laisse le passage d'un sortilège.

Sommes-nous les maîtres ou les esclaves de la magie qui nous entoure ? Nos talismans maintiennent captives ces énergies élémentaires, avides de liberté et d'aventure. Elles se dispersent au moindre enchantement comme de malicieuses particules. Nous croyons les plier à nos souhaits par de balbutiantes formules... Elles ne concourent qu'à défaire leur prison cristalline en échange de services dérisoires. Notre ego nous leurre et nous aveugle sur notre dépendance à cette manne merveilleuse.

Granada de los Calyptos
« Mémoires d'une Reine Bien-Aimée »

Un soleil rougeoyant s'endormait au-dessus des toits de tuiles et des jardins. Ses derniers rayons nous offraient leur maigre chaleur, un ultime réconfort avant la morsure de la nuit. Au loin, de grands oiseaux nocturnes s'éveillaient et profitaient du crépuscule pour démarrer leur chasse.

Nous errions dans les rues abandonnées de la citadelle à la recherche d'une taverne accueillante. Le Mois des Brumes avait apporté la fraîcheur de l'automne. Nos chausses laissaient filtrer un air glacé qui remontait par à-coups le long de nos vêtements en toile, trop fins pour couvrir efficacement nos jambes. Je songeai avec mélancolie à la cape rembourrée dont je m'étais privé par bravade. Je lorgnai celle de mon ami qui feignait de croire à mes mensonges et souriait de me voir frigorifié. Sa laine rêche et sans appât m'apparaissait inestimable et digne d'un prince.

Je me frottai les mains discrètement. Nous marchions depuis une éternité. Pourquoi avais-je accepté de couper à travers des ruelles biscornues et sales ? Je soupirai avec mauvaise humeur.

« Nous sommes perdus. Encore une de tes merveilleuses idées. »

Rébus ne répondit pas et conserva un visage radieux, à l'inverse du mien. Ses cheveux noirs étaient plus courts que d'habitude, à cause du zèle excessif de son coiffeur. Ils n'en restaient pas moins ébouriffés avec une certaine coquetterie. Joyeux, il ralentit imperceptiblement le pas et se passionna pour les maisons que nous dépassions. Alors que je l'incitais à accélérer l'allure, il témoignait d'un soudain intérêt pour les portes décorées de couronnes séchées. Je perdis mon sang-froid quand il déboutonna sa veste.

« Pas besoin d'en rajouter, tu vois bien que je me gèle ! »

Il se moqua par de petits applaudissements.

« Incroyable, tu avoues enfin ! J'attends ça depuis des heures.

— Je n'avais pas froid jusque-là, mais tu nous fais tourner en rond… »

Il haussa les yeux au ciel. Les étoiles qui commençaient à apparaître témoignaient de son sadisme et de ma mauvaise foi. Je gagnai une mince victoire lorsqu'il se reboutonna. La température n'en changea pas moins et je priai pour que mon calvaire se termine vite. Un dieu apitoyé dut m'entendre, car mon vœu fut exaucé quelques rues plus loin, après avoir traversé une bonne moitié de la citadelle. Je soupçonnais Rébus d'avoir choisi un itinéraire tortueux dans le seul but de m'enseigner une leçon d'humilité.

La *Taverne des Voyageurs* acceptait notre compagnie sans réticence. Nous l'adoptions souvent comme quartier général. Les autres établissements étaient mal fréquentés et dangereux pour deux adolescents, comme nous en faisions parfois l'expérience.

La tenancière était une hôtesse remarquable. Les bras épais comme des cuisses, elle coiffait sa chevelure en deux tresses brunes qu'elle trempait volontairement dans les plats qu'elle servait. Ses jupons à gros pois verts fouettaient l'air avec un rythme gauche, sauf lorsqu'elle réglait une réclamation en brandissant n'importe quel ustensile de cuisine comme une arme mortelle. Son impressionnante carrure jurait par rapport à la taille de son auberge. Les clients de passage la dévisageaient avec un froncement de sourcils prononcé ou un sourire moqueur. Insouciante, la matrone ignorait avec détachement l'étrange tableau dont elle était l'héroïne.

La plupart des voyageurs étaient des hommes mal vêtus. Nous rencontrions parfois leurs compagnes lors des soirées estivales, aussi peu avenantes que leurs maris vagabonds. Tandis qu'ils couraient à travers le royaume à la recherche de talismans exotiques à marchander, elles choisissaient le confort et le luxe de la capitale. Leur couple se séparait et se reformait chaque nouvelle saison, sans que ce manège contraignant semblât un obstacle.

Ce soir-là, un homme était accoudé au comptoir et discutait bruyamment avec le tavernier. Sa barbe crasseuse nous incita à éviter les effluves corsés qui irritaient même la Mégère et lui plissaient le nez de dégoût.

« On sera mieux dans ce coin, lâcha Rébus en s'installant loin de l'ivrogne. Il a sûrement déjà oublié son nom. »

Je m'affalai sur la banquette avec un soupir de soulagement. Nous étions protégés du courant d'air qui s'infiltrait par la porte branlante de l'entrée.

« Un grand bol de chocolat chaud me ferait du bien, avouai-je. J'aimerais retrouver l'usage de mes doigts.

— Tu ne voudrais pas une paille non plus ? On vient ici parce qu'ils acceptent de nous servir du Nectar'Miel, pas pour boire une verveine… »

La Mégère s'approcha avec un demi-sourire édenté. Elle tenait trois chopes de bière dans une main et un bol de soupe fumant dans l'autre. Ses cheveux gras effleurèrent la surface du potage lorsqu'elle pencha la tête pour écouter notre commande. Rébus me prit de vitesse et demanda deux bouteilles de Nectar'Miel, une boisson alcoolisée à base de vin et de miel, dans lequel des fleurs macéraient pendant plusieurs semaines. Le secret de cette fabrication était bien gardé. De nombreuses boutiques proposaient leur propre version de la recette originale. Les meilleures provenaient toutefois des régions côtières du Royaume Aérien.

La géante acquiesça et s'en alla à l'autre extrémité de la salle. Elle se débarrassa de son fardeau pour servir une vieille femme à la chevelure d'ivoire qui jugea la soupe d'un air critique. Trois hommes l'accompagnaient avec nervosité. L'étrangère sortit un cube de bronze pour payer le repas. Je perçus l'éclat du sortilège lorsqu'elle la transforma en diamant d'un mouvement de son index tendu. La Mégère fit tinter le bijou avec son ongle et l'approcha de son oreille – plus le son était aigu, plus il avait de valeur.

« Ce n'est pas prudent d'utiliser un sort d'alchimie devant tout le monde, lançai-je à Rébus. Même ses gardes du corps ne pourront pas la protéger si elle étale ainsi sa richesse dans les tavernes ! »

La femme était vêtue d'une tunique sans la moindre ostentation, mais les faces menaçantes qui l'entouraient trahissaient la noblesse de son rang. Ils se distrayaient avec quelques osselets. Les gardes grommelèrent lorsque leur dame les lança et récupéra la mise. Ses poignets portaient plusieurs bracelets métalliques qui tintèrent quand elle s'empara d'un tas de haricots colorés.

Rébus proposa de jouer aux cartes en attendant le retour de la serveuse, qui ne tarda pas. Elle déposa les bouteilles avec brusquerie. Il sauva les cartes d'un flot de boisson épicée qui coula sur le bois. Je tendis quelques diamants et nous pûmes à nouveau profiter de notre intimité, alors que mon ami étouffait une insulte.

« Elle nous fait le coup chaque fois. Quand elle ne rince pas sa crinière dans nos verres, elle verse la moitié par terre ! »

Tandis qu'il nettoyait la table avec une serviette, je récupérai le talisman que la Mégère avait laissé avec nos commandes. Le morceau de cristal avait la taille d'une palourde et une couleur aigue-marine. Il s'agissait à l'origine d'une roche volcanique, un fragment de basalte qu'un éclair de magie avait transformé en quartz.

Cette métamorphose surprenante était courante à la fin de l'année, lors d'un événement connu sous le nom de Jugement Dernier. Ce jour-là, les dieux se réveillaient dans un grand cataclysme qui secouait le monde et répandait des vagues de magie brute sur nos terres. Leur pouvoir jaillissait du ciel comme des lances de lumière qui cristallisaient les arbres, les animaux et les objets qu'elles touchaient. Cette énergie était capturée dans ces prisons de quartz : ces éléments naturels devenaient des réserves de magie, des talismans qui géraient notre quotidien et le rendaient plus confortable.

Seule la protection des temples et des remparts évitait aux hommes de connaître le même sort. Les journaux racontaient chaque année l'histoire des âmes égarées ou des voyageurs imprudents qui se laissaient prendre par surprise et subissaient l'équivalent d'une punition divine.

Je fis le vide en moi pour me concentrer sur le joyau qui pulsait d'une lueur rougeâtre. Des chercheurs en avaient probablement découvert un filon près des volcans des Monts Tempêtes, où les coulées de lave solidifiée étaient la source principale de basalte. Ces contrées nordiques étaient difficiles d'accès : les dieux se divertissaient sans doute de nos efforts pour récupérer leurs précieux trésors.

L'apprentissage des magiciens nécessitait une certaine agilité d'esprit, mais il se résumait à un principe simple : un mot, un geste, et une touche de poésie. Les effets des sortilèges dépendaient uniquement de ces trois paramètres. Je laissai mes pensées se déverser dans le talisman volcanique en songeant à une image explicite pour en invoquer la puissance : *des fontaines de feu liquide sur les cendres de la nuit.* Je murmurai « **MAGMA** » et choquai doucement mes avant-bras.

Le temps d'un vertige, j'aperçus l'étincelle qui jaillit du cristal et traversa les bouteilles de Nectar'Miel pour réchauffer leur contenu. J'écartai le quartz terni et vidé de son pouvoir. J'avalai une gorgée qui me brûla la langue. J'avais sous-estimé la poésie de mon sortilège. Une imagination excessive pouvait avoir de fâcheuses conséquences.

Mon regard se perdit vers la table voisine. La vieille femme aux cheveux blancs m'intriguait.

« Ces voyageurs viennent probablement du Royaume Aérien, m'avançai-je. Les journaux racontent que les rebelles ont destitué le roi Démagore et incendié le Palais Suspendu.

— C'est bien dommage ! Il paraît que les habitants de cette cité maîtrisent des sortilèges pour voler dans les airs... J'irais bien m'installer là-bas. »

Je souris gentiment. Mon ami rêvait souvent de voyages, mais il n'avait pratiquement jamais quitté la Citadelle Viridys. Il manquait d'argent et surtout de volonté. Ses désirs exotiques restaient toujours lettre morte.

Il ne semblait pas conscient du danger et du désespoir qui régnait dans la capitale voisine. Le Royaume Aérien était la proie d'une violente guerre civile. Cette actualité brûlante rendait tout le monde nerveux : de l'autre côté de la frontière, des gens s'étaient révoltés contre l'autorité qui les gouvernait.

Le roi Démagore avait abusé de son rang pour piller les richesses des îles Liberté et prendre sa princesse pour maîtresse. Au lieu d'utiliser ces trésors pour apaiser la famine et la misère de son pays, le roi avait couvert de largesses les alchimistes et ses propres conseillers. Son peuple affamé avait fini par se soulever.

Rébus distribua les cartes et me lança un défi : le perdant devrait aller à la rencontre des inconnus pour enquêter sur leur origine et les nouvelles qu'ils rapportaient. Je jetai un œil distrait à mon jeu. Sur six cartes, je ne possédais qu'un seul prêtre, toutes les autres étaient des paysans en carreau. Je n'avais aucune chance de gagner cette première partie, à moins de piocher un second prêtre rouge et de convertir les paysans pour faire une foule.

Ce jeu remontait à la nuit des temps. Selon la légende, il provenait d'une cité où un rosier enchanté se parait chaque année de rouge et de noir. Les religieux avaient coutume d'en tailler les fleurs pour certaines cérémonies.

Le jour d'un couronnement important, quatre prêtres découvrirent qu'une colombe avait établi son nid près des plus belles roses. L'impatience l'emportant, l'un d'eux enchanta l'oiseau et le força à s'envoler sans sa progéniture, soixante minuscules œufs laiteux. Virevoltant dans les airs, la colombe roucoula une malédiction que le vent fit tournoyer, une lamentation invisible qui s'enroula autour de la cité.

Le matin suivant, de nombreux habitants s'étaient volatilisés. Ce n'est que bien plus tard que les jardiniers découvrirent le nid caché dans le rosier. À l'intérieur se trouvaient soixante cartes à jouer avec le dessin des disparus. Les prêtres y virent une intervention divine et adoptèrent le jeu à titre de repentir, avec des règles permettant de conserver cette leçon en mémoire : la plus faible des cartes pouvait toujours renverser la situation.

Nous jouâmes plusieurs parties d'affilée. Je savais reconnaître les combinaisons statistiquement gagnantes et j'éliminais les figures inutiles. À l'inverse de ma prudente stratégie, Rébus faisait preuve d'un bluff surprenant. J'abandonnai plusieurs fois sans qu'il eût davantage qu'une paire pour me contrer. L'intérêt du jeu était de tester le courage et la lucidité des deux adversaires, malgré le hasard des tirages.

La dernière manche fut rapide et à mon désavantage. Je perdis la totalité de mes gains sur un simple coup. Je m'avouai vaincu.

« Tu t'es bien défendu, se moqua mon ami. J'ai presque cru que tu avais compté les cartes, cette fois. Tu n'as plus qu'à t'épousseter un peu et souhaiter la bienvenue aux étrangers. »

Tel était notre enjeu. Je me levai pour assumer ma défaite.

Plusieurs clients avaient quitté la taverne au fur et à mesure que la nuit avançait. Un calme relatif régnait à présent sur l'établissement. La Mégère nettoyait le sol, tandis que son compagnon essuyait ses verres. Captivé par ma partie avec Rébus, je ne les avais pas vus se débarrasser de l'homme crasseux qui nous dérangeait tant à notre arrivée. Des odeurs de menthe poivrée me frappèrent les narines lorsque je dépassai le comptoir. Le tenancier avait dû déraciner un jardin entier pour désinfecter sa vaisselle.

Plus loin, les étrangers se concentraient sur un ensemble d'objets éparpillés sur le bois de façon chaotique. Je reconnus des morceaux d'ambre sur lesquels étaient gravés des symboles gris. Certains étaient retournés et apparaissaient face cachée, d'autres se touchaient ou se chevauchaient.

« Ce sont des runes, annonça la femme d'une voix cassée. Posez-leur une question et les dieux vous répondront. »

J'étais gêné de les déranger dans leur divination. J'étais un peu superstitieux, mais pas suffisamment pour dépenser mon argent dans la voyance. En général, j'évitais simplement de fréquenter les astrologues et autres diseuses de bonne aventure.

L'inconnue avait tout d'une sorcière décrépie sortie d'un conte de fées, sauf peut-être ses boucles d'oreilles en forme de croissants de lune. Je ne m'étonnais qu'à moitié qu'elle se proclame prophétesse. Allait-elle m'offrir une pomme empoisonnée ? Une lointaine cousine ne s'était toujours pas remise d'une telle proposition.

« Pardonnez-moi, dis-je avec un raclement de gorge, je souhaitais juste savoir si vous apportiez des nouvelles du Royaume Aérien.

— Ah ! Voici donc votre question : *d'où venons-nous ?* »

Elle récupéra le tas de runes dans ses gants blancs et les lâcha brusquement. Les joyaux se dispersèrent sur les planches et roulèrent un moment. Intrigué, je m'assis lorsqu'elle m'invita à le faire. Je me sentis rempli d'humilité et d'un soupçon d'appréhension.

« Regardez, dit-elle en pointant l'index, les symboles du *mouvement* et de l'*eau* se chevauchent, de même que les symboles de la *distance* et de la *terre*. En première lecture, on pourrait dire que nous venons d'une terre lointaine et que nous avons voyagé par voie maritime.

— Ce qui est vrai pour presque tous les étrangers...

— Maintenant, regardez bien : l'une d'elles est face cachée et en dissimule une autre, face visible, portant le dessin du *soleil*. Cet agencement se réfère à la lune. Qu'en pensez-vous ?

— Vous avez voyagé de nuit ? me moquai-je un peu. »

Son interprétation ne m'apprenait rien et j'avais le sentiment d'avoir été piégé. La femme me sourit gentiment. Son visage ridé était usé par le temps. Je me demandais si elle n'était pas aveugle tant ses yeux étaient opalescents.

« Jeune homme, votre cœur est rempli de doute. J'ai répondu à votre curiosité et sans doute à celle de votre ami. Satisferez-vous la mienne à votre tour ? Me permettez-vous de lire les lignes de votre main ? »

Un peu décontenancé, j'acceptai d'un hochement de tête. La sorcière enleva un gant et dévoila une main osseuse et parcourue de veines bleutées. Ses ongles étaient longs et soignés, légèrement jaunis. Elle semblait avide de palper ma paume.

« Ces lignes dessinent votre destinée. Elles marquent les principaux événements de votre vie. »

La pression de ses doigts froids m'incommodait. Je n'osais plus bouger. Lentement, elle suivit une courbe de son index. Je sentis son ongle glisser sur ma peau tandis qu'elle lisait mon histoire.

« Deux lignes parallèles traversent votre main comme deux vies qui ne se rencontrent jamais. Une fausse identité, des secrets de naissance ? Je vois une enfance paisible et confortable. La richesse et la gloire. Ah ! La ligne principale se dédouble à nouveau ; je devine une longue amitié bâtie sur un mensonge. Un héritage imprévu et... les trois lignes convergent brutalement. La vérité sera rétablie et votre âme retrouvera sa cohérence. Et si on poursuit... »

L'ongle s'arrêta. Elle semblait troublée. Comme éveillée d'un mauvais rêve, elle me libéra brusquement.

« Je suis fatiguée, s'excusa-t-elle. Oubliez donc l'indiscrétion d'une vieille femme qui devrait se reposer au lieu de s'attarder dans les tavernes. »

Elle rangea ses runes dans un petit sac de cuir et en noua les lacets. Son changement de comportement m'inquiétait plus que je n'osais l'admettre. Que justifiait un tel recul ? Je pensais que toute voyante digne de ce nom parlait de belles romances à venir ou de fortune. Aucune ne se dérobait au milieu de son exercice, sinon sa faillite était assurée...

Tandis qu'elle s'appuyait sur un de ses compagnons pour se lever, je la questionnai une dernière fois.

« Qu'est-ce qui vous effraie ainsi ? Qu'avez-vous vu ? »

Elle m'adressa une grimace embarrassée.

« Pas davantage, avoua-t-elle. Votre ligne de vie est courte et s'arrête à l'adolescence. Par le biais de votre ami, vous ferez une rencontre qui sera votre salut et votre condamnation. J'en suis désolée. »

Elle s'éloigna et s'enfuit rapidement hors de la taverne. Les trois hommes l'accompagnèrent avec un certain désarroi, probablement moins important que le mien. J'étais troublé par ce présage. M'annonçait-elle vraiment une mort imminente ? Légalement, je devenais adulte à mon quinzième anniversaire, deux mois plus tard.

Je rejoignis Rébus avec circonspection et lui racontai mes mésaventures, en omettant la remarque de la sorcière sur le danger fatal de notre amitié. Je refusais une telle mise en garde de la part d'une inconnue.

Ses paroles me hantèrent le reste de la soirée. Sa lecture du passé me tourmentait par sa justesse. Se trompait-elle en ce qui concernait l'avenir ? L'aura de mystère dont elle s'était drapée ajoutait à ma confusion. Je regrettais de ne pas m'être tenu à mes principes et d'avoir accepté son intervention. Je jurai aussi de compter les cartes lors de mon prochain défi avec Rébus.

Nous quittâmes bientôt la taverne et je laissai mon ami rentrer chez lui, près du port. Je fis semblant de me diriger vers le marché aux fleurs, mais je bifurquai plus tard, comme la devineresse l'avait lu au plus profond de ma paume. J'appartenais à un monde de richesse et de gloire, pas à ces rues jonchées d'immondices. Je portais un talisman de quartz autour de cou pour altérer mon apparence et me promener incognito. Sa magie pulsait contre mon torse et modifiait les traits de mon visage pour m'offrir l'identité truquée d'un garçon quelconque.

Les cloches de l'Horloge sonnèrent tout près. Elles me rappelèrent que les tours de garde allaient bientôt changer. Je grommelai et me mis à courir sans me soucier du sifflement aigu dans ma poitrine. Je ne devais pas traîner si je voulais regagner mes appartements discrètement et sans passer par la grande porte du palais – quel châtiment me réserverait alors ma mère ?

« Hé ! »

Ma jambe buta contre une boule de poils et d'os. Je fus projeté en avant sans réussir à me protéger. Mes coudes râpèrent le sol et un banc de bois arrêta brusquement ma course. J'en eus le souffle coupé.

Des étoiles dansaient devant moi et je massai mon bras endolori. Ma vue se stabilisa et je découvris la gueule abjecte d'un matou rayé. Je maudis cet animal familier qui ne manquait jamais une occasion de me tourmenter.

« Sale bête ! Tu ne perds rien pour attendre... »

Je dénouai la bourse de toile accrochée à ma taille et récupérai un talisman aux bords pointus, ainsi qu'une feuille de basilic. Je fis un effort d'imagination pour visualiser le plus précisément possible *un miroir d'eau peuplé de vengeurs zélés.* Je me frottai le nez et murmurai **« MARÉCAGE ».**

Le quartz se colora et un filet de brume verdâtre jaillit de ma main pour consumer la feuille odorante et entourer le monstre. Il se hérissa et se mit à bondir en miaulant de toute la force de ses cordes vocales. Je le regardai avec une joie coupable.

« Que se passe-t-il ? s'écria une voix raffinée. »

La fenêtre du rez-de-chaussée s'ouvrit sur mon ancienne gouvernante. Par chance, le talisman qui camouflait mon visage ne s'était pas fêlé pendant ma chute. Personne ne devait apprendre que je me promenais dans les rues au milieu de la nuit...

La femme fronça les sourcils et n'eut d'yeux que pour l'animal fou. Dame Tamara s'empressa d'ouvrir la porte et de sortir en chemise de nuit. Elle s'accroupit et ramassa le félin, qui se lova contre elle et feignit le martyre. Dans ses iris jaunes, je perçus une étincelle de malveillance. Sa maîtresse m'interrogea d'un ton glacé.

« Comment osez-vous torturer un animal innocent ?

— Innocent ? Il a bondi pour me renverser !

— Avouez plutôt que vous l'avez bousculé. »

Je me relevai et m'époussetai.

« Croyez ce que vous voulez, grommelai-je. Sachez toutefois que le palais reçoit en ce moment des invités de l'Empire Lumineux. Ils adorent manger du chat. Je leur proposerais volontiers le vôtre, s'il était moins laid ! »

Je m'enfuis avant que la vieille femme ne crie au scandale. J'entendis vaguement un *« Petit voyou ! »* et un concert de miaulements rauques. Heureux de ma vengeance, je disparus avec un sourire joyeux. J'abandonnai mon masque au détour d'un carrefour.

CHAPITRE II

L'avenir est par nature incertain. Aujourd'hui encore, une prophétesse m'a prédit une mort violente en devenant grand-mère. Son air troublé et empreint de pitié m'a fait rire aux éclats. Comment pouvons-nous croire que le destin se déchiffre dans des runes aussi simples ? Comment pouvons-nous abandonner le courage de l'action et l'espoir d'une vie meilleure ? Non, je ne renoncerai pas avant que les dieux ne reprennent eux-mêmes le souffle qu'ils m'ont offert.

Mes décisions sont parfois impopulaires et m'attirent les foudres des guildes. Qu'importe ! Je ne retiendrai pas mon bras pour calmer leurs ardeurs. Il est temps de renouer avec les traditions et d'oublier le lustre superficiel des progrès modernes. Je mettrai un terme à la conquête des puits d'obsidienne qui ne satisfait que les alchimistes aux dents longues, comme ce jeune Balthazar qui ne rêve que de gains et de pouvoir.

Granada de los Calyptos
« Mémoires d'une Reine Bien-Aimée »

Le rêve que je fis cette nuit-là me plongea dans un lieu de ténèbres.

Je marchais dans l'herbe humide, sans bruit. Les rayons de la lune peinaient à traverser les nappes de brouillard qui recouvraient le monde. Une brume épaisse enserrait les flancs d'une colline. Ce monticule rocheux glaçait le regard par son caractère imposant et les ombres qui semblaient s'y déplacer. À son sommet, un édifice sans âge s'y dressait. Je savais qu'il s'agissait du Mausolée Blanc, où les fantômes achevaient leur voyage et s'envolaient vers le royaume des cieux.

Quel était le secret de ce sanctuaire que les vivants n'avaient jamais foulé ? La porte de l'au-delà s'y trouvait-elle, cachée sous les colonnes de marbre ?

À demi-conscient dans mon songe, je m'approchai d'une improbable rivière circulaire qui interdisait l'escalade de cette colline sacrée. La brise nocturne troublait légèrement sa surface. Je mis un pied dans l'eau, puis un autre. J'étais au milieu des deux berges quand une voix s'éleva derrière moi.

« *Attendez-moi !* »

Je tournai la tête et ne vis que l'obscurité. Des tourbillons commençaient à se former autour de moi. La rivière s'affolait et se rebellait contre la profanation du temple. Je devais avancer avant qu'il ne soit trop tard, mais la voix me paralysait.

« *Où êtes-vous ? Venez me chercher...* »

Ma vision se brouillait. Le courant m'emporta soudain et je fus aspiré sous l'eau. Impuissant, je ne pouvais pas me débattre. Le liquide amer et glacé envahit mes poumons et je suffoquai.

Je souhaitais percer le secret du Mausolée, mais seuls les morts pouvaient y pénétrer... La rivière m'imposait cette ultime condition.

« Je ne veux pas mourir ! »

Mon cri me réveilla brusquement et j'inspirai profondément. La sueur collait mes vêtements à ma peau. Je ressentais encore la pression de l'eau autour de moi et cette force invisible qui m'attirait vers le fond.

Ce n'était qu'un cauchemar. On racontait qu'il suffisait d'en percer le secret pour le réduire à néant, mais je n'avais jamais saisi son sens caché. Craignais-je la noyade ou la mort ? Chaque fois, le même scénario se répétait : l'attente, la frustration, l'impuissance... Je le combattais toujours avec autant d'ardeur pour m'accrocher à mon désir de vivre.

Les mauvais augures de la sorcière avaient ravivé ce rêve qui me hantait souvent. Je me rendormis sans résoudre ce mystère.

∫

Un couple de rossignols chantait à ma fenêtre. Les divas s'échangeaient des trilles mélodieux et composaient un hymne à la joie. Leur voix d'or saluait le lever du soleil par des accords prodigieux, des vocalises et des gammes qui se jouaient des complexités de leurs partitions.

Je lançai violemment mon oreiller contre la vitre. Le choc effraya les chanteuses qui s'envolèrent d'un coup d'aile furieux, vexées de voir leur chanson accueillie par un tel projectile. D'autres oiseaux continuaient leur vacarme, à peine étouffé par l'épaisseur des carreaux. Un véritable concert se poursuivait à l'extérieur, comme chaque matin, et je renonçai bientôt à me rendormir.

« Maudits moineaux... »

Je finis par me lever et me glisser dans la vasque en marbre de la douche. Je me saisis de quelques talismans de quartz : une étoile de mer, un morceau de basalte. Les cristaux pulsaient d'une magie qui ne demandait qu'à être libérée par mes sortilèges. Les dieux créaient ces bijoux pour notre seul confort. Après avoir murmuré les formules adéquates, de l'eau chaude s'en échappa bientôt et je laissai le liquide couler sur mon corps fatigué d'avoir vagabondé dans les rues de la citadelle.

Officiellement, j'étais resté alité deux jours pour cause de maladie – ma mère m'avait d'ailleurs prescrit un horrible élixir de plantes dont l'odeur me retournait l'estomac. Comme je souffrais de crises d'asthme spectaculaires et particulièrement douloureuses, je devais parfois me cloîtrer plusieurs jours. Régulièrement, des guérisseurs se penchaient sur mon cas et testaient des remèdes exotiques et coûteux, sans succès à part de fâcheux effets secondaires. Leur dernière tentative m'avait rendu sourd d'une oreille pendant une semaine entière.

Cette fragilité m'avait servi d'excuse pour m'isoler et changer d'identité en rejoignant Rébus, cet ami qui ignorait mon rang et me pensait simple fils de bourgeois. En l'occurrence, j'avais ainsi pu fuir la cérémonie de fiançailles de ma sœur... Son mariage prochain changeait tout et empoisonnait mon destin. Une partie de cartes m'avait plus enthousiasmé qu'un banquet en son honneur.

Je revêtais cette imposture depuis mon neuvième anniversaire, après une fugue qui aurait pu se terminer de façon dramatique si je n'avais pas rencontré Rébus. Depuis, je bravais les interdits et me faufilais régulièrement dans la foule. Cette ruse me permettait de quitter la prison du palais et d'emprunter la vie d'un garçon normal. Ce mensonge était le seul à m'offrir un peu de répit dans les responsabilités qui m'accablaient à cause de mon statut princier. La noblesse exigeait un prix douloureux à la progéniture des rois : leur enfance et leur liberté.

J'ordonnai l'arrêt des sortilèges – inutile de laisser couler l'eau pour rien – et m'éloignai du bassin, que les domestiques videraient. J'ignorais la formule qui permettait ce petit miracle, comme toute une palette d'autres connaissances pratiques.

Notre civilisation reposait sur une tradition orale : le savoir se transmettait au sein des familles par bouche-à-oreille. Nous préservions farouchement nos secrets. Nous ne les conservions que rarement sur le papier moucheté des grimoires. Notre société se structurait en fonction des compétences propres à chacun et se divisait en castes fermées et interdépendantes. Seuls les sortilèges basiques étaient partagés et assimilés au cours d'une éducation scolaire obligatoire jusqu'à l'âge de treize ans. Ainsi, même les valets cachaient les mots et les gestes qui leur garantissaient une certaine forme de pouvoir au sein du palais. Capable de rincer le bassin, en quoi leur main habile m'aurait-elle été nécessaire ?

Je frissonnai. Philosopher complètement nu n'était décidément pas une idée excellente. Je m'emparai d'une plume de quartz et songeai *à un oiseau peintre qui prépare sa palette de couleurs*. Je murmurai **« PAON »** et clignai des yeux. Un délicieux souffle d'air s'échappa du cristal et me sécha rapidement. Je récupérai un maillot de corps en soie, un pagne et une longue toge blanche. Quelques fils verts dessinaient d'élégants motifs, dont la marque royale – deux feuilles d'eucalyptus entrecroisées. Je chaussai des sandales de cuir et j'accrochai un petit talisman autour de mon cou : un grain de raisin en quartz violet.

En passant, je jetai un coup d'œil au miroir ovale fixé au mur. Je croisai un regard bleuté et hagard. Mes cheveux blonds, détachés et en broussaille, tombaient sur mes épaules. Ils encadraient un visage bronzé qui trahissait mes fréquentes escapades. Mon air maladif me fit grimacer. Mon reflet ne s'en trouva nullement amélioré.

Le fil du pendentif me grattait. Gêné, je le déplaçai distraitement.

J'ouvris la fenêtre et le parfum des roses investit la pièce. Les patios géométriques découpaient les jardins du palais et embaumaient les allées. En plein cœur de l'automne, la plupart des arbres fleurissaient encore. Je vis quelques jardiniers affairés parmi les haies et les plates-bandes. Leurs chapeaux de paille les protégeaient des rayons du soleil.

Mou cou m'irritait à nouveau.

Le pendentif s'était alourdi. La corde qui le soutenait incisait douloureusement ma nuque. Je tentai de le défaire, mais le nœud avait disparu.

J'eus un hoquet de stupeur lorsqu'il commença à rétrécir et à resserrer cruellement sa prise. Que se passait-il ? Je toussai et j'essayai de détendre le fil, sans succès.

La situation m'échappait. Je paniquai en constatant que je ne pouvais plus prononcer le moindre son. Comment lancer un sort et sonner l'alarme ? Je devais appeler du secours avant de m'étouffer.

Avec précipitation, je récupérai l'unique talisman minéral présent dans la pièce, un morceau de pyrite, cristal de roche jaune aux reflets métalliques et au prix inestimable. La situation devenait critique, j'avais besoin d'aide.

J'écrasai violemment la pyrite sur le sol. Elle avait été empreinte d'une formule à retardement : elle se désagrégea dans un nuage de poussière et une secousse ébranla l'édifice. Une onde de choc se propagea autour de moi dans un sifflement suraigu. Quelques objets se brisèrent en tombant et ma fenêtre explosa en milliers d'éclats tranchants.

Mes sens s'embrumaient. Était-ce déjà la fin promise par la vieille prophétesse ? J'avais placé mes doigts entre mon cou et le fil du talisman piégé, sans obtenir d'autre effet que m'étrangler davantage.

À genoux sur le sol, j'étais au bord de l'évanouissement quand apparut l'étincelle d'un sortilège salvateur. Le grain de raisin éclata et la pression sur ma jugulaire cessa brusquement.

Je hoquetai en aspirant de l'air. Comme à la suite de mes crises d'asthme, respirer me remplit de bonheur. Je sentis une main réconfortante se poser sur mon épaule. Je reconnus la poigne de mon père.

« Un monarque doit se méfier de tout, déclara le roi Kiridjo, même des biens qui lui sont familiers. »

Je croisai ses iris de jade assombris par la fatalité. Nous étions souvent l'objet de tentatives d'assassinat malgré toutes nos précautions. Depuis quelques mois, j'en étais la cible privilégiée à cause de l'annonce du mariage de ma sœur aînée, la princesse Mariña. Elle se liait à un prince étranger et renonçait à ses droits de succession, ce qui me propulsait en première place sur la liste des prétendants au trône.

« Tu seras un jour couronné, confirma mon père. Ne te formalise pas de ces attaques qui ne visent pas ta personne, mais notre royaume dans sa globalité. »

Il dut percevoir mon tremblement quand je m'assis sur le lit ; il se mit brusquement à rire. Mon père était grand et blond, comme moi, avec de longs cheveux maintenus en arrière par une attache en cuir. Sa prestance me remplissait de fierté. Quinze années de règne avaient ajouté quelques rides à ses traits, sans entacher son allure athlétique.

Je lui demandai ce qui l'amusait tant. Il s'expliqua en souriant.

« Tu me rappelles ma jeunesse, quand j'ai juré un amour éternel à ta mère alors que je n'étais pas de la famille royale. J'avais oublié qu'épouser la princesse héritière m'obligeait à monter un jour sur le trône... Les truands complotaient déjà pour me faire disparaître. À la longue, j'ai appris à survivre à leurs attaques. »

Une grimace assombrit son visage.

« Je craignais davantage ta grand-mère. La reine Granada était une femme sévère et excentrique. Son jugement était sans pitié et elle me faisait vivre un véritable enfer. »

Ma mère, la reine Mirabella, entra soudain dans la pièce en fronçant les sourcils.

« Comment oses-tu dire du mal des morts ? »

Mon père se tourna vers elle avec un sourire charmeur. À cet instant, rien ne le distinguait d'un adolescent. Je tenais de lui ma désinvolture.

« Je n'évoquais que de lointains souvenirs. Décrire la Reine Bien-Aimée est une tâche délicate... Sans doute était-elle encore plus aigrie que dans ma mémoire. »

Ma mère l'ignora et me détailla avec attention. Elle aperçut la fine trace violette qui marquait mon cou. Spontanément, elle toucha la blessure du bout des doigts et murmura quelques mots. Une étincelle jaillit de sa paume et la douleur s'estompa. Je lui adressai une bénédiction silencieuse.

« Décidément, te voilà bien malchanceux, s'inquiéta-t-elle. Pardonne-moi pour ma négligence, j'aurais dû anticiper ce petit incident. »

Je lui jetai un regard oblique. Elle ne pouvait pas tout prévoir, d'accord, mais je considérais cela comme plus grave qu'un *« petit incident »*. J'insistai pour préciser qu'il s'agissait d'un attentat, mais elle balaya ma colère d'un geste de la main.

« Prévention, parade, guérison. Visiblement, ces trois notions essentielles ne font pas partie de ton vocabulaire. Je confierai à Acacia le soin de te donner des cours de rattrapage.

— Je refuse d'étudier à nouveau avec lui. Il est obstiné et manipulateur. »

Elle me toisa durement.

« Il n'y a pas de meilleur professeur. Je te rappelle également que tu dois suivre l'enseignement des druides – une corvée que tu as parfaitement ignorée.

— Je préfère me faire torturer plutôt que d'écouter leurs idioties. »

Elle devint écarlate. Je me mordis l'intérieur de la joue ; cette fois, j'avais dépassé les limites de sa clémence.

« Angelo. »

Sa voix était froide et distante.

« Nous t'avons laissé trop de libertés, il est temps de cesser tes enfantillages ! Jusqu'aux examens du Suprême, tu quitteras uniquement ce palais pour étudier sur l'Île Brumeuse et pour te rendre au Temple, sous bonne escorte. Est-ce bien clair ? »

Elle était d'une humeur massacrante. Comment avait-elle réussi à inverser les rôles, me faisant passer de victime à coupable ? Je ravalai mon amertume avant de me soumettre à son joug :

« Oui, Mère. »

Elle parut satisfaite de ma servitude et releva dignement le menton. Ses yeux d'aigle se posèrent alors sur les débris d'un flacon. L'explosion de la pyrite avait détruit l'élixir qu'elle m'avait imposé pour soigner mes crises d'asthme.

« Je constate que tu as trouvé un moyen de détruire ton remède. »

Je fus scandalisé. Quelle mauvaise foi ! Mon père faisait mine de regarder ailleurs. Il me refusait manifestement son soutien.

« Je te ferai porter un nouveau flacon de ce mélange aubergine-concombre. C'est pour ton bien. »

Je songeai avec dépit à l'horrible potion prescrite par ses soins lorsque j'avais prétexté un malaise. *Pour mon bien...* Elle n'était pas convaincante. Elle savait toujours comment sanctionner mon insolence.

Des bruits de sandales claquèrent dans le couloir et des servantes surgirent dans l'encadrement de la porte. Elles restèrent humblement en dehors des appartements, à l'exception de leur supérieure, Mona, qui embrassa la scène du regard et s'inclina très bas. Rondelette, elle avait de fines boucles blondes et un pendentif en or en forme de brin de mimosa. L'intendante nous promit de redoubler de vigilance. Elle proposa de changer les tours de garde et d'affecter un valet pour me suivre dans tous mes déplacements.

Je grommelai en entendant cette dernière recommandation. Cette surveillance me gênerait pour sortir du palais discrètement. Lorsque mon père quitta la pièce pour sermonner les mages de leur manque d'attention, la reine Mirabella me lança une ultime pique.

« Je compte sur toi pour prendre le thé avec les Mingwang, cet après-midi. Malgré cette petite frayeur matinale, ta santé ne semble plus compromise, n'est-ce pas ? »

Par ces quelques mots, elle me signifiait que mon absence n'était plus justifiée. Je marmonnai une promesse pour la contenter. Elle avait toujours su comment manipuler son discours pour cacher des ordres ou des corvées. Comment pouvait-on lui tenir tête ?

Mona lâcha alors une exclamation de surprise. Elle désigna le mur derrière moi.

À côté de la fenêtre qui donnait sur les jardins, des tâches de jus de raisin formaient un message fluorescent :

« Votre Majesté,
La proclamation d'un nouvel héritier a rompu notre pacte. Vous négligez la discrétion que l'Ensorceleuse a promise ! Nous n'hésiterons pas à sacrifier votre fils pour préserver le Souffle des Dieux. La magie perdue doit rester cachée !
Vos obligées, les Filles de la Lune. »

Un symbole dessinait un croissant de lune encerclé de six étoiles, comme une signature venue du ciel. La reine ne trahit aucune émotion à la lecture de cet avertissement qui lui était manifestement destiné. Elle toucha le talisman qui pendait à son cou, une mirabelle dorée, et un faisceau de lumière en jaillit pour faire disparaître les taches d'un seul geste. Le mur redevint aussi blanc et lisse que la veille, comme si le jus de raisin n'avait été qu'une subtile illusion. Je supposais que le talisman piégé ne devait pas me tuer, mais simplement donner du poids à ce message.

« Ces inscriptions ne recèlent que des menaces vides de sens, annonça-t-elle à la cantonade. Mona, je compte bien entendu sur votre silence. Inutile de s'affoler pour les élucubrations de ces meurtrières. »

La servante s'inclina en signe de soumission. Ma mère baissa la tête dans ma direction et sembla enfin se rappeler que je venais de frôler la mort. Avec un sourire tendre, elle s'agenouilla et déposa un cristal de bouton de rose dans ma paume.

« Sois prudent désormais, dit-elle gentiment. Et soigne-toi, tu dois être en parfaite santé pour suivre les leçons des druides et de ce brave Acacia. »

Je cachai tant bien que mal ce que j'en pensais. Elle m'abandonna aux soins des domestiques qui investirent la pièce et nettoyèrent en silence les débris de l'explosion. Mona me passa du baume sur le cou et me rassura gentiment. J'acceptai placidement ses explications, même si je restais dubitatif quant à la dernière réaction de ma mère.

Si le texte était réellement sans importance, pourquoi avait-elle pris soin de le faire disparaître aussi vite ? Pourquoi avait-elle donné à Mona de telles recommandations ? Elle me dissimulait volontairement des éléments de compréhension. Comme souvent, elle se complaisait dans le contrôle absolu qu'elle avait sur ma vie.

Je frottai ma gorge endolorie. Certaines personnes avaient d'étranges manières d'envoyer un message... Je me résolus à oublier l'existence des Filles de la Lune dont le fanatisme les poussait à me persécuter pour adresser des menaces brumeuses à la reine.

Les derniers domestiques s'en allèrent après leur nettoyage. Ils laissèrent place à ma sœur Mariña qui portait un diadème sur ses cheveux châtains. Plus petite que moi, la princesse avait une peau de pêche et de grands yeux noirs. Je ne m'étonnai pas que Shadiin Mingwang ait succombé à son charme ! Cependant, l'origine de ma douleur se trouvait justement dans l'amour qui l'enflammait.

Mon destin avait été scellé par sa faute, car elle renonçait à ses prétentions au trône du Royaume Végétal. Qui pouvait comprendre les vrilles sinistres de ma dépression ? Aux yeux de tous, devenir roi était un beau rêve inaccessible. Pas aux miens. Jusqu'alors, je n'étais pas l'héritier en titre et je m'en accommodais parfaitement : ce fardeau lui appartenait, par droit de naissance. Je devais être couronné à cause de sa désertion. Elle ne s'étonnerait sans doute pas de trouver un crapaud empaillé parmi ses cadeaux de mariage.

De six ans mon aînée, elle était douce, compréhensive, complice... Tyrannique également, lors de ses périodes créatrices – elle adorait inventer des formules magiques et observer ses effets sur ma petite personne. Je me doutais que son célibat prendrait fin tôt ou tard. Une belle princesse, héritière de surcroît, ne pouvait rester seule très longtemps. Je n'avais pourtant jamais imaginé prendre la tête du royaume.

Dès son plus jeune âge, Mariña avait reçu un enseignement particulier pour la préparer à porter la couronne. Plus récalcitrant et plus difficile à raisonner, j'avais été exempt d'une telle surveillance. Je craignais à présent que les quelques heures volées avec Rébus, mon ami des faubourgs, ne deviennent que d'agréables souvenirs d'une enfance disparue.

Ma sœur me sourit avec tendresse. Sans rien dire, elle s'assit à mes côtés et me serra contre elle. Nous n'avions eu que de rares instants d'intimité depuis la proclamation de son mariage. Je l'aimais avec candeur, sans oublier qu'elle était la source de tous mes ennuis. Ses noces marquaient la fin d'une enfance tranquille passée entre les murs du palais.

« Les dieux me jouent de drôles de tours, dis-je en posant ma joue sur son épaule. J'ai parfois le sentiment qu'ils me harcèlent. »

Elle m'ébouriffa distraitement.

« Si tu blasphèmes encore, Mère t'obligera à vivre parmi les druides jusqu'à la fin de tes jours. »

Elle rayonnait de confiance en soi et d'amour. Ses fiançailles l'avaient métamorphosée. Comment en vouloir à cette jeune femme magnifique ? Mes épaules se déchargèrent un peu des tensions provoquées par l'agression des Filles de la Lune.

Ces meurtrières m'avaient troublé. Je ne comprenais pas en quoi mon nouveau statut d'héritier pouvait mettre en péril leurs secrets. Je tentai d'oublier leur menace de mort, un nouvel avertissement qui planait désormais sur mon avenir.

CHAPITRE III

L'émotion qui étreint mon cœur a dérouté mes sortilèges. Comment ai-je pu échouer à réparer cette simple tasse ? Était-ce le tremblement de ma voix ou mon geste imprécis ? L'annonce de Mirabella m'a troublée. Épouser Kiridjo, ce rustre analphabète, alors que les comtes et les ducs font le pied de grue devant notre palais ?

Le duc de la Monta Nara nous a présenté son fils aîné, un bien meilleur parti : territoires vastes et fertiles, contrats commerciaux avec le Sultanat Calorique... Non, Mirabella roucoule et succombe au charme d'un roturier sans argent ni situation. Comment ma fille peut-elle se fourvoyer ainsi ? Ce suicide politique est du pain bénit pour nos ennemis.

Granada de los Calyptos
« Mémoires d'une Reine Bien-Aimée »

∫

Je dévalais les marches de l'escalier qui s'enroulait en colimaçon. Par les fenêtres qui perçaient les murs, j'apercevais les façades de marbre de la plus haute tour du palais. Elle abritait les appartements de mon grand-père, l'Ancien Roi Anamo. Il avait abandonné le trône et ses responsabilités suite à l'assassinat de sa femme, Granada.

Ma grand-mère avait été tuée le jour de ma naissance. Sa disparition avait plongé le royaume dans un deuil profond et son mari ne s'en était jamais remis. Il vivait depuis en reclus, alors que le souvenir de la Reine Bien-Aimée semblait toujours hanter ces lieux, comme un fantôme qui n'avait pas réussi à partir en paix. Je me promis d'aller lui rendre visite dans l'après-midi.

Au sommet du palais, le vent agitait des drapeaux et des bannières qui arboraient le blason de notre maison, deux feuilles d'eucalyptus entrecroisées. De façon plus notable, une sphère de magie tourbillonnante flottait au-dessus de l'édifice : l'Astre Émeraude.

Cette grande flamme verte était visible de loin. Elle rayonnait de nuit comme de jour et teintait la capitale d'une aura colorée. Les étincelles de nos sortilèges étaient attirées comme des milliers de papillons scintillants. Dès que nous utilisions un talisman, l'Astre se nourrissait de la magie libérée et gagnait en intensité.

Les habitants ressentaient à son égard un mélange d'amour profond et de crainte religieuse. Son expansion cyclique avait une influence directe sur la flore environnante : printemps précoce, moissons abondantes, jardins resplendissants au plein cœur de l'hiver... Un excès de magie avait toutefois de fâcheux effets secondaires, comme des récoltes gâtées en une nuit ou la prolifération de mauvaises herbes. L'Astre Émeraude perturbait l'équilibre des écosystèmes et rendait parfois la vie dure aux paysans.

Les Astres étaient des fleurs de lumière qui flottaient au-dessus des capitales et croissaient tout au long des saisons. Chaque fin d'année, le jour du Jugement Dernier, une explosion dévastatrice dispersait leur énergie aux quatre vents. Des flèches de feu s'abattaient alors du ciel, comme un signe des dieux, pour capturer les particules de magie dans des talismans en quartz. Ces prisons cristallines étaient essentielles à notre économie.

Je souris en songeant aux particularités du Royaume Végétal, si cher à mon cœur. Nous bénéficions d'un climat particulièrement chaud l'été et tempéré l'hiver. Nous cherchions souvent la fraîcheur. Nos bâtiments étaient conçus pour nous la fournir ; les murs étaient épais et percés d'étroites fenêtres munies de persiennes et de volets en bois, tandis que d'astucieux courants d'air artificiels ventilaient le palais.

Malgré la sécheresse extérieure qui régnait la majorité de l'année, nous étions une cité de puits et de fontaines. La proximité d'un fleuve qui descendait tout droit des montagnes nous offrait notre plus grande richesse : une eau en abondance, bien inestimable dans nos contrées ensoleillées. Notre citadelle était bâtie près de champs fertiles qui comblaient nos besoins et ceux de nos voisins. De nombreuses routes marchandes s'y croisaient.

Les échanges commerciaux avaient fait la fortune de la ville et de la région. Désormais, plusieurs villages agrandissaient leurs murailles et colonisaient les terres environnantes. Un vaste réseau urbanisé se constituait peu à peu autour de la Citadelle Viridys qui s'efforçait de maintenir son influence jusqu'aux zones les plus lointaines, la Monta Nara, au sud, et les contreforts des Aceyrées, au nord. Bien plus que les manœuvres politiques, le labeur des paysans et les palabres des marchands étaient les principaux moteurs de notre expansion culturelle et économique.

À l'extérieur du palais, le parfum des orangers embaumait l'atmosphère et me détournait de mes préoccupations. Cette odeur familière et délicieuse me remplissait de bonheur. La promenade qui menait à la Fontaine du Verseau était bordée d'arbres qui fleurissaient une dernière fois, en ce milieu d'automne. Certains portaient encore de lourds fruits juteux de la précédente floraison. Leur goût était légendaire et faisait notre fierté.

« Prince Angelo de los Calyptos ! », annonça un héraut.

Je sursautai. L'allée se terminait par une arche de bois qui soutenait les treilles entremêlées de glycines aux troncs noueux. Des grappes de fleurs violettes s'échappaient de la structure et libéraient une odeur sucrée. Au-delà, une fontaine en marbre blanc représentait une servante déversant indéfiniment l'eau d'un vase dans un bassin hexagonal. J'y devinais le mouvement des pili-pili, une variété de poissons rouges que la magie avait progressivement rendus transparents. Les apercevoir relevait du miracle.

Le patio était suffisamment large pour accueillir la cinquantaine de personnes qui s'affairaient près des tables couvertes de pâtisseries au miel et de grandes théières. Je songeai avec désarroi à cette épreuve sociale que j'esquivais d'ordinaire. Que dirait mon ami Rébus en m'imaginant en train de siroter du thé dans de la porcelaine ? Il se moquerait, à juste titre, des politesses et des rituels qui dictaient le quotidien des puissants.

Des bancs et des chaises en fer forgé faisaient le tour de la place. Quelques invités s'étaient déjà installés sur des coussins moelleux et discutaient en riant.

Je passai devant la duchesse Louisa de la Vallée d'Yères, une femme riche mais frivole. Une cordelette rouge coulait sur ses hanches et serrait à peine sa toge, comme une invitation langoureuse et déplacée. Des rubans étaient attachés à ses chevilles et formaient une traînée de couleur à chacun de ses pas. Elle avait coutume de se parer des derniers accessoires à la mode, sans se préoccuper des règles essentielles du bon goût vestimentaire.

J'évitai les abords de la fontaine en apercevant le poète Fédérico et les dames en pâmoison qui l'accompagnaient sans cacher leur admiration. Il composait autant de poèmes sur la splendeur des jardins que de compliments sur la beauté des femmes. Comment pouvaient-elles croire ses paroles envoûtantes ? Je ne comprenais pas l'attrait qu'il exerçait de façon si palpable. Je m'avouai une pointe de jalousie à son égard, lui qui s'avérait si habile dans les jeux subtils de la séduction.

La population vouait une admiration sans bornes à ces rêveurs exaltés. Comment résister à des poèmes si délicats que leur simple lecture électrisait les poussières de magie diluées dans l'atmosphère ? Certains causaient un bruissement dans les arbres, d'autres une boule de feu follet qui s'envolait dans les conduits de cheminée. Leurs créateurs profitaient de leur crédit pour infiltrer les cercles de pouvoir et lancer leur carrière politique. Mes parents ne se déplaçaient jamais sans un essaim de jeunes poètes arrivistes…

J'évitai de justesse un groupe d'alchimistes qui traversait le jardin dans ma direction. Je tressaillis en croisant le regard vairon du Grand Alchimiste Balthazar – un œil vert, un œil bleu. L'homme sinistre était connu pour sa répartie cinglante, son sang-froid et son cynisme. Je ne l'aimais guère, mais notre économie reposait sur ses secrets et nous ne pouvions pas refuser son soutien.

Les membres de sa guilde invoquaient des sortilèges pour stocker la magie dans des pierres d'obsidienne. Un exploit remarquable, car les formules traditionnelles vidaient les talismans de leur pouvoir, et non l'inverse… Les propriétés de l'obsidienne étaient très recherchées.

Leurs banques étaient remplies de ces joyaux noirs comme la nuit. Ils permettaient de recharger des talismans en magie, selon les besoins. Les alchimistes distribuaient uniquement les diamants enchantés qui servaient de monnaie d'échange, dans des établissements à la devanture marquée d'un blason arrogant : un corbeau couronné.

Je m'efforçais d'éviter ces agents de l'ombre qui profitaient des fluctuations du marché pour s'enrichir. La valeur marchande des talismans augmentait jusqu'au jour du Jugement Dernier, où les Astres explosaient et dispersaient de nouveaux cristaux aux quatre coins du monde. Même si notre sang battait au rythme d'une magie particulière, selon notre origine, nous n'avions qu'un seul type d'énergie à notre disposition. J'étais incapable de me laver les mains sans l'aide d'un quartz aquatique… Ces artefacts avaient un usage quotidien.

Balthazar et ses sbires s'éloignèrent. Je relâchai ma respiration. Leur présence me mettait toujours mal à l'aise.

Je contournai la fontaine pour m'approcher du banquet. Je comptais mettre la main sur une pâtisserie aux amandes dont l'enveloppe de miel luisait au soleil et une coupe de punch aux agrumes, un régal que préparait toujours la cuisinière en chef. Un homme me barra toutefois le passage. Je reconnus l'insigne sur sa toge violette : un aigle qui ouvrait grand ses ailes et tenait une belette dans ses serres. J'avais souvent l'impression d'être la belette.

« Prince Angelo, me salua-t-il avec un sourire. Je suis heureux de constater que vous avez survécu à cette agression. Le palais serait bien triste sans vos pitreries habituelles et les plaintes de nos invités. »

Je gémis doucement. Acacia était le seul à contourner volontiers l'étiquette pour m'assener des leçons de morale avec un humour mordant. Je me rappelais douloureusement que ma mère m'avait recommandé – c'est-à-dire ordonné – de me remettre à lui pour apprendre de nouveaux sortilèges protecteurs. Avait-elle seulement idée de notre relation désabusée ? Je répondis d'un ton affable à mon ancien mentor.

« Bonjour, mage. Ou dois-je à nouveau vous appeler Maître, en souvenir du bon vieux temps ?

— J'ai toujours adoré ce titre ronflant. Ne l'oubliez pas, demain, lorsque nous ferons des recherches dans de vieux grimoires poussiéreux. »

Il s'empara de la pâtisserie que je convoitais. Il l'avala et se lécha les doigts distraitement. Accroché à sa taille, un sceptre de bois était incrusté de gravures ornementales sur toute sa longueur, avec un gros joyau vert à son sommet : en cas de besoin, le mage puisait dans sa force pour lancer ses sortilèges.

« Il semble judicieux de commencer par les sorts à retardement, reprit-il. Apparemment, vous ne faites pas le lien entre du raisin aux reflets laiteux et un piège mortel. Je suppose que vous réussirez à retrouver le chemin de la bibliothèque ? N'hésitez pas à demander de l'aide si vous êtes perdu.

— Ce serait dommage de rater vos cours. »

Ses yeux de jade se plissèrent avec un mélange d'humour et d'une certaine dureté.

« Rendez-vous à l'aube, lança-t-il. Nous aurons du temps avant que la marée ne redescende.

— Comptez sur moi. Je serai là aux premiers rayons du soleil.

— Je placerai un sortilège de réveil sur votre porte. Juste au cas où. »

Je grommelai, en sachant qu'il avait raison de prendre cette précaution. Je lui adressai des salutations évasives et peu protocolaires lorsqu'il s'éloigna. Je vis disparaître ses longs cheveux noirs, attachés en arrière par une cordelette en cuir. Mes épaules se courbèrent en pensant à la semaine fastidieuse qui m'attendait.

Dans certains domaines de la magie, Acacia avait été le professeur de mes parents et de ma sœur aînée. Il ne cessait de me rappeler leurs talents innés pour la poésie. À l'entendre, ils s'affranchissaient des obstacles de la langue comme des chevaux sautaient des buissons pendant une course hippique. Selon lui, la royauté s'accompagnait de dons artistiques hors du commun. Hélas, ce n'était pas mon cas.

J'accusais un retard de plusieurs années dans l'apprentissage réservé jusqu'à ce jour à Mariña, l'héritière présumée de la couronne. Depuis l'annonce de son mariage à un prince étranger, nous avions tous pris conscience des lacunes accumulées à mon insu. La position des cadets était plus confortable que celle des aînés. L'indulgence de mes parents avait montré ses limites.

Avant ce changement crucial, on me félicitait régulièrement sur mes prouesses en matière de magie. J'avais bonne mémoire et j'étais suffisamment réactif pour utiliser les sortilèges de façon adéquate et optimale. Je mélangeais des sorts d'eau et de feu, de pierre et de lumière. Je savais me prémunir des charmes mineurs qui pouvaient altérer notre jugement ou notre humeur.

Depuis que le couperet de l'amour avait modifié la hiérarchie familiale, on me reprochait d'ignorer les propriétés des herbes médicinales et des poisons courants, les arts martiaux, les enchantements qui faisaient fondre le métal ou qui dénouaient les nœuds... À quoi bon apprendre tout cela ? Pourquoi amasser ces connaissances qui ne me serviraient jamais, selon toute probabilité ?

Je restais dubitatif quant aux réelles responsabilités que devait assumer un roi. Mes parents s'entouraient toujours de mages et de conseillers avertis qui les guidaient dans leurs décisions et protégeaient leurs intérêts. Je savais pertinemment que l'exercice du pouvoir n'était jamais solitaire. Pourquoi devenir un maître de la poésie ou de la botanique ? Il suffisait d'attirer les talents autour de soi pour s'affranchir d'une expertise inutile et chronophage.

Je défendais cette position sans oser l'exprimer à haute voix. J'avais vite compris que mes interlocuteurs l'associaient à un soupçon d'immaturité et une louche de paresse. Les membres de la cour refusaient de me voir grandir. Ils prenaient mes opinions pour les caprices balbutiants d'un enfant gâté. À l'appui de remarques amusées, ils m'assuraient que l'on ne remettait pas en question la sagesse de ses parents.

Jusqu'à quel âge était-on encore un enfant ? J'ignorais quoi faire pour démontrer leur erreur. Je me soumettais à leurs discours infantilisants avec frustration et rancœur, en songeant amèrement à la couronne en carton peint qui ceignait mon front. L'héritage qui m'était confié semblait omettre qu'aux yeux de mon entourage, j'étais toujours en âge de pleurer dans un mouchoir de soie.

J'observai avec curiosité un koala apprivoisé qui traversa l'allée de graviers en dérapant. D'appétit vorace, le marsupial avait dérobé une part de gâteau aux noix. L'animal duveteux se réfugia dans un arbre pour y dévorer son butin entre ses pattes poilues. Nous avions suffisamment d'eucalyptus pour le contenter, mais sans doute s'était-il lassé de son régime de feuilles odorantes. Il n'était pas dans ses habitudes de courir ainsi. Il passerait probablement son après-midi à dormir à l'ombre pour reprendre des forces.

Un verre brisé me rappela à la réalité. La duchesse Louisa s'excusait avec de grands gestes et des joues pivoines. Sa corpulence et sa toge entrouverte aux limites de la bienséance l'empêchaient de se baisser pour en ramasser les débris. Elle jurait son innocence d'une voix puissante de mezzo. Une servante s'empressa de soulager son désarroi théâtral et de nettoyer la place.

Une poignée d'invités jetait à la scène des regards gênés. Regroupés autour d'une table ronde, ils portaient des tuniques où le jaune et le noir dominaient largement. Des diamants étaient cousus sur leurs tenues pour dessiner cinq épis de maïs près du cœur – le blason de l'Empire Lumineux, dont les terres s'étendaient de l'autre côté de la Mer des Paillettes.

Ma mère et ma sœur se trouvaient avec eux et parlaient à voix basse, sans doute pour excuser le dérangement que la duchesse avait provoqué par sa maladresse. Je m'époussetai un peu, par réflexe, et m'approchai du groupe.

L'impératrice Jani Mingwang était grande et élancée. Elle dépassait même la reine Mirabella de quelques centimètres. Des baguettes de bois maintenaient ses cheveux sombres dans une coiffure haute et soignée. Je n'aurais pas su lui donner un âge ; de la poudre blanche maquillait son visage et en masquait les agressions du temps.

Je félicitai du bout des lèvres le prince Shadiin pour ses fiançailles, en essayant de masquer ma légère rancœur. Mon regard était plutôt attiré par sa sœur Luli qui embellissait à chacune de nos rencontres. Un ruisseau noir longeait les méandres de son cou et sublimait son sourire. Sa tunique en satin scintillait autant que ses yeux noisette, légèrement bridés. Je manquai de défaillir lorsqu'elle s'inclina en un mouvement parfait. Elle portait un pendentif en or, une petite luciole dorée.

Ma mère se racla discrètement la gorge et dissipa le songe. Embarrassé de m'être immobilisé devant la jeune femme, je me tournai vers l'impératrice et lui adressai les politesses de rigueur. Un disque argenté ornait son cou, comme un miroir qui capturait nos reflets. Je saluai de même ses enfants.

« Prince Angelo, je suis ravie de vous voir parmi nous, dit ma mère. Je craignais que mes élixirs aient eu raison de vous, alors que la situation vous concerne au plus haut point. »

Les souveraines échangèrent un sourire.

« L'Hexalliance restera bien sûr un traité de paix essentiel pour nos deux nations, reprit-elle, mais quel lien plus étroit que le mariage pouvons-nous tisser ? »

Je me tournai vers la belle Luli. Un battement de cils dans ma direction me troubla et força mon cœur à battre la chamade. Shadiin Mingwang remarqua l'inflexion de doute dans les paroles de ma mère. Il joignit ses mains et intervint de sa voix grave et mesurée.

« Il ne s'agit pas seulement d'un choix politique. Nous partageons des sentiments profonds et sincères qui transcendent nos différences.

— Je l'espère, avoua la reine Mirabella. Aucun de nos ancêtres n'aurait consenti à une telle liaison. Les traditions sont faites pour protéger nos secrets.

— La coutume ne doit pas nous emprisonner dans sa toile, se défendit ma sœur. Nous saurons préserver les intérêts des deux maisons, même si cette union est une nouveauté. »

Ma mère acquiesça gravement. Ses épaules s'affaissèrent à peine, mais je la connaissais trop bien pour ne pas m'en apercevoir.

Cette décision l'emplissait d'angoisse et troublait l'avenir qu'elle avait construit pour sa fille et son royaume. Son enfant prodige préférait devenir impératrice dans des contrées étrangères plutôt que lui succéder en tant que reine. Qu'en serait-il des sortilèges secrets qui ne s'apprenaient que par héritage ?

« Qu'en penses-tu, Angelo ? », susurra Mariña.

La question de ma sœur me prit au dépourvu. Je lui décochai un regard noir, car elle connaissait ma peur et ma colère. L'étiquette m'interdisait cependant de dévoiler le cœur de mes pensées. Je devais m'efforcer d'assumer mes responsabilités en face de représentants étrangers.

« Ce sera un nouvel équilibre à trouver. »

Mes interlocuteurs acquiescèrent et sourirent. J'étais ravi de leur réaction et je m'enhardis.

« Par contre, je suppose que je ne serai pas libre d'imiter Mariña et de monter sur un trône étranger. »

Ma sœur haussa les sourcils d'un air choqué. Son fiancé se mit à rire, bientôt suivi par sa famille.

« Ce serait préférable, avoua ma mère d'un sourire pincé. Je regrette d'avoir effrayé mes enfants à ce point… Gérer un royaume n'est pas une mince affaire, mais je pensais avoir transmis une meilleure impression sur ce rôle. »

Je n'osai pas répondre par la négative. Pour rien au monde je ne souhaitais prendre sa place.

La conversation se poursuivit sur des inquiétudes d'ordre pratique : protocoles, date de mariage, échanges de dots… Je fus noyé par un flot d'informations et de débats qui les occupèrent avec passion. Je fis semblant de m'y intéresser puis m'abandonnai à mes propres réflexions. J'étais passé maître dans l'art de me couper du monde tout en feignant une écoute attentive.

J'observai la belle Luli à la dérobée. Était-ce seulement un fantasme que de souhaiter troquer ma sœur contre elle ? L'équilibre entre nos deux familles serait ainsi rétabli et nous pourrions préparer deux célébrations en même temps…

La superstition de ma mère était une de ses rares faiblesses. Sa ferveur religieuse ne rencontra pas d'égale chez les Mingwang : ils consentirent à consulter les druides avant de proposer une date définitive pour le mariage de Mariña et Shadiin. La bénédiction des dieux suffirait à apaiser ses tourments et ses remords.

La reine Mirabella nous rappela l'avertissement douloureux du Royaume Aérien. Les prêtres du Cercle avaient prédit de noirs événements si le roi Démagore s'unissait à la princesse des îles Liberté avant le solstice d'hiver. Le dirigeant avait négligé leur conseil... Une guerre civile avait éclaté peu après. Je n'osais pas contredire l'analyse de ma mère, mais mon futur beau-frère se permit de réagir.

« Cette pauvre femme s'est offerte au mariage la gorge tendue, comme un agneau au sacrifice, s'enflamma Shadiin. Elle espérait gagner du temps et les faveurs du roi, mais son mari s'est emparé de ses îles avant même de consommer leur nuit de noces ! »

Mariña jeta un regard éperdument amoureux à son fiancé. Près d'elle, ma mère soupira.

« À quel point leur situation est-elle éloignée de la nôtre ? s'inquiéta-t-elle. Nos agriculteurs sont surendettés à cause du prix des talismans, même si nous prenons des mesures drastiques pour limiter les dépenses énergétiques. Le recours aux obsidiennes est trop coûteux et à double tranchant.

— Pourquoi ne pas racheter les exploitations en faillite ? proposa l'impératrice. Chez nous, la famille impériale possède de grandes propriétés qui sont gérées par nos propres employés. Notre force de négociation avec les alchimistes sera toujours plus importante que celle d'un foyer isolé.

— Encore faudrait-il convaincre les familles concernées... Nous n'avons pas l'habitude d'imposer un tel modèle à nos sujets. Nous prélevons des impôts, mais nous considérons que leur autonomie est précieuse et nécessaire. Qu'importe s'ils cultivent des fleurs ou s'ils élèvent du bétail ? Nous intervenons uniquement en cas de différends ou pour insuffler de l'énergie à certaines filières. »

La reine porta la tasse de thé à ses lèvres, l'air songeur. L'alchimie occupait une place importante dans notre société. La mésaventure des Aériens montrait que son influence pouvait plonger un pays entier dans le chaos.

Grâce aux obsidiennes, les alchimistes pouvaient rééquilibrer l'offre et la demande en matière d'énergie. Ils étaient les seuls capables de compenser une pénurie de cristaux. À l'inverse, ils pouvaient refuser d'intervenir et provoquer une soudaine inflation des prix. Leur pouvoir se renforçait en fin d'année, lorsque les réserves diminuaient.

Le gouvernement tentait de contrôler la situation jusqu'au Jugement Dernier, au cours duquel le cataclysme magique avait une action régénératrice. Dans mon royaume, la prévoyance de mes parents avait évité le pire : seules les troisièmes moissons de l'année coûteraient cher et seraient peu rentables. Au-delà d'une certaine limite, nous aurions dû abandonner les bénéfices de nos productions aux *corbeaux* – au sens propre comme au figuré.

L'ombre des alchimistes s'étendait peu à peu sur les terres dont je devais hériter. Je ne m'étonnais plus de frissonner sous le regard vairon de Balthazar. Je pressentais que notre fragilité économique faisait partie de ses plans. Le jour viendrait où il réussirait à nous éliminer et à s'arroger le pouvoir.

CHAPITRE IV

Kiridjo ignore tout de la poésie. Son incompétence le condamne à se contenter de sortilèges mineurs. Je me demande s'il n'est pas Impur... Mirabella ne veut rien entendre. Elle refuse mes remarques affligées et incite simplement mon gendre à travailler davantage.

Le jeune Acacia s'évertue à lui enseigner son savoir. Je lui ai ordonné de ne pas lésiner sur la quantité et la difficulté. Si le paysan abandonne ses prétentions au trône, je serai ravie d'offrir à Acacia une promotion dans la garde royale... Mon cher mari pourra enfin dormir sans m'entendre protester contre les erreurs inexcusables de notre fille.

Granada de los Calyptos
« Mémoires d'une Reine Bien-Aimée »

∫

Le soleil disparaissait dans une flamboyance rose et ocre lorsque je quittai mon mentor. Seul l'Astre Émeraude continuait à illuminer les jardins, comme une sphère enflammée qui surplombait le palais. Ses rayons verts dessinaient d'étranges ombres dans les allées de gravier.

Les jambes engourdies par le manque d'activité, je peinais à marcher droit. Une semaine s'était écoulée depuis que les Filles de la Lune avaient tenté de m'assassiner et que ma mère m'imposait les leçons du mage Acacia, le professeur le plus sévère de mon existence. J'étais malade à la pensée de devoir le supporter pendant des mois, voire des années. Selon lui, j'avais le même niveau que Mariña au début de son apprentissage. J'avais d'abord cru qu'il s'agissait d'un compliment encourageant, avant de découvrir qu'elle avait commencé ses classes à l'âge de sept ans.

Ma sœur aurait pu séduire n'importe quel beau garçon du royaume, mais non, elle avait choisi un prince étranger et héritier de surcroît. Je lui en voulais de préférer vivre avec son amant et d'abandonner le trône. À cause d'elle, j'avais un terrible mal de tête.

Dans les couloirs du palais, quelques nobles me saluèrent avec un respect plus marqué qu'auparavant – ce qui se résumait à de faibles révérences, inexistantes jusque-là. D'autres rirent sous cape en voyant ma démarche chaloupée. Je ne leur prêtai pas la moindre attention. Je brûlais d'envie de m'enfuir incognito dans les rues blanches de la citadelle.

J'eus la surprise de découvrir un homme qui m'attendait devant la porte de ma chambre. À peine plus âgé que moi, il sursauta à mon approche. Il s'inclina et se présenta comme Navio, mon *« valet personnel »*. Je me rappelais vaguement les recommandations de Mona, la responsable de la maisonnée, qui avait proposé les services d'un domestique pour parer à toute éventualité désagréable. Pourquoi n'avais-je pas réagi plus vivement à ce moment ? J'étais embarrassé d'un gardien dont je n'avais que faire.

Je le dépassais d'une tête et il nageait dans ses vêtements. Comment un garçon si chétif pouvait-il être d'une quelconque utilité ? Le front envahi d'une touffe de cheveux bruns, il dégageait un air niais qui m'exaspéra aussitôt.

« Je crains trop les sautes d'humeur de *Sa Majesté Ma Mère* pour oser te renvoyer, dis-je avec franchise. Je n'ai aucune envie de te voir collé à mes sandales, alors sois le plus discret possible. Si la porte de ma chambre est fermée, ne me dérange sous aucun prétexte.

— Même si vous êtes en train de mourir étranglé par un talisman piégé ? »

Je l'assassinai du regard.

« Sauf en cas d'extrême urgence, ça me semblait évident. »

Il s'inclina plusieurs fois et se confondit en excuses. Il s'écarta et me laissa entrer. Par habitude, je barricadai la porte derrière moi et j'entendis aussitôt tambouriner sur le bois.

« Prince Angelo ? Pourquoi vous enfermez-vous ?

— Pour qu'on me laisse tranquille ! Personne ne peut rentrer grâce au sort que je viens de jeter. »

La poignée tourna et le visage du garçon s'engouffra dans la pièce.

« *Quel* sort ? », susurra-t-il.

Je restai bouche bée.

« Dehors ! »

Le domestique s'empressa de refermer la porte. Je renonçai à la bloquer avec un soupir. Et dire que je pensais être protégé… Je me promis de demander à Acacia une incantation plus efficace.

Je jetai mon grimoire sur une table et m'allongeai sur mon lit, les mains croisées derrière la tête. La fatigue alourdissait dangereusement mes paupières. Je prévoyais toutefois de retrouver mon ami des faubourgs, Rébus, que j'avais négligé ces derniers jours. Je refusais de le laisser se moquer de moi en pensant que je craignais l'arrivée des premiers frimas.

Je récupérai un peu de monnaie dans mon coffre personnel : une poignée de *fa-diams* qui suffiraient à me payer quelques verres de Nectar'Miel à la taverne. Quand ces diamants enchantés s'entrechoquaient, ils produisaient une note caractéristique, en l'occurrence un *fa*. Ce son grave m'assurait de leur faible valeur. Je n'étais pas idiot au point de me promener dans la rue avec davantage d'argent que je ne pouvais en dépenser pendant la nuit. Le vol était le premier danger que j'avais appris à anticiper.

Je plongeai la main dans l'Herbier fixé à ma taille. La bourse de toile contenait plusieurs talismans imprégnés de magie, ainsi que des échantillons de plantes et de minéraux qui amélioraient l'efficacité des formules. Je pris une pincée de feuilles séchées et pensai *aux infusions qui adoucissent l'amertume des commérages de salons.* Je pliai le pouce et chuchotai « THÉ ».

Une étincelle verte s'échappa dans l'atmosphère et un flux d'énergie se propagea dans mon corps. Mes muscles se contractèrent et je crispai la mâchoire, comme sous l'effet d'une drogue. Mon épuisement se volatilisa pour quelques heures. J'adorais ce sortilège.

Les sens en alerte, je bondis vers la fenêtre et je l'ouvris en grand. L'air frais de la nuit glissa sur mon visage et me rougit les joues. Un rictus étira mes lèvres glacées. Malgré toutes les précautions d'Acacia, de Mona et surtout de mes parents, j'étais toujours capable de m'enfuir du palais sans être surpris. Je mis des vêtements chauds et m'emparai d'un autre cristal, une feuille de marronnier en quartz. J'évitais ainsi de puiser dans mes propres forces. Par prudence, je vérifiai que son pouvoir était encore entier avant de faire appel à sa puissance. Je songeai *aux ballerines d'automne, emportées par le vent dans une dernière danse.* Je murmurai « FEUILLE » et applaudis doucement.

Le talisman frémit et je sautai sans hésiter par-dessus la fenêtre. Aussi léger qu'une plume, je planai dans les airs. Quel acte exaltant ! Je quittais ma cage pour m'envoler loin de ses barreaux dorés. Ivre de joie, j'effectuai quelques cabrioles, sans trapèze pour me retenir.

Après une chute d'une vingtaine de mètres, j'atterris en souplesse sur le gravier. J'utilisai un nouveau sort et une brume argentée ne tarda pas à m'envelopper. Lentement, mes traits se modifièrent. Tandis que j'escaladais une partie délabrée de l'enceinte du palais, je retrouvai l'apparence d'un adolescent des rues, celui que Rébus connaissait sous le surnom d'Allegro.

Il ne se doutait pas que j'étais en réalité prince… Bien qu'il fût mon ami le plus intime, je lui cachais mes origines. Fils d'un marchand et d'une artiste étrangère, comment aurait-il réagi en apprenant le nom de mes parents ? Quitte à choisir l'anonymat et à dissimuler mon ascendance aristocratique, je bénéficiais de son amitié. C'était tout ce qui m'importait. Avec lui, j'oubliais ma prison de marbre et je jouissais d'une vie presque normale.

Je descendis la colline avec prudence et furtivité. Je longeai les murs pour profiter de l'ombre des jardinières suspendues aux balcons. Elles illustraient la plus intense des rivalités de quartier : les habitants exposaient des compositions de fleurs toujours plus agréables et harmonieuses. Primevères, géraniums et bégonias rehaussaient ainsi la couleur et la gaieté de la ville. Les vignes vierges et autres plantes grimpantes colonisaient de nombreuses façades.

Cette émulation atteignait son comble dans les quartiers des nobles qui auréolaient le palais. Elle s'amenuisait au fur et à mesure que l'on descendait dans ceux des poètes, des druides et des professeurs, pour disparaître complètement dans ceux des commerçants et des artisans, encore un peu plus bas.

Des cristaux d'épis de blé ou d'avoine étaient suspendus pour illuminer le chemin. Les demeures des scientifiques et des artistes se trouvaient là où l'éclairage était le plus ténu, près du port. Les baraques décrépies semblaient sur le point de s'effondrer et de rendre l'âme. Au-delà, l'urbanisation s'étendait dans la plaine au gré des allées et venues. On y rencontrait les personnes les plus aptes à quitter la capitale : chasseurs de gibier, chercheurs de talismans, étrangers, brigands...

À cette dernière pensée, je ralentis mon allure. Je n'étais pas suicidaire au point d'attirer l'attention sur mes promenades nocturnes. La paix régnait sur mon royaume, pas la sécurité. À force de fréquenter les parties basses de la cité, j'en étais venu à comprendre le danger permanent qui s'y dessinait. Il n'était pas rare d'être les témoins ou les victimes d'assauts violents et gratuits. Je me fis discret alors que je croisais quelques passants un peu louches.

Les rues étaient d'une saleté repoussante. Je peinais toujours à comparer l'insalubrité de ces faubourgs avec la propreté soignée de mon palais. Comment deux mondes aussi distincts pouvaient-ils se côtoyer ? Sans mes incursions sous un pseudonyme improvisé, je n'aurais jamais eu connaissance de l'existence difficile que menaient la plupart de nos sujets. Aucune leçon ne m'avait préparé à cette cruelle vérité.

La barrière entre la pauvreté et la richesse m'apparaissait plus brutale encore lorsque je quittais la clarté des hauts quartiers pour les ténèbres du port. Plus qu'ailleurs, la crasse semblait s'y accumuler sous forme de détritus et de vermine grouillante. Des ornières altéraient les chemins qui descendaient jusqu'aux quais ; parfois, je butais contre les pavés qui jaillissaient de l'ombre comme des dents déchaussées. Je plissais le nez en m'efforçant de retenir ma respiration et de m'habituer à l'odeur pestilentielle.

Rébus habitait une maison croulante qui ressemblait à une vieille cabane de jardin abandonnée. Près d'elle, les mâts des bateaux amarrés s'entrechoquaient sous l'effet du vent dans une musique funèbre. Ils me rappelaient que je n'étais absolument pas à ma place dans ce lieu.

Je frappai trois coups sur le volet en bois de la chambre. Le bruit mat rompit la mélodie nocturne. Je lançai un regard inquiet aux ombres qui m'entouraient. Personne ne s'attardait plus sur les quais ; les habitants s'étaient réfugiés chez eux ou dans les tavernes attenantes, d'où j'entendais de lointains éclats de rire.

Les incidents étaient fréquents près de la jetée. Des passeurs y vendaient leurs services pour traverser le fleuve. Ces trajets clandestins permettaient de contourner les taxes prélevées sur les marchandises qui entraient dans la cité par les deux ponts principaux. Certains soirs, j'apercevais des hommes dans la brume qui juraient en déchargeant leurs canots. Ils étaient toujours sur le qui-vive, car les châtiments étaient sévères pour ces marins nocturnes.

La porte grinça. Mon ami s'échappa de la masure en adressant quelques mots à l'intérieur. Je savais que son père vivait de son commerce et voyageait beaucoup ; il revenait rarement dans la maison familiale. Rébus habitait seul avec sa mère, qui lui imposait peu de contraintes en matière de sorties. Comme je l'enviais !

« Content de te revoir, Allegro », fit-il en me donnant l'accolade.

Il avait sensiblement la même taille que moi. Ses cheveux sombres et ébouriffés encadraient deux perles turquoise et des sourcils très noirs. Malgré le dénuement de sa tenue, ses traits fins lui offraient beaucoup de charme. Il n'en semblait pas conscient, persuadé de n'être qu'un artiste sans talent et un voleur à la sauvette. Ses petits méfaits sans gravité lui rapportaient davantage d'argent que ses dessins. J'étais souvent surpris de constater à quel point le manque de confiance en lui pouvait l'empêcher de rêver à un avenir plus confortable.

« Où avais-tu encore disparu ? me demanda-t-il.

— Je viens de passer quelques jours dans une bicoque près des falaises, improvisai-je. Je me suis ennuyé à mourir !

— Ne te plains pas d'avoir une maison secondaire... »

Je regrettai ma maladresse. Malgré l'anonymat qui effaçait la muraille entre nos deux mondes, je n'avais pas pu lui cacher une culture et un langage qui trahissaient mon ascendance aristocratique. En matière de compromis, je m'étais inventé une famille de marchands de la petite bourgeoisie. Cette fable justifiait nos différences et nous permettait de discuter à cœur ouvert, sans la contrainte des lettres de noblesse. Je prenais garde de ne pas le blesser en lui rappelant sa pauvreté.

« J'aimerais voyager, moi aussi, avoua-t-il.

— Rien ne t'empêche de soudoyer un vif-passeur. Tu as toujours eu beaucoup de projets. Il serait temps d'en réaliser certains ! »

Mon ami me donna une bourrade dans les côtes.

« Ne te moque pas, tu pourrais le regretter !

— Je tremble de peur... »

Rébus ricana. D'un geste nonchalant, il passa le bras autour de mes épaules et me proposa de boire un verre dans une taverne.

« Je te pardonne, dit-il. Je suis même prêt à t'offrir une tournée.

— Te voilà soudain bien généreux...

— Tu me connais, mon grand cœur me perdra ! »

Nous fîmes tranquillement notre chemin vers le bar. Nous nous sentions invincibles ; nous parlions sans nous soucier d'éventuels ennuis. Je lui racontai une histoire improvisée sur mes études forcées auprès de mon oncle borgne, Acacio, un vieillard qui radotait et dont j'avais dû supporter les remontrances toute la semaine. Mes parents m'avaient imposé cette retraite jusqu'aux examens du Suprême, afin que je me prépare aux tests d'aptitudes en toute sérénité. Je me plaignis de cet odieux personnage.

Je lui expliquai en soupirant qu'il était atteint de cleptomanie : il ne pouvait pas s'empêcher de dérober les biens qui ne lui appartenaient pas. J'étais arrivé avec une dizaine de cristaux de plumes pour écrire sur mon grimoire, mais je n'étais reparti qu'avec un seul d'entre eux, retrouvé par hasard dans un tiroir du salon... Mon oncle m'avait subtilisé les autres tout au long de mon séjour.

« Acacio a toujours peur de manquer, me moquai-je. Il est capable de se lever la nuit pour recommencer l'inventaire de ses provisions. Si une souris a eu le malheur de grignoter le coin d'un sac de jute, tu peux être sûr qu'il ne dormira pas avant d'avoir enfumé sa tanière ! »

Rébus rit doucement. Le portrait que je dépeignais de mon mentor me libérait de ma rancœur. Je décidai de conserver ce personnage dans les futures histoires que je comptais offrir à mon ami. Mon imagination débordante lui servait de délicieuses aventures bien plus passionnantes que la vie d'un prince.

Mes mensonges nous occupèrent jusqu'à la taverne des *Mille et Une Nuits*, à la pancarte fracassée depuis une récente bagarre. Elle était à quelques rues seulement du port ; on sentait encore l'odeur du fleuve et des effluents urbains qu'il drainait. C'était un lieu mal fréquenté.

Alors que je m'apprêtais à rentrer, la porte s'ouvrit brutalement et un homme se précipita sur moi. Ou plutôt, quelqu'un le jeta sur moi, car l'ivrogne ne semblait pas consentant. Il me décocha un coup de coude involontaire en me bousculant et s'écroula en bas des marches. Une paire de chaussures traversa le chambranle, puis un chapeau de cuir poisseux.

« Et restes-y ! », lança une voix menaçante.

Nous restions paralysés, Rébus et moi. Était-ce vraiment une bonne idée d'entrer ici ? Avec un haussement d'épaules, mon ami décida que la soif était plus forte que l'appréhension. Je le suivis après un temps d'hésitation.

À l'intérieur, un homme furieux se tenait au milieu de la pièce. Le visage rouge de colère et de vin, il était à l'origine du renvoi sans pitié auquel nous venions d'assister. Il ne semblait pas avoir encore recouvré ses esprits. Il s'avança brusquement et se mit à secouer Rébus en criant. Je frissonnai.

« Qu'est-ce que tu fais ici, vaurien ? »

La scène se figea sur ce client à moitié ivre qui maltraitait mon ami. Je ne pouvais pas rester sans réagir.

Je ne pris pas le temps de penser et de recourir à un talisman. Le cœur battant, j'utilisai ma propre magie pour prononcer **« RONCE »** et gifler l'air de ma main, en songeant *aux aiguillons pointus d'un monstre végétal*.

Un filament vert claqua et fouetta l'agresseur à la joue. Une traînée de sang traça une diagonale sur son visage et il lâcha mon ami en jurant. J'attirai Rébus avec moi et je reculai contre le mur.

Peu importait de comprendre la logique derrière le comportement d'un ivrogne… Nous aurions dû déguerpir et profiter de notre avantage. Mon destin bascula à cause de mon hésitation.

L'homme aux yeux brûlants me prit au dépourvu en me lançant un sortilège. Une étincelle violette traversa l'air et percuta mon torse. Mon souffle se coupa sous le choc.

Une force glaciale commença à se répandre dans mon corps, pétrifiant mon sang et mes sens. Je percevais la progression du poison qui gelait peu à peu l'ensemble de mon organisme. Impuissant, je m'affalai durement sur le sol. Ma souffrance croissait à une vitesse surprenante et ne paraissait pas connaître de borne. S'agissait-il d'une incantation mortelle ?

« Robulus, laisse-le ! »

J'avais fermé les yeux. Curieusement, la douleur me rappelait celle causée par le talisman piégé qui m'attendait dans ma chambre. Qui m'avait assuré que l'on ne pouvait mourir qu'une fois ?

« Libère-le ! »

Mon martyre cessa brusquement. Je retrouvai mon souffle, haletant, et mes vertiges se dissipèrent peu à peu. Des nausées me secouèrent alors que je sentais les mains de Rébus me soutenir la nuque. Quand je soulevai les paupières, plusieurs visages se penchaient au-dessus de moi.

« Tu as failli le tuer, s'énerva Rébus.

— Il a fait couler le premier sang ! Personne n'attaque les Éternels sans conséquence.

— Comme si tes affaires minables intéressaient quelqu'un… »

Je détaillai son interlocuteur, le dénommé Robulus. Grand et costaud, il avait des cheveux noirs et ses yeux brillaient d'un éclat bleuté. Leurs traits se ressemblaient étonnamment, malgré la traînée sanguinolente qui barrait le visage du brigand et dont j'étais responsable.

Mon ami m'aida à me relever et le foudroya du regard. Il me tira par le bras, mais l'autre nous retint.

« Pas si vite ! Tu n'as pas eu besoin de talisman pour me blesser – en surface, bien sûr. Ta magie est puissante. J'ai l'impression que tu ne viens pas des quartiers inférieurs, ce qui me pose un problème… »

Un silence tendu suivit ses paroles. Un de ses acolytes se mit à rire nerveusement, sans doute parce qu'il était ivre. Robulus l'assomma d'une tape sur la nuque.

« Tu étais dans ton droit, lâcha-t-il en se frottant la main. Tu pensais protéger mon petit frère et je te pardonne. Par contre… Eh bien, je dirige le meilleur gang de la ville, et j'aimerais voir ce que tu vaux au cours de notre prochain tour. Ça pourrait te rapporter gros…

— Laisse-le en dehors de ça, s'interposa Rébus. Je t'ai déjà promis mon aide si tu payes le loyer.

— J'aurai besoin de toi, mais aussi d'un homme avec la magie végétale dans le sang. »

Tous les regards se posèrent sur moi. D'un point de vue moral, je ne pouvais certainement pas m'y résoudre. Les activités malhonnêtes d'un gang ne m'intéressaient pas. D'un autre côté, mon intuition me poussait à établir un rapport étroit entre eux et mes tentatives d'assassinat. Et si je mettais la main sur des renseignements concernant les nouvelles menaces qui me tourmentaient ?

« Tu ne devras tuer personne, assura Robulus comme s'il parlait d'une chose banale. Je ne peux pas t'en dire davantage devant tous ces témoins… Cette mission est secrète. Elle est d'importance *royale.* »

Mon cœur tressauta.

« Dans ce cas nos routes se croiseront », murmurai-je avec fatalisme.

Mon agresseur dévoila ses dents jaunes. Il m'invita à les rejoindre une semaine plus tard pour en apprendre davantage. Il se désintéressa soudain de nous. Cette fois, je n'attendis pas un retournement de situation pour déguerpir. La porte claqua derrière nous.

Rébus ne dit rien pendant quelque temps. Son mutisme me permit de reprendre mon souffle et de calmer le sang qui bouillonnait dans mes veines. Était-ce judicieux de s'acoquiner avec des assassins potentiels, capables de m'assommer d'une simple formule ?

Mon ami ressassait les mêmes réflexions. Il en avait déjà une opinion précise.

« Tu n'aurais pas dû lui promettre de l'aider, lâcha-t-il finalement. Tu ne sais pas de quoi il retourne.

— Et si tu me racontais un peu, au lieu de me juger aussi vite ? Je viens juste de découvrir que ton frère est un assassin et que tu fais partie de son gang. »

Il donna du pied dans un bout de bois qui traînait sur le chemin.

« Je ne m'en vante pas. Robulus a quitté la maison il y a quatre ans pour se tailler une réputation de criminel. Il ne revient que pour extorquer le peu d'économies que mes parents parviennent à amasser, soi-disant pour investir dans de grands projets. Tu l'as vu comme moi : il dépense plutôt cet argent pour des abrutis qui lui jurent fidélité en échange de boissons et de bagarres. Si je l'aide, c'est uniquement pour aider ma mère à payer notre logement. Et je ne fais que voler des petits objets ou trafiquer des serrures. Je ne fais pas partie de son cirque ! »

Il retomba dans le silence. Je compris qu'il ne souhaitait pas s'appesantir sur le sujet. Était-ce une des raisons qui le rendaient parfois évasif et lointain, comme s'il dissimulait un terrible secret ?

Nous débouchâmes sur une rue animée. Rébus se dirigea vers une taverne et je le suivis docilement. Mieux valait préserver son amour-propre et l'aider à oublier un instant les chaînes et les boulets que traînait sa famille.

Je l'invitai à partager une bouteille de Nectar'Miel, mais je m'aperçus que je n'avais pas de quoi payer : mes poches étaient vides. Mon ami me tendit une poignée de diamants avec un petit sourire. Je reconnus l'argent qu'il m'avait subtilisé au cours de la soirée.

« Rébus, ne me dis pas que tu m'as dépouillé alors que j'étais en train de mourir à cause de ton frère ?

— Tu n'avais déjà plus rien de valeur sur toi, s'amusa-t-il. Je t'avais promis de t'inviter, rappelle-toi... Tu ne pensais quand même pas que j'allais le faire avec mes économies ! »

Mon ami était un voleur discret... Je lui pardonnai seulement lorsqu'il paya la deuxième tournée. Il parvint bientôt à me faire oublier la dangereuse promesse que j'avais faite à son frère. Avais-je commis une erreur de jugement ? J'ignorais jusqu'où elle pouvait m'entraîner.

CHAPITRE V

Cette île est une merveille de la nature. Le vaisseau des Achiyuka m'a permis d'admirer ses plages de galets et ses collines verdoyantes. Nous avons mouillé dans une crique sauvage, un écrin végétal à l'abri du vent qui soufflait sur la Mer des Paillettes. La reine Natalia me demandait des nouvelles de Mirabella... Je n'ai pu m'empêcher de lui raconter les soucis qu'elle me cause depuis ses fiançailles avec un simple d'esprit.

Certains abords de l'île sont envahis d'une flore dense et touffue, parsemée de couleurs et d'exotisme. Des chevreuils ont levé la tête à notre approche avant de s'enfuir à l'abri des broussailles. Ne sont-ils donc pas atteints par les hallucinations nocturnes et les cauchemars qui chassent les humains de cet étrange territoire ? Je les envie. Ils sont libres, heureux, et ne s'encombrent pas de politique ou de mariages inconcevables.

Granada de los Calyptos
« Mémoires d'une Reine Bien-Aimée »

La pleine lune éclairait les ruines d'une clarté blanchâtre. Dans mon rêve, je me cachais derrière un rocher et j'observais le paysage figé. Seul le bruit de la rivière perturbait mon attention. Elle coulait autour d'une île isolée, une colline que les légendes disaient sacrée à cause du mausolée entouré de brume qui la surplombait.

Impatient, je m'approchai de l'eau sombre et interdite. Je trempai le pied, le mollet puis la jambe. Le reste vint facilement et je commençai à nager vers la rive opposée. Alors que je luttais contre le courant, une voix retentit derrière moi.

« Allegro, rejoignez-moi ! »

Le cri de cette femme trancha la réalité de ce rêve et en précipita la fin. Paralysé, je ne parvins pas à empêcher l'eau de se refermer sur moi. Elle me happa avidement et m'engloutit dans ses profondeurs. Mon corps refusait tout contrôle et s'engourdissait. Mais pourquoi combattre l'inévitable ? Ne voulais-je pas percer le secret du Mausolée, où seuls les défunts pouvaient pénétrer ?

« Prince… »

L'appel me semblait si lointain.

« Prince Angelo, réveillez-vous ! »

Je fus brutalement tiré des griffes du sommeil et j'inspirai avec angoisse. Haletant et couvert de sueur, je m'étais emmêlé dans mes draps. Navio me fixait avec deux grands yeux verts terrifiés.

« Tout va bien », dit-il doucement.

Le valet approcha une plume d'aigle de mon visage et un souffle d'air frais s'en échappa. Mon cœur battait la chamade. Encore ce cauchemar. Quand me quitterait-il enfin ?

Le Mausolée Blanc existait vraiment : les fantômes y effectuaient leur dernier voyage. Pourtant, personne n'avait jamais vu la fameuse colline dont parlaient les légendes. Ce n'était que le fruit de mon imagination. Je renvoyai Navio et tentai d'oublier ma honte avant de me rendormir dans un sommeil sans rêves.

Les feuilles de thé que j'avais consommées avant de fuguer ne m'avaient offert qu'une vigueur illusoire. J'envisageai d'un mauvais œil le deuxième réveil que mon valet me réserva. Il tambourina à la porte en hurlant que la Grande Marée approchait.

Lorsque je sortis de ma chambre, Navio me fit renoncer à un petit-déjeuner consistant et me tendit une pomme et quelques biscuits. Mon retard se devinait à son air alarmé.

« Je n'ai pas osé vous réveiller plus tôt, s'excusa-t-il en rougissant. Votre cauchemar a dû vous fatiguer. J'ai pris sur moi pour que vous dormiez le plus possible.

— Fais-moi le plaisir d'oublier cette histoire. »

Il bredouilla des excuses et s'inclina. Mon regard fut attiré par le pendentif qui dépassa de sa toge, un navet en améthyste, son Talisman Totem. Je devais bientôt partir à la recherche d'un trésor équivalent : un bijou unique, une pierre précieuse animée d'un esprit totem.

À l'intérieur de ces joyaux, un djinn était prisonnier et parlait à son porteur par la pensée. Cet être était doué de conscience et de personnalité. Sa magie s'associait à celle de son maître et lui soufflait les formules des sortilèges... La découverte de ce génie était la motivation principale des étudiants qui préparaient leurs examens du Suprême, le diplôme qui clôturait leur apprentissage. Quelques semaines seulement me séparaient de ces épreuves initiatiques et de la chasse aux djinns.

J'espérais trouver mon totem dans un fruit. Cette condition était nécessaire pour prétendre au trône Végétal. Mon cousin Tim avait ainsi déniché le sien dans les feuilles d'un tilleul, annulant définitivement ses chances de régner un jour. Comme lui, pouvais-je m'écarter de la norme et passer à côté de mon destin ? J'avais entendu des rumeurs selon lesquelles les djinns choisissaient eux-mêmes leurs compagnons en fonction des résultats aux examens...

« Si je peux me permettre, mon prince, vous êtes vraiment en retard... »

Je me précipitai dans l'escalier. Ma mère m'aurait interdit de courir ainsi alors que je souffrais de problèmes respiratoires. Prince ou brigand, la nature ne m'attendrait pas et je ne devais pas rater la marée.

Le soleil était déjà haut dans le ciel. Je dérapai sur le gravier des allées. Je m'empressai de rejoindre le Patio du Voyage dont les cèdres et les pins dissimulaient une large mare de vif-argent.

Non potable, l'argent liquide remplissait le bassin. Il n'y avait aucun signe de vie végétale ou animale sur les berges. Les nobles évitaient de se baigner dans cette substance miroitante et visqueuse. Son niveau diminuait ou augmentait brusquement sous l'effet des marées, jusqu'à trente fois par jour et avec une intensité variable. Elles provoquaient des tourbillons qui aspiraient tout être vivant dans un gigantesque réseau de rivières souterraines. Les courants ainsi créés nous permettaient de voyager d'un bout à l'autre du monde.

« Vite ! », appela une servante.

Des bulles d'air secouaient la surface de la mare, comme si elle bouillonnait. Les Grandes Marées survenaient deux fois par jour. Celle du matin permettait de rejoindre l'Île Brumeuse ; celle du soir offrait le chemin inverse.

Cette garantie d'un aller-retour était utile, car la destination des marées était aléatoire. Le trajet des courants argentés dépendait des phases de la lune et de la taille des Astres. Malgré tous les modèles théoriques proposés par les scientifiques, la circulation dans le réseau restait imprévisible. Il existait des milliers de galeries.

Seuls les vif-passeurs détenaient des formules pour s'y diriger. Sans eux, il était impossible de parvenir au bon endroit. En dehors des Grandes Marées, il était formellement interdit de voyager sans guide. Nous prenions sinon le risque de déboucher dans des zones inhabitées ou hostiles, sans espoir de retour. Les derniers faits divers parlaient d'un jeune homme imprudent qui s'était retrouvé au milieu de la jungle et s'était fait dévorer par des tigres...

Les vif-passeurs tiraient évidemment des bénéfices non négligeables de leur monopole. Ils acheminaient certains flux de marchandises dans ce réseau complexe, mais leur principale ressource consistait à accompagner des navettes de travailleurs et de visiteurs.

« Mais qu'attendez-vous ? », s'énerva la femme.

Je m'approchai du bord et repris mon souffle, un peu sifflant. Je priai pour ne pas avoir déclenché une crise d'asthme.

Des barques en forme de demi-tonneaux étaient amarrées. J'étais seul à voyager ce jour-là ; je n'avais que l'embarras du choix. J'avais assez de place pour m'asseoir et étendre mes jambes. J'utilisai la perche pliable cachée dans le fond pour m'éloigner de la berge.

Alors que le canot se rapprochait du centre de la mare, il se mit à tourner sur lui-même. Je touchai le talisman incrusté dans le bois, un morceau de quartz vert de la taille d'une mandarine. À ses côtés était gravée une incantation que nous connaissions par cœur. Pour certains sortilèges, la poésie devait être précise et prononcée à voix haute. C'était le cas de la Rime Ancestrale. Je chantai doucement :

« Je brûle et m'éblouis dans le chant des sirènes,
Je rêve du parfum des cités souterraines. »

Un faisceau d'étincelles vertes jaillit de ma main et du cristal. Je ne bougeai pas tandis que se tissait autour de moi une membrane chatoyante. Le clapot sembla moins fort et un léger étourdissement m'arracha un bâillement. La poésie m'endormait pour me protéger du danger et me garantir un certain confort.

Un tourbillon se matérialisa dans le vif-argent et le niveau de la mare s'affaissa. L'embarcation se mit à pencher. Je tournai de plus en plus vite.

Malgré l'habitude, j'avais toujours un soupçon d'appréhension en voyant le trou noir qui se formait au fond et qui montrait l'entrée des cavernes. Je fermai les yeux lorsque la marée se retira avec un sifflement aigu et m'emporta dans les galeries souterraines.

La légère phosphorescence du vif-argent permettait à peine de comprendre le trajet que je suivis alors. Ma coquille de bois frottait contre des parois invisibles, plongeait ou s'élevait brusquement, sans avertissement et sans pouvoir sur les courants qui l'entraînaient. J'étais ballotté comme un fétu de paille dans un torrent de montagne.

Je finis par fermer les yeux et m'assoupir sous l'effet du sortilège qui m'épargnait les désagréments du transport. Avec ou sans vif-passeurs, la durée du parcours était imprévisible et changeante. Je perdis toute notion de temps.

Ces canaux avaient un autre rôle crucial. Quand une femme enceinte s'y plongeait, son bébé quittait la matrice maternelle pour être emporté dans les profondeurs de la terre. Il se nourrissait du vif-argent qui l'entourait, une étape-clé dans son développement puisqu'il lui offrait la maîtrise de la magie. Le fœtus grandissait dans ces rivières enchantées jusqu'au terme prévu de la grossesse. Le nouveau-né remontait alors à la surface avec un médaillon d'argile qui indiquait le nom de ses parents. Les futures mères patientaient plusieurs jours près des berges en attendant la naissance de leur enfant, car la date exacte n'était jamais connue d'avance.

Je fus réveillé par un grondement sinistre et une brusque secousse. Un halo lumineux apparaissait au loin. Je le vis se rapprocher à grande vitesse et ne pus m'empêcher de ressentir une légère angoisse : n'était-ce pas un peu trop rapide, même pour une Grande Marée ?

Le courant me propulsa soudain à l'air libre comme un bouchon de liège piégé dans un geyser. Mon arrivée s'accompagna d'une énorme vague argentée qui inonda les abords du bassin et me projeta sur la berge. Je fis un roulé-boulé avant de m'arrêter face contre terre. Je grommelai et recrachai quelques brins d'herbe.

« Les dieux me détestent… »

Une plaine immense s'étendait autour de moi, dans des tons verts et or. Couvertes de bruyère et de pins, des collines lui donnaient du relief et des couleurs. Quelques nuages caressaient la végétation en ombres effilées et ondoyantes. Des flux de magie primitive irriguaient le sol et prodiguaient une certaine sérénité à ce paysage sauvage.

On prêtait à l'Île Brumeuse de nombreuses légendes. Elle était la plus grande île de l'archipel de la Mer des Paillettes, et une des plus belles. Les traités internationaux avaient déclaré cette terre inhabitable, en tant que havre de paix et d'érudition qui servait de refuge à la folie des hommes. En vérité, on murmurait qu'aucun explorateur n'osait s'approcher des collines que l'on voyait depuis le rivage... La nuit, une brume mystique s'emparait de ces territoires protégés. Les rares témoins prétendaient qu'elle se chargeait d'hallucinations cauchemardesques capables d'effrayer le plus courageux des aventuriers. Les djinns et les fantômes gardaient cette île avec une volonté farouche.

Nous n'avions colonisé que son littoral. Les seules structures qui s'y dressaient étaient abandonnées le soir venu ; ses occupants regagnaient le continent par la magie du vif-argent ou se réfugiaient sur des bateaux amarrés sur la côte. Rester à terre n'était pas conseillé. Ces bâtiments éphémères étaient politiquement neutres et faisaient office de centres d'enseignement.

Certains parents craignaient la malédiction qui pesait sur cette île mystérieuse, mais la loi imposait d'y envoyer leurs enfants jusqu'à leurs treize ans. Même en temps de guerre, ils continuaient à recevoir une éducation égalitaire, loin des querelles du monde. Des professeurs garantissaient ce vœu charitable et donnaient des cours de poésie théorique et pratique, ainsi que d'autres disciplines facultatives aux élèves plus âgés : sciences physiques et occultes, lettres, arts graphiques, musique...

Toutes les nationalités se mêlaient. Le caractère aléatoire des marées nous changeait chaque jour de lieu d'études ou d'enseignants et préservait leur aspect cosmopolite. Ce hasard imposait une organisation scolaire particulière et délicate. La seule exception concernait les Mares Royales qui étaient connectées entre elles et amenaient toujours ses voyageurs dans la même crique de l'île. Ce traitement privilégié n'était pas des plus agréables lorsque des querelles divisaient nos pays ou nos familles, mais il contribuait à forger une culture commune – dans le meilleur des cas. Les vif-passeurs étaient également en mesure de guider des enfants jusqu'à cet espace réservé aux nobles, moyennant finance...

« Te voilà enfin ! Après avoir raté les cours de la semaine, le futur roi Végétal arrive en retard... Bel exemple ! »

Une jeune fille me dévisageait avec malice. Les yeux bleus, elle tortillait les boucles blondes de ses cheveux. Elle portait un Talisman Totem en ivoire, un pendentif qui représentait un agrégat de bulles d'écume.

Elliw Achiyuka était enfant unique, née princesse du Royaume Aquatique et promise à un grand destin. Malheureusement, quelques années plus tôt, son oncle s'était emparé du pouvoir et l'avait bannie hors de la capitale. Les circonstances de ce coup d'État prouvaient que seul l'appât du gain avait motivé le roi Aldirus II dans son action – et non l'avenir de son peuple comme il l'avait proclamé.

Depuis que l'usurpateur avait dépossédé mon amie de son titre de princesse et tué son père, j'avais envisagé d'un mauvais œil les changements qu'il avait mis en place pour redresser l'économie de son pays. Comment le meneur d'une révolution pouvait-il être digne de confiance ? Il ne s'éloignait jamais du palais de Guazu, la Cité Cascade, et je ne regrettais pas son absence lors des négociations internationales.

Elliw avait été forcée de s'exiler dans l'Empire Lumineux, sous la protection de la famille impériale. Elle vivait dans leur capitale pour conserver l'accès aux Mares Royales jusqu'à la fin de ses études. Son esprit farouche l'aidait à surmonter son traumatisme, mais elle en gardait encore une certaine fragilité.

« Je n'ai pas eu le temps de souffler depuis l'annonce du mariage de Mariña, soupirai-je. Ma mère m'a ordonné de suivre d'autres formes de cours particuliers.

— Elle espère un miracle ? Tu ne viens déjà pas assister à ceux de l'Île Brumeuse.

— J'en connais une autre qui n'en fait toujours qu'à sa tête... »

La jeune fille croisa les bras et son expression ne présagea rien de bon. Depuis qu'elle avait obtenu son Talisman Totem, deux ans plus tôt, j'avais découvert à mes dépens que ses sorts avaient gagné en rapidité et en efficacité.

« Nous devrions retrouver les autres, proposai-je avec diplomatie. Maslov a l'œil pour noter les retardataires. Je préférerais qu'elle n'ait rien à nous reprocher. »

Elliw souriait largement. Son djinn lui proposait sans doute le meilleur choix entre un bouquet de mauvais sorts.

« Tu te défiles ? minauda-t-elle en jouant avec l'agrégat de petites bulles en ivoire qui pendait à son cou.

— Dans deux mois, tu feras moins la maligne. Moi aussi, j'aurai du répondant ! »

La jeune fille me décocha un jet d'eau qui m'aspergea le visage. Mes cheveux humides se plaquèrent sur mon front et Elliw éclata de rire.

Une voix dédaigneuse mit fin à notre bonne humeur.

« *Sa Majesté* avait trop chaud ? »

Je repoussai mes mèches blondes et découvris Djalil Al'Malwib, le prince héritier du Sultanat Calorique. Sa peau était aussi noire qu'une nuit sans lune. Je détestais ce turban rouge qu'il portait toujours de travers. Il cristallisait les rancœurs de son peuple envers le mien et je le lui rendais bien.

Cette aversion héréditaire datait de plusieurs générations, notamment à cause de mon arrière-grand-mère, Orange, qui avait déclaré la guerre au Sultanat et en avait annexé une bonne moitié. Les massacres dont elle fut responsable lui avaient valu le surnom de Reine Sanguine...

Elle avait fini par être empoisonnée au sein de son propre palais.

Malgré le traité de paix signé à la fin de ces combats meurtriers, nos pays se haïssaient. Ces atrocités avaient creusé un fossé entre nos deux patries. Pour d'obscures raisons, les territoires conquis n'avaient pas tous été rendus. Les vaincus gardaient une profonde amertume de ces événements. Certains prétendaient que les mines d'obsidienne dérobées au Sultanat étaient bien trop précieuses pour que nous les abandonnions... Leur exploitation était une grande richesse pour nos alchimistes qui en tiraient énergie et profit, pour leur guilde comme pour la couronne qui taxait le minerai extrait.

Trempé à cause de mon amie Elliw, je pris un cristal de plume dans mon Herbier et sollicitai son pouvoir pour me sécher. Je songeai *à l'espion caché sous un masque noir.* Je murmurai **« CORNEILLE »** et frottai mes mains l'une contre l'autre. Un souffle d'air ne tarda pas à s'échapper du talisman.

Djalil et son groupe d'admirateurs se moquèrent de ma manœuvre.

« Ça vous amuse, les têtes frileuses ? lançai-je d'un ton caustique. Vous devriez essayer, ça vous rafraîchirait les idées.

— Tu aurais dû rester chez toi, s'enflamma le prince étranger. Je n'arrive pas à croire que tu sois le nouvel héritier du trône. Tu as du souci à te faire, si tu restes au lit pendant deux jours chaque fois que tu tousses ! »

Je serrai les poings. Je détestais que l'on me rappelle cette faiblesse. Comme si je n'en souffrais pas assez ! Mes crises d'asthme m'humiliaient et je peinais à ignorer les moqueries tranchantes qui en découlaient.

Elliw posa sa main sur mon bras et me rassura.

« Il essaye de te déstabiliser, ne l'écoute pas. Il ne sera pas le seul à émettre ce genre de critiques stupides : prends-les pour ce qu'elles sont. »

Lentement, je m'efforçai de calmer les battements de mon cœur et de reprendre mon sang-froid. Mon ennemi n'en parut que plus enragé.

« Ne pleure pas, petit ange, dit-il d'un ton mauvais. Tous les bannis du monde vont voler à ton secours. »

Elliw le toisa de haut.

« On m'a peut-être exilée, siffla-t-elle sans se démonter, mais je suis née pour régner, contrairement à toi. Es-tu sûr d'être légitime pour occuper le trône du Sultanat ? »

Sa majesté naturelle mit son adversaire mal à l'aise. Djalil rechercha du soutien autour de lui. Je ricanai doucement.

« Es-tu aveugle ou bien stupide pour ne pas reconnaître une vraie princesse ? »

J'étais fier de ma boutade, mais mon rire s'étrangla dans ma gorge. Tout le monde me regardait avec horreur. Elliw elle-même porta les mains devant sa bouche.

Qu'avais-je dit de si monstrueux ? Ma remarque avait jeté un froid que je ne comprenais pas. Mon amie, choquée, finit par se détourner sans un mot. Elle m'abandonna à mes ennemis et ne répondit pas quand je l'appelai.

« Tu insultes ma sœur, fit Djalil avec fureur. Tu n'as donc aucune compassion ? Tu me dégoûtes ! »

La lumière se fit dans mon esprit et je me mordis les lèvres. Quel idiot j'étais ! Je venais de commettre une erreur inexcusable. Amira Al'Malwib, sa sœur aînée, aurait dû hériter du Sultanat Calorique si elle n'avait pas été aveugle de naissance. J'avais involontairement fait allusion à ce triste handicap.

La pauvre fille ignorait les couleurs et les formes que la poésie nécessitait ; en conséquence, elle ne maîtrisait pas la magie et ne pouvait pas voyager grâce au vif-argent. J'étais coupable d'avoir oublié jusqu'à son existence.

On ne parlait pas de la Princesse Noire sans se signer avec ferveur pour prier les dieux et se protéger du malheur.

Sa tare était intolérable dans un monde où la magie était tout. Qui pouvait souhaiter cela, même à son pire ennemi ?

Elle s'isolait dans la cité d'Al-Hamra et se réfugiait dans la musique. On lui prêtait une ouïe fine et une dextérité fabuleuse. Quelle était la part de vérité dans la légende qui l'entourait ? Son public était rare. Ses spectateurs mal à l'aise ne pouvaient s'empêcher de fixer le bandeau qui cachait ses yeux malades et qui lui valait son surnom de Princesse Noire. La sœur de Djalil vivait dans la solitude, dans un recoin du palais où personne ne se rendait jamais, comme un lieu frappé de malédiction.

« C'était une terrible maladresse, m'alarmai-je en m'adressant à toute la troupe. Je ne faisais pas référence à la princesse Amira. Mes paroles dépassaient de loin mes pensées.

— Au contraire, elles sont parfaitement transparentes ! Angelo, ton manque d'humanité m'écœure. Je pense que tous ceux qui m'entourent partagent mon sentiment. »

Alertés par nos éclats de voix, des badauds s'étaient approchés de nous. Je sentis leurs regards peser lourdement sur ma nuque. Un filet de sueur froide me traversa le dos.

« C'était une erreur ! Je ne la connais même pas !

— Cela te permet-il de la juger aussi mal ? Pour elle, chaque jour est une nouvelle épreuve ! Tu ignores ce qu'est le courage et sans doute ne le sauras-tu jamais. »

Je déglutis lentement. Quels arguments pouvais-je opposer à sa rage ? Dans sa culture, l'honneur était sacré et prévalait sur tout le reste. Je venais de salir celui d'une femme, et pas n'importe laquelle... Si je n'avais pas été prince, je n'aurais pas donné cher de ma peau.

L'adolescent porta la main à son Herbier et en retira trois baies roses au bout desquelles s'échappait un faisceau de poils bruns. Je reconnus des fruits d'églantier, célèbres pour leur capacité à servir de *poil à gratter*.

Mon titre ne l'empêcherait pas de venger sa sœur. Je tressaillis des conséquences de mon innocent mais non moins détestable commentaire. Djalil murmura et fit un geste, mais il fut interrompu par une voix qui cria « ROSSIGNOL » tout près de nous. Une étincelle grise vint frapper mon adversaire et bloqua son sortilège. Une gerbe lumineuse explosa et nous propulsa tous les deux en arrière.

Je ratai mon atterrissage pour la deuxième fois de la journée. Je m'écorchai les jambes sur des cailloux pointus.

« Inconscients ! »

Une vieille femme s'avança, les cheveux défaits et le visage empourpré. De grande taille, le Professeur Maslov était d'une blondeur pâle qui rappelait ses ascendances nordiques.

« Pour des princes, vous ne valez pas mieux que des vauriens turbulents ! argua-t-elle d'une voix suraiguë. À votre âge, votre attitude est déplorable ! »

Je me relevai et tentai de plaider mon innocence, mais aucun son ne sortit de ma bouche. Elle m'avait rendu aphone. Remarquant mon geste avorté, elle braqua un long doigt sur moi :

« Lorsqu'on s'apprête à devenir roi, on évite de provoquer une guerre. Il y en a suffisamment comme ça pour qu'on puisse se passer d'une nouvelle ! »

Elle remit en place son châle et renifla avec mépris.

« Rentrez chez vous, lança-t-elle. Vous n'aurez pas d'autre leçon à retenir aujourd'hui : méditez-la longuement. Me forcer à vous ensorceler est une honte ! Inutile de vous enseigner de nouvelles formules tant que vous ne maîtriserez pas vos pulsions. Qui sait quels crimes vous seriez capable de commettre ? »

Je baissai les yeux. Je parlais sans réfléchir, comme d'habitude.

Elliw était réapparue, après avoir appelé la vieille femme osseuse à ma rescousse. Elle avait pressenti que la situation allait dégénérer.

« Tu as été imprudent, me gronda-t-elle à son tour. Je te connais suffisamment pour savoir que tu ne te moquais pas de la Princesse Noire, mais des conflits ont éclaté pour des prétextes bien moindres. Il serait temps que tu cesses cette rivalité stupide avec Djalil. Vos pays vont finir par déterrer la hache de guerre pour laver les insultes que vous échangez chaque jour. »

La fureur de mon professeur se comprenait par son origine Aérienne. Son royaume ne s'était toujours pas relevé de sa guerre civile. Par bonheur, ces remous politiques épargnaient l'Île Brumeuse. Prêts à punir ceux qui ne respectaient pas cette loi, certains y veillaient avec un zèle terrifiant.

Je devais retourner au palais et subir le courroux de ma mère. Je n'étais pas pressé de lui raconter ma mésaventure... Je n'osais pas imaginer sa réaction en apprenant ce « *léger* » incident diplomatique.

Chapitre VI

Les djinns sont des êtres complexes et merveilleux. Ils partagent notre vie et nous influencent dans nos décisions. Les philosophes ont-ils tort de les considérer comme un lien entre les hommes et les dieux ? Ils sont les intermédiaires des puissances reléguées dans les brumes des cieux. Leur magie est plus intense que celle des talismans ordinaires.

Nos totems sont le reflet de nos âmes : le mien correspond à ma personnalité farouche et déterminée. Qu'en est-il des djinns des gens qui m'entourent ? Certains ont le meurtre au cœur, d'autres l'appât du gain. Quelle est la réelle influence de ces esprits qui nous parlent en pensée ? Il ne faut pas se fier à la beauté de ces pierres précieuses qui peuvent dissimuler des êtres dangereux ou stupides. Je suis ainsi persuadée que le totem de mon gendre n'est pas un kiwi, mais un âne.

Granada de los Calyptos
« Mémoires d'une Reine Bien-Aimée »

Une semaine pluvieuse s'écoula sur l'archipel de la Mer des Paillettes. Je pris soin d'éviter Djalil Al'Malwib et de taire mes réflexions sur son turban mouillé qui déteignait en traînées rouges. Je risquais d'exacerber sa susceptibilité et de subir les foudres de mon auditoire.

Ma mère fut la première avertie de notre altercation. Son sermon me laissa aphone plus longtemps que la durée initiale du sortilège de Maslov. Mes tympans vibraient encore des mots « *irresponsable* », « *immature* » et « *honteux* ». Mon insulte envenimait nos relations avec les Caloriques, déjà tendues. Elle prévoyait de leur présenter des excuses officielles, en personne, dès que son emploi du temps surchargé le permettrait.

Ma mère était reine, mais également Modeste Guérisseuse depuis le vote des guildes de médecine : elles lui avaient confié la gestion de la Santé pour plusieurs années. Elle suivait de près et subventionnait les progrès en matière de phytothérapie et d'aromathérapie. Pendant mes crises d'asthme, je lui servais ainsi de cobaye pour ses nouvelles potions.

Les guildes formaient des contre-pouvoirs dont la voix comptait lors des décisions publiques. Le couple royal conservait une influence majeure sur les orientations politiques qui concernaient leur royaume, mais certaines luttes ne leur appartenaient plus, comme la religion, le vif-transport ou l'alchimie. Même la défense du pays dépendait davantage d'une autre personnalité que de mes parents : l'Ensorceleur.

Peu d'informations se répandaient sur l'identité de ce dernier : il était élu par les mages et devenait le représentant. Il ne se cantonnait pas au contre-espionnage. Il maîtrisait la magie sous sa forme la plus pure, afin de garantir l'application des traités de paix, de préserver nos intérêts et de veiller sur la santé de l'Astre Végétal. L'anonymat allait de pair avec ce titre et évitait des menaces trop directes. J'avais essayé de corrompre Acacia pour en apprendre davantage, mais mon mentor s'était moqué en prétextant qu'il ne me confierait un tel secret pour rien au monde. Mes parents n'avaient pas hésité à appuyer son avis.

Ma récente querelle avec Djalil Al'Malwib me laissait croire que je devrais patienter quelques années avant de découvrir les rouages cachés de mon gouvernement. Pour l'heure, *Sa Majesté Ma Mère* m'ordonnait de rencontrer les druides pour gagner en sagesse. Si je négligeais une fois de plus leur enseignement, elle me promettait l'exil dans un monastère près des volcans des Monts Tempêtes. Je la connaissais suffisamment pour savoir qu'elle n'hésiterait pas une seconde à exécuter ses menaces, si je lui en offrais l'occasion.

J'avais ainsi quitté la citadelle en direction de la Forêt des Fées, au milieu de la foule. Le Jour du Cercle, rois et mendiants se côtoyaient pour rendre le même culte.

Ma sœur Mariña m'accompagnait, ainsi qu'une poignée de servantes et de mages. Les druides précipitaient son mariage en prétextant une conjoncture astrologique favorable qui se présenterait deux semaines plus tard, au début du Mois du Jugement. Depuis l'annonce officielle de cette union, tout le palais était en effervescence pour préparer la cérémonie.

Le chemin était large et pavé. Il traversait nos territoires en ligne droite, depuis les falaises qui surplombaient l'océan jusqu'à la Mer des Paillettes. Plusieurs routes coupaient les nations voisines de façon analogue, comme les rayons d'une immense roue dont le moyeu était l'archipel de la mer intérieure. La cartographie de notre continent en forme d'anneau grossier était hasardeuse et incomplète. Plusieurs zones étaient réputées infranchissables ou dangereuses, par la présence de peuples barbares ou de créatures sauvages. Nous savions nous protéger de leurs assauts, mais aucun explorateur ne s'y aventurait plus.

Seuls les marins du Royaume Aquatique s'enorgueillissaient de vaisseaux capables de naviguer autour du monde et de contourner les territoires hostiles comme la Jungle d'Émeraude. Nous avions nos propres ports de pêche, sans pour autant nous risquer à braver les humeurs maussades de l'océan. Par ailleurs, la majorité des côtes du Royaume Végétal se découpaient le long de hautes falaises inhabitées. Nous étions un peuple de paysans plutôt que de pêcheurs.

Je trébuchai sur une ornière et ravalai un juron. Les poètes auraient dû inventer des vers pour aplanir la route et abandonner l'usage des pavés.

J'étais énervé par cette marche forcée qui rendait ma respiration sifflante et douloureuse. La Forêt des Fées se dressait devant nous : une masse verte qui abritait un nombre incalculable de légendes et de créatures féeriques. Personnellement, je n'avais jamais croisé d'animaux de feu ou de végétaux doués de parole ; seulement toute une gamme de champignons hallucinogènes. La consommation de ces moisissures expliquait selon moi les élucubrations des druides.

« Tâche de faire bonne figure, me recommanda ma sœur à mi-voix. Mère finira par pardonner, ne t'inquiète pas.

— Je n'ai aucun péché à confier aux druides, répondis-je en haussant les yeux au ciel. Djalil a mal interprété mes paroles. »

Mariña joua nerveusement avec son Talisman Totem, une figue en améthyste.

« Le Sultanat Calorique nous hait depuis cinquante ans, me rappela-t-elle. Essaye simplement de ne pas en rajouter. »

Je restai silencieux pendant la fin du trajet. Je préférais épargner mes pensées impies à ma sœur.

Nous parvînmes bientôt à l'orée d'une clairière délimitée par des chênes centenaires. Leurs branches étaient décorées de rubans multicolores. Les rayons du soleil tranchaient avec la semi-obscurité de la forêt et illuminaient un cercle de verdure, entouré de menhirs et avec un dolmen en son centre. Un sortilège imprégnait ce temple antique et en restreignait l'accès : seules les personnes fidèles à la magie végétale pouvaient traverser les pierres levées.

L'année précédente, un déplorable accident avait rappelé le danger de cette barrière protectrice. Un jeune garçon issu de Specy, un village conquis au Sultanat Calorique par la Reine Sanguine, avait entendu une ancienne légende. Elle prétendait qu'un enfant de ce village pourrait la franchir malgré sa magie rouge et devenir l'élu des dieux. Hélas, des éclairs avaient surgi des menhirs et l'avaient foudroyé sur place, ne laissant qu'un petit tas de cendres et un fantôme déçu.

À mon passage, je ne sentis qu'un léger picotement. Je fus surtout aveuglé par le disque brillant et flou de l'astre du jour. Des vertiges me secouèrent. Était-ce un début d'insolation ? Ce malaise se produisait souvent lorsque je marchais trop longtemps.

Ma tête bourdonnait et je perdis l'équilibre. Je m'appuyai sur un des menhirs et j'essuyai la sueur qui perlait à mon front.

Je me tournai vers Mariña et ne rencontrai que le vide. Ma sœur m'avait abandonné. Les servantes et les mages avaient également disparu. En fait, j'étais seul et entouré d'arbres obscurs. N'était-ce pas une clairière, quelques instants plus tôt ?

Formidable, songeai-je avec dépit. *Ne t'affole pas, tu es simplement au beau milieu d'une forêt peuplée de diablotins qui veulent te jouer de mauvais tours.*

Je ne vis pas de lueurs rouges dans les buissons, mais la luminosité était étrange. Elle diminuait chaque fois que je clignais des yeux... Les couleurs s'enfuyaient, comme une peinture plongée dans un ruisseau et dont les teintes se délavaient.

Quel était ce mystère ? Je commençais à croire aux prétendus maléfices qui enchantaient les bois. Plus de doute : j'étais pris au piège par des lutins machiavéliques qui m'envoyaient des hallucinations.

« *Allegro !* »

Le cri perça l'obscurité des arbres et s'accompagna d'un souffle de vent totalement irréel. Je frissonnai malgré moi.

« *Où êtes-vous ? Notre temps est compté, rejoignez-moi !* »

Le monde se mit à tourner. Mes pieds s'enfoncèrent dans le sol meuble de la forêt comme dans des sables mouvants. La terre s'emparait lentement de mon corps.

Mes pensées s'embrouillaient. Était-ce à nouveau le cauchemar du Mausolée ? Le cadre changeait parfois. Ces derniers jours, il semblait plus insistant et sa fréquence augmentait, m'entraînant davantage dans sa folie et son étreinte mortelle.

La couleur et le son me revinrent brutalement. Je quittai sans regret l'emprise infernale du maléfice et j'ouvris les yeux. La clairière avait recouvré son aspect ordinaire. Mariña m'aida à me relever en me prenant le bras.

« Tu as eu un vertige. Nous marchions trop vite, je m'en excuse.

— Juste un malaise, assurai-je d'une voix pâteuse. Ou un rêve étrange.

— Ces bois sont traîtres. Les promeneurs rapportent des histoires qui ne tiennent qu'aux spores hallucinogènes qui circulent dans l'air. »

Fées ou champignons, je décidai d'oublier ce que je venais de vivre. Je frottai mes mains pour enlever la poussière qui s'y était déposée. Je le fis deux fois, avant de m'apercevoir que ce n'était pas de la terre, mais un tatouage blanc : six étoiles autour d'un croissant de lune. Je voulus le montrer à ma sœur, mais ma peau avait déjà absorbé le dessin.

Elle soupira et supposa que j'avais respiré les illusions que ces bois entretenaient. J'avais pourtant reconnu le symbole des Filles de la Lune, ces meurtrières qui ne me portaient pas dans leur cœur. Était-ce une nouvelle exaction de leur part, ou une simple hallucination ? Je me rappelais leurs menaces de mort… J'observai les alentours avec méfiance.

La végétation du lieu inquiétait les visiteurs non avertis. Certaines plantes empoisonnaient les sens, comme les célèbres Fleurs-Sereines au nom trompeur : le parfum de ces grosses marguerites engourdissait l'esprit et s'avérait fatal. Elles proliféraient notamment au plus profond de la forêt. Des personnes âgées ou malades y effectuaient volontairement un ultime voyage pour abréger leurs souffrances. Personne ne savait si leur disparition était due aux bêtes sauvages ou aux fleurs.

Mariña s'excusa et partit à la rencontre d'un druide en emportant ses gardes du corps et ses servantes. Je m'adossai contre un rocher pour rassembler mes esprits.

La foule envahissait le temple dont les arbres et les menhirs faisaient office de murs. Le cœur d'une forêt restait un lieu privilégié pour célébrer les dieux de la Nature.

Un homme à la longue barbe blanche ne tarda pas à s'approcher du dolmen. Avec un peu d'aide, il grimpa sur la stalle horizontale et s'éclaircit la gorge. Je reconnus l'Archidruide Séquijo, au front tatoué d'un cercle vert piqué d'un point blanc.

« Les Dieux nous écoutent ! cria-t-il par-dessus le tumulte. Paume vers le ciel, chantons les Louanges ! »

Des milliers de bras se levèrent bientôt. En m'y appliquant à mon tour, j'eus la sensation de me fondre dans une volonté qui me submergeait. Un faible grésillement se fit entendre. Il s'amplifia à mesure que chacun invoquait une poignée d'étincelles au creux de sa main. Un halo vert et lumineux ne tarda pas à envelopper la foule.

Une émotion étrange s'insinua en moi. L'union temporaire de tous ces hommes m'exaltait et m'effrayait en même temps. La religion canalisait une redoutable quantité de magie. Que se passerait-il si les prêtres du Cercle décidaient de se mêler de politique ?

> *« Puissants arbres de Vie, sombres dieux de la Mort,*
> *Entendez-vous les voix de ceux qui vous adorent ? »*

Les chants emplirent doucement la forêt. D'abord hésitants, ils gagnèrent peu à peu en puissance et en volupté. Je m'abandonnai à l'harmonie qui vibrait dans l'air.

> *« Des profondes racines aux feuilles de velours,*
> *Nous sommes la sève d'un éternel amour !*
> *Si votre sagesse nous élève en douceur,*
> *Votre bonté nous aide à soigner notre cœur.*
> *Si votre justice raffermit notre écorce,*
> *Votre espoir nous abreuve et nous donne des forces. »*

Les étincelles vertes quittèrent nos mains et se mirent à danser au-dessus de nos têtes, tissant d'incompréhensibles symboles.

> *« Entourés d'énigmes, vous avez fui nos terres,*
> *Cachant dans six contrées les secrets de nos pères.*
> *Trois hommes trouveront vos indices cachés,*
> *Trois femmes comprendront vos paroles celées.*
> *Ils chercheront la clé ouvrant les sept Portails*
> *Et seront prêts à suivre votre plan sans faille.*
> *Ô dieux ! Guidez-nous pour comprendre cette quête*
> *Et protégez-nous des malheurs et des tempêtes. »*

Le chant fut scandé une nouvelle fois, dans un tourbillon de poussière d'émeraude. Le temps s'était arrêté. Les visages étaient extatiques, comme tournés vers des horizons illuminés. J'étais troublé par les sensations que me procurait cette danse magique, mais je restais indifférent à la dévotion qui brillait dans les yeux de mes voisins.

La cérémonie se poursuivit avec de nombreux poèmes et des sermons qui me firent regretter ma présence. Je respectais leur foi sans pour autant la partager. Certaines paroles exprimaient des valeurs essentielles, mais quel était le but de tous ces rituels ?

Le culte s'acheva deux heures plus tard et la forêt vibra d'éclats de voix et de rires bruyants. La grâce céleste s'était évanouie. Aucun des fidèles ne félicita les joueurs de luth qui avaient agrémenté les chants ou ponctué les sermons de l'Archidruide. Leur musique avait pourtant été le seul réconfort de cette interminable prière.

La foule disparut sur le chemin de la ville. Séquijo s'approcha de moi et remarqua mon visage désespéré.

« Pas d'autres sermons aujourd'hui, me promit le vieil homme avec un sourire. Nous allons revoir ensemble l'histoire de nos dieux disparus. Je ne voudrais pas vous faire fuir dès notre premier entretien…

— Qui vous prouve leur existence ? marmonnai-je.

— Notre tradition orale permet de conserver la mémoire des âges anciens, tout comme le pourraient des ouvrages écrits. Nous avons aussi des reliques qui témoignent de leur passage. »

Il ne s'offusqua pas de ma méfiance notoire. Sa patience était infinie. Il passa la main dans sa barbe blanche et me raconta les faits héroïques des êtres qu'il vénérait. Je l'écoutai d'une oreille distraite.

La religion du Cercle était commune à toutes les nations. Notre panthéon comprenait six couples de dieux principaux, deux par magie et par pays : les nôtres étaient Miliana, déesse des saisons, et Firkis, dieu de la chasse. Une foule de personnages secondaires agrémentait notre mythologie : divinités de la pluie, de la famille ou de la chance... À une époque lointaine, ils visitaient notre monde et répandaient bienfaits ou punitions, selon leur humeur et l'adoration que les humains leur portaient. Leurs paroles étaient des poèmes délicats et merveilleux.

Cette situation ne dura qu'un temps. Un jour, Morim, le dieu du mensonge, rencontra une jeune femme assoupie près d'un ruisseau. Il la réveilla doucement et lui murmura qu'elle rêvait encore. Il profita d'elle et la laissa se rendormir.

De ce viol naquit Dohr'im, un demi-dieu colérique et menteur. Les autres membres du panthéon ne le portaient pas dans leur cœur. Lorsqu'il osa se moquer des fils difformes que la déesse de l'amour avait eus avec le dieu de la pêche, nul ne le protégea des foudres célestes qui s'abattirent sur son foyer et décimèrent sa famille.

Pour se venger, Dohr'im trahit ses aînés et vola la clé qui ouvrait les portes du Royaume des Cieux. Plusieurs complices l'aidèrent à enfermer nos maîtres dans les brumes de leur paradis. Depuis ce jour, les dieux n'eurent plus accès au monde des humains et devinrent silencieux.

J'avais déjà vu le Portail Végétal, une immense arche de pierre qui s'élevait au bord d'une falaise abrupte. Il marquait l'extrémité de la route pavée qui reliait l'océan à la mer intérieure, sans logique apparente. S'agissait-il vraiment d'une ancienne porte du Royaume des Cieux ?

Les prêtres du Cercle nous contaient souvent cette légende de la Trahison de Dohr'im. Par sa faute, nous avions perdu la sagesse et le soutien des dieux. Nos rituels complexes tentaient de maintenir un contact avec eux, mais les résultats n'étaient pas toujours probants. Chaque fin d'année, seul le Jugement Dernier semblait prouver leur existence. Les religieux nous assuraient qu'ils libéraient les Astres de leurs chaînes pour régénérer le cycle de la magie et créer de nouveaux talismans à travers le monde.

Les contes de Séquijo m'emplissaient de doutes. Les druides s'en remettaient au bon vouloir des nymphes et des divinités qui peuplaient la nature. Bien qu'invisibles et muets, ces êtres merveilleux avaient-ils une influence sur notre vie ? Le passage des saisons était-il encore l'œuvre de la déesse Miliana ?

Je me bornais à croire que nous étions libres de notre destin. L'intensité du Jugement Dernier était aussi la conséquence de notre usage immodéré de la magie. À cause de nos sortilèges, le pouvoir de nos talismans s'envolait pour nourrir les Astres et les faire grossir au-delà du raisonnable. Les dégâts de leur explosion étaient proportionnels aux abus énergétiques de notre mode de vie.

Je méditai ces pensées, tandis que le druide continuait sa litanie. Si les dieux existaient, ils étaient les témoins muets de mes aventures, notamment lors de mes escapades nocturnes.

Ce soir, j'avais justement une dangereuse promesse à tenir auprès de mon ami Rébus et de son frère. Allaient-ils me foudroyer pour m'empêcher de plonger tête baissée dans un groupe d'assassins ?

CHAPITRE VII

La guilde des Marchands m'exaspère. Ils ne cessent de se plaindre des vif-passeurs qui leur extorquent la moitié des bénéfices de leurs voyages. J'ai détaché un ambassadeur pour calmer leurs querelles avec diplomatie.

Je ne doute pas que le transport par vif-argent doive être davantage régulé. Mon djinn totem, Ji-Grana, me conseille d'offrir un titre honorifique à certains vif-passeurs pour garantir leur allégeance au trône et l'équité de leurs échanges. Je pense toutefois essuyer un refus courtois. Leur organisation n'a jamais souffert d'une autorité supérieure. Les membres de cette puissante guilde dictent leurs propres exigences et sont solidaires quant à leurs doléances. Les rumeurs racontent qu'ils suivent une longue tradition de secret et de loyauté. Si seulement l'Ensorceleur pouvait surprendre leurs sortilèges…

Granada de los Calyptos
« Mémoires d'une Reine Bien-Aimée »

∫

Une brise d'automne faisait osciller les tiges de blé qui éclairaient la rue. Ma cape flottait derrière moi et me protégeait du froid.

Des feuilles de thé m'avaient drogué pour effacer la fatigue de cette journée passée dans la Forêt des Fées. Après que Séquijo m'eût raconté les anecdotes croustillantes du panthéon, un mage avait insisté pour rentrer au palais avant la tombée de la nuit. Je l'avais mentalement remercié. Une légende de plus et je lançais un sort pour étrangler l'Archidruide avec sa propre barbe.

Un mouvement au coin d'une ruelle stoppa ma descente. Un voleur, aussi haut dans la citadelle ? Je m'emparai de quelques cristaux dans ma bourse de toile.

L'intrus apparut bientôt, se déplaçant avec agilité sur ses quatre pattes. Ses yeux jaunes brillaient d'un éclat vitreux et malveillant.

« Encore à me pourchasser ! »

Le chat tigré de Dame Tamara, mon ancienne gouvernante, s'enroula autour de mes jambes en ronronnant. C'était la première fois qu'il agissait de la sorte... Agréablement surpris, je rangeai mes armes.

L'animal planta aussitôt ses griffes dans ma peau. Il avait simplement attendu que je baisse ma garde pour m'attaquer lâchement.

Je me mordis les lèvres pour ne pas crier tandis que je tapai du pied pour me débarrasser du monstre. Décidé à m'attirer des ennuis, il se mit à miauler. Quel acharnement ! Que lui avais-je donc fait pour mériter une telle haine ?

Il allait regretter cet affrontement... Un cristal de plume dans la main, je songeai *à une musique céleste aux accords de velours.* Je plaçai un doigt devant ma bouche et murmurai **« Rossignol »**.

Un éclair vert jaillit et frappa l'animal. Il bondit en arrière et ses poils se hérissèrent. Il continuait à ouvrir ses mâchoires, mais plus aucun son ne s'échappait de sa gueule. Je me penchai vers lui avec un sourire triomphant.

« Gentil chat, murmurai-je avec délice. Minou minou ! »

Il cracha avec fureur et ne provoqua que mon rire étouffé. Frustré, il sauta sur un muret de pierres et grimpa jusqu'au balcon d'une maison endormie. Il percuta un pot de fleurs en équilibre sur le rebord avec un coup rageur. La céramique se renversa et se brisa à mes côtés.

Une lueur s'alluma dans la pièce alors que j'observais la scène bouche bée, encore choqué par la violence de l'attaque. Quelle intelligence dans ce petit corps ! Je fuis la ruelle avant d'affronter la colère de ses habitants. Je dévalai la colline en courant et en oubliant la douleur qui sourdait dans ma poitrine.

Un peu plus bas, je me reposai quelques instants pour écarter le risque d'une crise d'asthme. Inutile de me mettre en danger à cause d'un stupide chat. Le cuir de mes sandales m'irritait et je renouai correctement mes lacets. Je grimaçai en voyant de profondes griffures rouges sur mon mollet.

Je parvins sans encombre devant la maison de Rébus, près du port. Je frappai doucement. Le quartier semblait toujours aussi hostile, comme si des assassins invisibles se cachaient dans l'ombre et n'attendaient qu'un signe pour se jeter sur moi. Cette nuit voilée devait être un terrain de chasse idéal.

Lorsque mon ami apparut dans l'encadrement de la porte, je lus sur son visage que quelque chose clochait. Il sortit en compagnie d'un homme au regard meurtrier.

« J'avais réussi à les dissuader de te mêler à cette histoire stupide. »

Il me présenta Lex, le bras droit de son frère Robulus. L'homme avait une carrure intimidante. Son maillot de corps laissait voir ses biceps musclés, sur lesquels étaient tatoués des corbeaux en plein vol. Une barbe de quelques jours lui mangeait le visage. Ses yeux noirs me firent frissonner. Il se tourna vers Rébus.

« C'est donc ce petit bourgeois au sourire crétin ? C'est son argent qui t'intéresse ?

— Laisse tomber, l'amitié est un concept qui te dépasse. »

Lex fronça les sourcils. Il me pointa du doigt et me menaça :

« Rébus est sous ma protection, dit-il d'un ton agressif. Fais-lui le moindre tort, et sois sûr que je me chargerai de te le faire regretter. »

Je déglutis avec anxiété.

Avant que je puisse me défendre, du bruit se fit entendre dans la rue. Robulus et deux autres de ses complices s'approchèrent de nous. Le chef du gang des Éternels me serra la main – ou plutôt me la broya sans s'en rendre compte. Il m'assura que je tombais à point nommé. Il resta évasif sur ses projets.

« Ne t'inquiète pas, tu ne te saliras pas les mains, éluda-t-il. On a juste besoin de courage, de sang-froid et d'un peu de magie végétale. Ce ne sera que du repérage pour ce soir. »

Les battements de mon cœur s'accélérèrent. Je remerciai le charme de camouflage qui dissimulait mes traits et adoucissait les expressions de mon visage. Grâce à lui, je passais pour un adolescent confiant qui ne s'effrayait pas pour si peu.

Mon choix était fait. Si ces assassins visaient ma famille, autant en apprendre davantage et guetter le moment idéal pour déjouer leurs plans.

« C'est une mauvaise idée, supplia Rébus. Ne te laisse pas entraîner dans ces histoires. »

Robulus se retourna avec colère.

« Occupe-toi de tes fesses, petit frère ! Il est presque adulte, laisse-le tranquille avec tes conseils de bonne femme ! »

Vexé, l'adolescent ne dit plus un mot. Je ne revins pas sur ma décision de les accompagner. Il était dans mon intérêt de les faire échouer. La situation était presque ironique de devoir infiltrer mon propre palais.

Les brigands se lancèrent dans une course à travers les rues désertes de la citadelle. Les baraques décrépies défilèrent à toute vitesse et se mélangèrent dans un flou sombre. Mon souffle était court, mais je luttais pour maintenir le rythme sans laisser transparaître ma souffrance. Seul Lex s'aperçut de ma respiration asthmatique ; il me dépassa en reniflant d'un air dédaigneux.

Nous finîmes par atteindre des grottes bleutées qui creusaient le flanc de la colline. Sur un pan entier de la roche, des escaliers humides gravissaient la pente pour rejoindre des cavernes sur plusieurs niveaux. Les Éternels m'entraînèrent dans une cavité éloignée et accessible par des marches glissantes. Les rayons lunaires s'engouffraient à l'intérieur et illuminaient les parois. Je reconnus soudain les reflets étincelants du vif-argent : une mare bouillonnante nous faisait face.

Rébus trafiqua la serrure de la grille métallique qui en bloquait l'entrée. Avec un grincement sonore, il fit pivoter les barreaux de fer pour nous laisser passer. Lui-même resta en arrière sur ordre de son frère, qui lui demanda de refermer la grille et d'attendre notre retour. Je vis dans ses yeux une étincelle de rébellion. Mon ami ne souhaitait pas m'abandonner en si mauvaise compagnie. Lex le foudroya du regard et il finit par se soumettre à son autorité.

Robulus et ses complices plongèrent dans le liquide turbulent. Des barques en bois étaient alignées au fond de la caverne, mais ils ne semblaient pas vouloir s'en servir. Je les imitai avec réticence. Le vif-argent était froid et visqueux… Je n'eus pas le temps de me plaindre. Ils me tendirent un talisman et nous entonnâmes la Rime Ancestrale.

*« Je **brûle** et m'éblouis dans le chant des sirènes,
Je rêve du parfum des cités souterraines. »*

Une étincelle brune jaillit du Talisman Totem de Lex, une pointe de flèche en silex. Il accentuait une partie de la formule, ce qui montrait son appartenance au clan très fermé des vif-passeurs. Je ressentis un picotement dans mon corps et une toile verte se tissa autour de moi sur plusieurs couches serrées, comme l'aurait fait un cocon de soie. Mon niveau de flottaison était désormais plus haut. Je restai sans effort à la surface, sur le dos.

Je n'avais jamais voyagé de la sorte et l'aventure m'apeura. Je testai la solidité de l'enveloppe luisante en enfonçant discrètement mes doigts dans les mailles : elle résista à la pression avec une légère élasticité. Quand le liquide argenté m'éclaboussait, il ne traversait pas la toile. Elle me permettait de continuer à respirer sans risque de noyade, mais me protégerait-elle des chocs contre les parois des galeries ?

Je n'eus soudain plus le loisir de réfléchir ; le bassin s'affaissa. Nous tourbillonnâmes de plus en plus vite et la marée nous aspira dans le réseau souterrain. Comme dans mes cauchemars, je fus ballotté par le courant et je plongeai dans les profondeurs de la terre.

Nous voyagions dans le noir le plus complet et je me fis surprendre par les coudes, les brusques descentes ou remontées. Je réussis à rester silencieux, alors que mon cœur semblait s'être arrêté. Le vertige qui me prenait me laissa au bord de l'évanouissement.

Nous émergeâmes à l'air libre après une longue errance entre les mains des dieux. La toile se fissura et je me détachai du cocon protecteur avec soulagement. Le transport par barque était bien plus confortable que ce plongeon improvisé. Au lieu des jardins royaux auxquels je m'attendais, je découvris un vaste plateau de terre et de sable. Les hurlements du vent sifflaient autour de nous et noyaient tous les bruits.

Je frissonnai en observant ce paysage lugubre et désertique. Des bourrasques d'air chaud soulevaient des nuages de poussière. La température relativement élevée de cette nuit m'étonnait beaucoup. Ma cape était de trop, sans compter mon angoisse qui augmentait ma transpiration.

D'autres bassins argentés creusaient le sol et formaient de grandes flaques sombres. Un peu plus loin se dressaient les ombres d'une cité inconnue. À l'inverse des habitations massives et carrées de la Citadelle Viridys, celles-ci étaient douces et arrondies. Les façades beiges se perçaient d'ouvertures stylisées qui donnaient sur des ruelles courbes. Mon habitude d'un quadrillage net s'en trouvait bouleversée.

Les mains moites, je suivis Robulus qui nous guida dans ce labyrinthe aux virages serrés. Où nous emmenait-il ? Nous avancions avec prudence et en silence. Dès que des silhouettes surgissaient au détour d'une maison, nous nous aplatissions contre les murs et je me mordais les lèvres jusqu'au sang. Je luttais pour garder mon calme alors que la situation m'échappait complètement.

Nous débouchâmes sur une place éclairée par une source de lumière mouvante. Des filets d'or liquide semblaient couler le long des pavés et illuminer le ciel. Je levai la tête vers un globe de feu gigantesque qui rayonnait et vibrait doucement. Mon cœur se serra à la vision de l'Astre Rubis qui surplombait le palais du Sultanat Calorique.

Ainsi, nous avions quitté mon royaume pour gagner la cité d'Al-Hamra. Je découvrais ses paysages avec inquiétude. Mes parents n'y étaient jamais invités. Les étrangers n'étaient pas non plus les bienvenus. Les conséquences de ce déplacement me firent vaciller. Pourquoi le gang des Éternels se rendait-il jusqu'ici ? Moi qui croyais être leur proie... Pour la première fois de ma vie, je me préoccupais du bien-être de la famille de Djalil Al'Malwib.

Je ne pouvais plus reculer. Alerter les mages aurait été un suicide politique ; ma présence en ce lieu était injustifiable. Je risquais d'être déshérité et condamné à garder des moutons près des volcans des Monts Tempêtes. Non, je devais empêcher leurs actions aussi discrètement que possible.

Je décidai de les laisser infiltrer le palais, avant de lancer un sortilège pour signaler l'attaque et fuir. Un des sermons de l'Archidruide me revint en tête, alors que ses leçons me semblaient appartenir à une autre vie. *« Trahisons et mensonges n'apportent qu'insatisfactions et remords. »* Trahir un assassin ne représentait certainement pas un péché impardonnable...

« Fais-nous entrer. »

L'expression de Robulus ne me laissait pas d'alternative. Tourmenté par des sentiments contradictoires, je me concentrai autant que possible sur mes formules. Laquelle était la plus adaptée ? Je songeai au sortilège qui m'aidait dans mes promenades nocturnes.

Je pris un talisman dans mon Herbier, un cristal de quartz en forme de fleur blanche. J'imaginai une *échelle végétale à l'assaut du ciel*, avant de frotter mon pouce contre mon index et de murmurer **« LISERON »**.

Une décharge parcourut ma paume et du lierre ne tarda pas à croître sur le mur. Rapidement, les plantes rongèrent les pierres jusqu'au sommet.

« Beau travail ! s'enthousiasma Robulus. Allons-y… »

Je le regardai béatement. Je n'avais pas prévu de les accompagner.

« Tu ne comptais pas rester en arrière ? Tes talents seront utiles. Suis-moi. »

Il grimpa avec une agilité féline. Affolé, je n'avais guère d'autre choix que de l'imiter. Je posai le pied sur la première irrégularité et m'accrochai au lierre. Me voilà devenu brigand…

Je mobilisai ma volonté pour stopper les tremblements nerveux qui agitaient mes doigts. Avec raideur, je me hissai lentement en m'aidant des prises de la paroi. Un regard en arrière me prouva que Lex veillait sur moi en cas de chute ou de désertion. Le rictus meurtrier de mon *« complice »* me convainquit d'avancer sans faiblir.

Nous finîmes par franchir l'enceinte. Nous sautâmes de l'autre côté, au milieu de jardins très différents des miens. Au lieu d'arbres fruitiers et de fontaines, les abords du Palais Calorique se paraient de dalles rocheuses, plates et couchées sur le sol. Dans ce chaos minéral, des mares fumantes jaillissaient en sifflant ou en bouillonnant. Les volutes blanchâtres qui s'en élevaient offraient une douceur subtile dans ce paysage dévasté. Une odeur de soufre se dégageait de ces sources thermales.

Seules des cactées poussaient dans cet environnement. Des massifs urticants se dressaient dans l'obscurité et barraient toute intrusion. Notre guide nous entraîna vers des plantes aux épines impressionnantes. Je considérai cette traversée avec scepticisme. Je n'émis toutefois aucun grognement, même lorsque je m'entaillai le mollet à l'endroit précis où le chat de Dame Tamara m'avait griffé quelques instants plus tôt. J'avais beaucoup à perdre en risquant un commentaire. Je gardai mes jurons pour moi.

La ronde d'un garde nous obligea à nous accroupir. L'attente se prolongea, interminable, et ma frayeur décupla. Si Lex ne m'avait pas tenu par l'épaule d'une poigne de fer, je serais sans doute parti en courant. Quand il s'éloigna enfin, le chemin se libéra jusqu'à l'édifice tant convoité.

Le palais se découpait en plusieurs bâtiments cylindriques surmontés de dômes dorés. Comme le terrain était fracturé et en pente, les constructions s'élevaient sur plusieurs niveaux et certaines entrées semblaient inaccessibles. Des crevasses ravageaient la roche sur plusieurs mètres. Des ponts en pierre les enjambaient en dessinant de gracieuses arabesques. Des chemins pavés contournaient les cactus et menaient à un porche caché dans l'ombre.

Tendus par de fins cordages, des pans de toile blanche dissimulaient les passerelles qui reliaient les plus hautes tours et protégeaient ses habitants de l'Astre écarlate. Les promenades s'effectuaient à l'abri de cette chaleur torride et permanente. Au loin, on devinait des ouvertures immenses dans lesquelles s'engouffrait le vent.

Une harmonie troublante régnait sur cette terre dévastée. Les architectes avaient intégré les fractures de la roche comme une contrainte naturelle pour l'assouplir et la sublimer. Un véritable bijou s'élevait dans cette région sauvage et désertique. En pénétrant dans ses remparts, nous en souillions la sérénité.

Silencieusement, Robulus désigna une tour un peu en retrait des autres. Notre bande s'en approcha furtivement. Ils me tendirent un talisman filiforme, un bout de liane en quartz vert. J'observai le cristal sans cacher mon étonnement. Il venait de la Jungle d'Émeraude et valait extrêmement cher. Je commençai à douter que nous allions nous contenter d'un peu de repérage pour ce soir…

Je rêvai *d'une jungle haute et dense, peuplée d'acrobates exotiques et de filets aériens.* Je murmurai **« LIANE »** et des fibres sombres se matérialisèrent dans mes mains. Le frère de Rébus m'adressa une moue admirative et effleura son Talisman Totem. Un halo mauve se forma autour de lui. Il jeta la corde enchantée dans les airs ; elle s'agrippa au rebord d'un balcon.

Je ne reconnus pas le symbole de son pendentif. Robulus était originaire du Royaume Minéral, mais sa magie différait de toutes celles que je connaissais, ne serait-ce que par sa couleur. L'assassin taisait d'étranges secrets.

Nous grimpâmes en file indienne. L'effort me fit transpirer comme jamais. Je commençai à regretter sérieusement cette escapade. Un mauvais pressentiment bourdonnait à mon oreille depuis que nous étions entrés dans la cité. Quand le piège allait-il se refermer ? J'étais incapable d'échafauder le moindre plan. Je suivais les ordres d'un brigand comme si un autre avait pris possession de mon corps.

Robulus chuchota un sortilège et la vitre de la fenêtre s'effondra en poussière. Nous pénétrâmes dans la pièce, à pas feutrés. Les quatre hommes firent apparaître des lames argentées. Un frisson d'appréhension me hérissa les poils de la nuque.

Où se les étaient-ils procurées ? Le métal était rare. En cas d'affrontements, les sorciers luttaient à l'aide de sorts ou d'armes enchantées. Un bout de bois ensorcelé tranchait alors autant que l'acier... Pourquoi s'embarrasser de poignards inutiles et hors de prix ? Même les cuisiniers chantaient des incantations pour couper la viande ou éplucher les légumes.

« À nous de jouer, murmura Robulus avec gravité. Fais demi-tour avec précaution et attends-nous près du vif-argent. La prochaine marée est dans une heure. J'ai une dette envers toi. »

Il me serra la main et se détourna. Ses acolytes me firent un signe de la tête et le suivirent. Leurs chaussures n'émettaient pas le moindre son sur les mosaïques et les carreaux de marbre qui décoraient le sol. Ils se fondirent dans la pénombre d'un corridor.

Que faire ? Le cours du temps se stoppa et plus rien n'exista, à part cette triste vérité : j'avais commis une monstrueuse erreur. J'étais désormais impuissant. Si je lançais un sort à retardement pour m'échapper avant qu'il ne sonne l'alerte, le gang profiterait de ce répit pour massacrer la famille royale... Je refusais d'en être responsable. Quel dilemme !

La seule solution était de les effrayer sans réveiller les mages du palais. Je devais les forcer à prendre la fuite et cesser leur odieuse inquisition. Mais avais-je la moindre chance de menacer ou de mettre hors d'état de nuire quatre hommes entraînés ? J'ignorais tout du combat et de ses règles.

Si je n'essayais pas, je vivrais cependant avec la certitude d'avoir comploté contre un pays allié. J'avais permis à des assassins d'investir leur place forte, en toute connaissance de cause...

Je pris mon courage à deux mains et m'élançai à leur poursuite. Quitte à y perdre ma liberté et mon honneur, je pouvais encore empêcher l'irréparable. J'assumais l'erreur qui m'avait conduit jusqu'ici.

Je m'enfonçai dans les couloirs étrangers. Je dépassai des chefs-d'œuvre et des bibelots exotiques sans y consacrer davantage qu'un coup d'œil. Je devinais plus que je n'apercevais leurs silhouettes musclées. Je descendis un escalier, puis en montai un autre.

De précieuses minutes s'égrenèrent. J'étais essoufflé et totalement désorienté. Lorsqu'ils hésitèrent devant un carrefour, je les rattrapai enfin.

Saisissant un talisman calorique, je songeai *aux flèches enflammées d'un archer céleste* et chuchotai **« FOUDRE »** en tendant le bras. Un éclair rouge jaillit du cristal et fit crépiter l'air. Il embrasa une tapisserie et fracassa un vase. L'espoir revint en moi.

Les bandits plongèrent sur le sol et l'un d'eux éteignit les flammes en provoquant un nuage de fumée. Le brusque retour de l'obscurité me pétrifia.

Hésitant, je songeai *à la robe zébrée d'un féroce guerrier*, en serrant les poings et en murmurant **« GRIFFE »**. Je souhaitais invoquer un tigre de feu, mais la peur qui me nouait le ventre fit trembler ma voix et interféra avec le sort ; le félin se transforma en petit chat ridicule.

Loin de croire que l'alarme avait été donnée et de fuir, les assassins s'empressèrent de contre-attaquer. Trois lances de lumière ricochèrent contre le plafond au-dessus de moi. Des éclats de pierre explosèrent et une bourrasque surnaturelle me les renvoya au visage. L'un d'eux me lacéra la joue. Je grimaçai de douleur et me réfugiai derrière une colonne.

Un soupir, et une boule violette se matérialisa près de moi. À l'instant où je l'observai, elle se fissura en milliers de fragments étincelants et brûlants. Des échardes de lumière s'enfoncèrent sous ma peau et m'arrachèrent un gémissement. L'une d'elles brisa mon pendentif en quartz et se planta dans mon torse. Je recouvris aussitôt mon apparence normale, celle d'un prince meurtri qui retenait à peine ses larmes.

Affolé, je me ruai dans une travée. De chasseur, j'étais devenu gibier... Je gravis un nouvel escalier et grimpai les étages. J'entendais la course de mes poursuivants derrière moi.

Je respirais mal. Où me cacher ? Une porte attira mon regard. Je m'y précipitai et m'éloignai le plus possible du couloir.

Je m'emparai d'un carré de tissu qui couvrait un siège. Je palpai mes blessures au cou et à la joue qui saignaient abondamment. Je gémis sous la pression du coton.

« Qui est là ? Est-ce toi, Djalil ? »

Je sursautai. La pièce n'était pas vide. Je ravalai ma salive et me ratatinai contre le mur. Des instruments de musique étaient entreposés comme autant de trésors : flûtes, lyres, ocarinas… Certains m'étaient inconnus et envahissaient la totalité de la chambre.

Repoussant ses draps, une ombre se leva et tâtonna les rayons d'une étagère. Elle s'empara d'une pyrite aux reflets dorés et souleva le cristal.

« Attendez ! m'exclamai-je avec frayeur. N'invoquez pas le pouvoir de la pierre ! »

L'ombre se crispa.

« Si vous êtes un voleur, ou pire, pourquoi interrompre mon geste ? Vous n'avez rien à faire dans la chambre d'une princesse. »

Je ne l'avais jamais vue, pourtant je la reconnaissais. Son bandeau sombre était célèbre. Je l'avais récemment insultée et une affreuse coïncidence me forçait à l'affronter. Une seule personne au monde n'avait que la musique pour donner du sens à sa vie : la Princesse Noire, la sœur aveugle de Djalil.

« Princesse Amira, vous avez raison. J'ai commis une erreur. Je souhaitais éviter un assassinat et non en être complice… »

La jeune fille frissonna en entendant ces mots. Elle brisa la pyrite sur le sol et une secousse fit vibrer les murs. Comme elle ne maîtrisait pas la magie, l'objet avait dû être enchanté pour que sa destruction ait un tel effet. Un son strident en jaillit et déchira le silence de la nuit.

« L'enfer est pavé de bonnes intentions, souffla Amira avec un léger tremblement dans la voix. Personne ne peut être inconscient à ce point. »

Elle se raidit avec noblesse et un air résolu. Aveugle, elle se retenait au meuble près d'elle et chercha une canne en se dirigeant vers la porte.

Soudain, la princesse poussa un cri et je la vis s'effondrer sur le sol comme une poupée de chiffon. Derrière elle, Robulus se dressait dans l'obscurité, son poignard ensanglanté.

« Tant pis pour la reine. Ça suffira pour déclencher la guerre. »

Je croisai la lueur glaciale de son regard. J'étais accroupi dans l'ombre et je n'avais plus l'apparence d'Allegro ; il ne me reconnut pas. Un sourire cruel déforma son visage en me voyant appuyer du tissu contre les blessures qu'il m'avait infligées. Il ricana et s'enfuit.

Terriblement choqué, je compris brusquement les raisons de ce crime. N'avais-je pas laissé des traces de magie végétale pour m'introduire dans le palais ? Mon royaume risquait d'être porté responsable de ce meurtre. Nos deux pays allaient s'affronter de nouveau…

Ces complots visaient le traité de paix de l'Hexalliance. J'avais failli à mes engagements avant même d'avoir été couronné. J'étais la cause d'un malentendu qui me coûterait bien plus cher qu'un exil dans les lointains volcans.

Ma vie n'avait plus de sens, mais celle de la victime en avait encore. Sans attendre, j'appelai à l'aide et m'empressai de gagner le chevet de la Princesse Noire. Je me jurai de trouver un moyen pour ralentir son hémorragie et la sauver.

« Princesse Amira, murmurai-je. Je regrette tellement ! Soyez forte, le monde a besoin de vous. »

Qu'elle était belle ! Ses cheveux étaient plus noirs encore que sa peau. Légèrement frisés, ils s'étalaient sur la laine blanche du tapis dans un contraste saisissant. Je caressai sa joue si douce… Même le bandeau qui protégeait ses yeux n'altérait pas sa grâce. Elle ne portait aucun bijou, seulement une médaille frappée du dessin d'une salamandre.

« Allegro ? »

J'arrêtai mon geste. Elle avait murmuré mon pseudonyme.

« Allegro, est-ce vous ? »

J'eus un geste de recul. Comment était-ce possible ?

« Parfois », m'entendis-je répondre.

Mon cœur se mit à battre la chamade.

« Vous êtes dans mes rêves, souffla-t-elle. Je reconnais votre voix, aux accents si chauds et brillants. Je vous appelle sans cesse, qu'attendiez-vous pour me retrouver ? Ne vous ont-elles pas dit que notre temps était compté ? »

Je la fixai avec stupeur. Mes cauchemars ! La voix que j'entendais était la sienne, je la reconnaissais à mon tour.

J'avais longtemps été tourmenté par des rêves indéchiffrables. Je m'étais noyé des centaines de fois près du Mausolée Blanc, sans comprendre qui me réclamait. L'inconnue de mes songes était cette jeune fille aveugle.

« J'ignorais votre identité, déclarai-je avec fébrilité. Quel sortilège avez-vous utilisé ?

— Je... Je ne maîtrise pas la magie... Il est trop tard, les Filles de la Lune avaient raison. »

Un tremblement l'agita. Elle ne pouvait pas partir si vite ! Je priai pour que des guérisseurs s'empressent de venir.

« Résistez, suppliai-je. Nous avons tant de mystères à éclaircir ! »

Je cherchai sa main. Lorsque je plaçai ma paume contre la sienne, le sang de nos blessures se mêla et je sentis la chaleur envahir mon corps.

« Que faites-vous ? »

Nous parlâmes en même temps. Nos doigts semblaient soudés et chauffés à blanc. Ils produisirent une lueur de plus en plus intense. Des arcs en jaillirent soudain dans un crépitement sonore.

Mon bras se crispa et le monde bascula dans une gerbe d'étincelles dont nous étions le centre. Le tourbillon m'éblouit et je détournai le regard. Des filaments de lumière fouettaient l'air et traçaient des stries enflammées sur les tapisseries et les draps.

Une fièvre brutale s'empara de moi. J'eus l'impression de plonger dans un ouragan de puissance et de folie. Des forces d'un autre temps jouaient avec nos sens pour entretenir une extase pleine de couleurs vives et de sons stridents. Nous dansions dans un maelström destructeur. Il lacérait nos corps sans pitié pour nos âmes fragmentées.

La violence se calma brusquement et disparut au profit d'un sentiment de sérénité. Nous lévitions loin des inquiétudes du monde. L'apaisement était une récompense merveilleuse. Je me sentais étrangement *entier*, comme si la cohérence de mon identité m'avait été rendue.

Nos esprits se touchaient, sans aucune frontière. Des pensées qui ne m'appartenaient pas me traversèrent. J'étais elle ; elle était moi.

Je me vis petite fille, déambulant dans un univers plongé dans le noir… Je ressentis l'humiliation qui m'obligeait à vivre sans jamais connaître la beauté du monde… Je partageais les souvenirs d'Amira et elle se noyait dans les miens.

Notre osmose s'acheva brusquement. Elle avait repoussé ma main.

« Qui êtes-vous vraiment ? », murmura-t-elle en se redressant.

Elle respira profondément. Elle toucha son front et le bandeau noir qui cachait ses yeux aveugles.

« Toute cette vie qui coule de nouveau en moi… »

La Princesse Noire défit le tissu qui la protégeait depuis toujours. Ses doigts effleurèrent doucement ses paupières. Elles s'ouvrirent pour la première fois, en corolles de fleurs avides de lumière. Ses iris dorés brillaient dans la nuit comme deux billes d'or liquide. Le contraste avec son visage d'ébène était fascinant. Comment décrire le bonheur et la surprise que je pouvais y lire ?

Je voulus lui parler, mais j'étais devenu muet, prisonnier d'un enchantement. Derrière elle, un miroir cassé ne renvoyait que son reflet et celui d'un tapis ensanglanté.

Une brume blanchâtre envahissait la chambre et m'engloutissait peu à peu. Des tintements de cloches résonnaient dans le lointain, en un lent carillon qui me fit craindre le pire. La magie qui avait guéri la Princesse Noire réclamait-elle son dû ?

Je me sentis aspiré par le ciel. La lumière m'éblouit et je quittai brutalement le monde des vivants vers des horizons inconnus.

SECONDE PARTIE

LES SECRETS DE L'ENSORCELEUSE

INTERMÈDE

Un tremblement agita la caverne et les cristaux qui recouvraient ses parois. Une émeraude grosse comme le poing se détacha du plafond. Elle tomba en frôlant la couronne de roses qui ornait le front de la harpiste.

La musicienne ne quitta pas sa transe imperturbable. Elle n'avait plus conscience que la vie continuait, loin d'elle et de son cocon étincelant. Le sortilège qu'elle tissait la protégeait du passage des siècles. Elle n'était plus tout à fait réelle, à mi-chemin entre le royaume des dieux et celui des humains.

Une femme s'approcha derrière elle en jurant. Ses vêtements étaient couverts d'une fine poussière blanche. Elle délaissa son marteau et son burin pour ramasser l'énorme émeraude. Le cristal étincelait de mille feux et brûlait sa paume ; elle le lâcha avec un cri étouffé. Il tomba sur le sable clair qui emplissait la grotte. La chute de ce joyau signifiait que l'impossible s'était produit : la Prophétie d'Argent s'était fissurée.

« *Ces secousses ont fait trembler mes livres,* s'inquiéta une voix dans son esprit. *La musique s'est-elle arrêtée ?*

— *Non... Notre sœur continue à protéger le Sablier du Temps.*

— *La magie perdue ne devait pas se réveiller avant que les Messagers trouvent leur Talisman Totem. Ils risquent de transmettre trop tôt leurs rêves et leurs malédictions !* »

La sculptrice frissonna avec appréhension.

« *Une émeraude est tombée,* répondit-elle en pensée. *L'âme d'un nouveau Rêveur s'est détachée du firmament pour se rapprocher de la lumière et de la vérité.* »

Les prophéties s'ébranlaient. Les enfants risquaient-ils de gâcher leur seule chance de victoire ? Leurs ennemis allaient désormais déployer leurs pièges et leurs ruses pour découvrir leur identité.

CHAPITRE VIII

Nous devrions inviter les Al'Malwib au mariage princier. Depuis la fin de la guerre, voilà vingt ans, nos voisins du Sultanat Calorique négligent les affaires internationales. Nos relations pâtissent de cet isolement. Ils refusent toujours de célébrer la renaissance de l'Astre Émeraude, qui est le symbole de notre magie et de notre puissance…

Mes conseillers sont d'avis contraire. Ils assurent que le sultan risque de raviver le scandale en amenant avec lui ses nombreuses femmes et maîtresses. Notre société n'accepte pas l'existence de ce harem qui rabaisse le rôle et le statut de ses compagnes.

Pourtant, les rumeurs prétendent qu'il aurait prévu de présenter officiellement sa fille aînée comme héritière de son royaume. Une sultane ! Ce serait un retournement historique que nous ne pouvons pas négliger. Nous devrions profiter du mariage de Kiridjo et de Mirabella pour briser la glace de nos relations. Sinon, la haine qui les anime causera un jour notre perte.

Granada de los Calyptos
« Mémoires d'une Reine Bien-Aimée »

Je flottais au cœur d'un nuage qui m'enveloppait dans son univers blanc et silencieux. Des traits de lumière jaillissaient sans logique. Ils agitaient la magie ancestrale qui coulait autour de moi et cascadait en ruisseaux scintillants. Je me laissais bercer avec sérénité. L'absence de repères abolissait toute notion de temps. Ce songe infini se mouvait lentement, tandis que le flot de mes pensées se tarissait peu à peu.

Un halo éblouissant se rapprochait et grandissait. Était-ce mon âme qui voyageait sans mon corps ? Étais-je dans les limbes d'entre les mondes ? J'avais refusé de croire aux

121

divagations des druides sur l'au-delà, mais je devais me rendre à l'évidence : j'allais bientôt percer un mystère sacré. Je pensais que nous devenions tous des fantômes au moment de mourir. Je me trompais.

« Seul et perdu dans l'immensité de l'espace… »

Je comprenais mieux pourquoi certains spectres s'attardaient parmi les vivants. Quelle injustice de partir avant l'heure ! Je disparaissais sans avoir accompli ma destinée. Je devais régner sur le Royaume Végétal, y maintenir la paix et le bien-être de mes sujets, et surtout retrouver Amira, cette belle Princesse Noire que le monde avait oubliée.

Qui se cachait derrière son bandeau de toile sombre ? Nos souvenirs s'étaient mêlés dans une danse gracieuse et mortelle. Avait-elle été guérie au prix de ma vie ? Des forces violentes et merveilleuses avaient célébré notre union. J'avais senti de la joie, de l'espoir et de la peur. Les dieux s'enthousiasmaient-ils de nos retrouvailles ? Moi qui avais failli être le complice d'un meurtre…

« Entends-tu les appels incessants de la Lune ? »

Je regrettais de m'être compromis dans une telle aventure, en compagnie d'un groupe d'assassins. Jusqu'où ma naïveté allait-elle m'emporter ? J'avais sous-estimé ma bêtise pour croire en leurs mensonges. Ils n'avaient jamais eu l'intention de se contenter d'un repérage innocent. Je pensais mettre à jour les secrets des attaques qui me ciblaient régulièrement, en tant que nouvel héritier du trône, mais j'avais contribué à un terrible complot.

« Suis le ruban des rêves et le destin des runes… »

Des voix étouffées me parvenaient parfois sous forme d'échos. Elles peinaient à se frayer dans le sommeil forcé qui engourdissait mes pensées. J'errais dans des brumes sans substance. Je me rapprochais du cercle de lumière qui m'attirait lentement vers lui, comme une tentation incontrôlable. Mon intuition me soufflait qu'une fois franchi, je ne pourrais pas revenir en arrière.

Une prophétesse m'avait prédit l'imminence de ma mort en lisant les lignes de ma main. Qui étais-je pour lutter contre mon destin ?

« Jusqu'aux gardiens fervents qui protègent ta place. »

Un ruban doré se matérialisa soudain dans les airs et s'enroula autour de moi. Son scintillement semblait l'animer d'une vie propre. Je me débattis mollement, hésitant à continuer mon envol vers les terres enchantées que je devinais dans la lumière. Le fil se tendit et me força à reculer, de plus en plus vite. Je traversai le brouillard et tombai comme une pierre lancée à travers cieux et rattrapée par la gravité.

J'ouvris brutalement les yeux et poussai un cri. Comme un lambeau de tissu que l'on déchire, je quittai douloureusement une plénitude irréelle et entière. Une servante rondelette était à mes côtés. Autour de son cou, un brin de mimosa en or brillait sous l'éclat du soleil.

« Les dieux vous ont épargné, souffla Mona. Vous avez bien failli rester auprès d'eux ! »

La femme récupéra des bougies odorantes et les cacha dans sa toge. Elle s'éloigna bientôt pour annoncer la bonne nouvelle. Trop surpris de reconnaître la décoration familière de ma chambre, je ne prêtai aucune attention à son manège.

Je battis des paupières et ma vision s'accommoda au fur et à mesure. Comment étais-je parvenu jusqu'ici ? Je me redressai sur mon lit et jetai un coup d'œil par la fenêtre ouverte. La journée semblait bien avancée. Cette visite au Sultanat Calorique n'avait-elle donc été qu'un mauvais rêve ? Les spores de la forêt des druides avaient-ils provoqué ces hallucinations ?

« Angelo ! »

Ma mère se jeta sur moi et me couvrit de ses bras. Je respirai son parfum, mélange de fleurs d'oranger et de cannelle.

« Vous m'étranglez !

— Mon petit ange », chuchota-t-elle en desserrant à peine son emprise.

Je repoussai tendrement ses élans d'amour. Elle m'apprit que des domestiques m'avaient retrouvé inanimé au milieu des jardins du palais, sur les berges de la mare de vif-argent. Avec surprise, j'appris que mes parents priaient pour mon rétablissement depuis deux semaines. Ils avaient suspecté une tentative d'assassinat par un sortilège inconnu. L'esprit brumeux, je lui épargnai mes propres interrogations.

Nous étions le premier jour du Mois du Jugement ; le cataclysme approchait. Ma mère m'avoua qu'elle avait dissimulé la vérité au peuple. Son annonce officielle prétendait que je restais alité à cause d'un coup de froid.

« Quel rhume foudroyant ! commentai-je avec sarcasme.

— Devais-je annoncer que tu étais plongé dans un état proche de la mort ? Proclamer mon impuissance, c'était me résigner à te perdre. »

Mariña apparut bientôt dans l'encadrement de la porte. La princesse s'approcha et m'embrassa. Je n'avais qu'un simple pagne sur moi et je remontai les draps avec gêne.

Les deux femmes éclatèrent de rire alors que mon père arrivait à son tour, l'air essoufflé. Il eut une grimace de joie. Il se pencha vers moi et me passa la main dans les cheveux – lui et ma sœur ne manquaient jamais une occasion de m'ébouriffer.

« Ta guérison est une excellente nouvelle ! Les druides nous assuraient que nous ne devions pas célébrer le mariage de Mariña et Shadiin sans toi, même si les préparatifs sont achevés. Puisque tu es de retour parmi nous, la cérémonie pourra se dérouler dès demain soir. Nous aurons tous le cœur à la fête. »

La voix de ma cousine s'éleva brusquement dans le corridor.

« Dépêche-toi un peu, le *bâtardé* !

— Clara ! Appelle ton frère par son prénom !

— Bien sûr, *Mère*. Et toi efface-moi ce sourire... Tu n'es que mon demi-frère et je vais finir par t'ensorceler pour que tu ailles plus vite ! »

Effrayé, je me saisis de la clé en cristal qui reposait sur ma table de chevet et je chuchotai un sortilège. La porte claqua et je pus de nouveau respirer. Comme pour confirmer mes craintes, ma cousine se mit à tambouriner sur le bois.

« *Crétino !* Ouvre ou je te lance un sort !

— Clara ! Surveille ton langage, tu es au Palais ! »

À l'intérieur de ma chambre, mes parents et ma sœur riaient gentiment. Ils ne connaissaient pas les douloureux sortilèges de ma cousine... Petite et d'un tempérament autoritaire, Clara avait teint les mèches de ses cheveux en violet pour rappeler le cassis de son Talisman Totem – tout ceci à l'insu de ma tante et malgré les protestations des domestiques. Elle n'en faisait qu'à sa tête, comme toujours.

« Nous te laissons te changer, proposa mon père. Je serai avec les druides pour terminer les préparatifs de la célébration. Ta sœur souhaite toujours organiser une procession de lumières dans la ville et cela demande quelques précautions préalables... De ton côté, tu rejoindras ta mère dans les jardins pour accueillir nos invités. Ils vont bientôt faire un trou dans la porte à force de frapper. »

Je soupirai. Je détestais les après-midi passés à boire du thé et à échanger des paroles oiseuses.

Je vis avec horreur que ma mère s'apprêtait à déboucher un gros flacon rempli d'un élixir rosâtre qui ne me disait rien de bon. Cette aventure n'avait-elle été qu'un nouveau cauchemar ?

Comment avais-je pu me retrouver au milieu des jardins du palais alors que je m'étais évanoui près de la Princesse Noire, loin d'ici, dans le Sultanat Calorique ? Quelle magie avions-nous libéré pour réaliser ce miracle ? Des questions sans réponses tournoyaient dans mon esprit.

$\int$

« Tu es encore un peu pâle, s'inquiéta ma mère en reposant sa tasse. Désires-tu un autre réconfortant ? »

Mes cousins gloussèrent en silence. Je la foudroyai du regard. Ne se rendait-elle pas compte de l'humiliation qu'elle m'infligeait ? Je marmonnai un prétexte pour laisser infuser sa tisane insipide, un savant mélange d'eau et de verdure.

La reine Mirabella haussa les épaules. Les boucles qui ornaient ses oreilles tintèrent doucement. Elle reprit sa conversation avec ma tante, la duchesse Prunelle, qui croquait un biscuit du bout des dents. Malgré une chute de cheval, mon oncle était resté au Duché des Derniers Prés pour superviser les moissons avant qu'elles soient gâtées par les pluies de l'automne.

« N'avez-vous pas trop souffert de l'Astre Émeraude ? s'enquit ma mère. Les champs proches de la citadelle sont envahis de mauvaises herbes et les pieds de tomate ont pourri sur place. Je regrette de ne pas avoir déclaré plus tôt des restrictions de magie… Je préférais alléger le fardeau de nos sujets cette année, mais l'excédent est très important. J'espère ne pas avoir fait preuve de négligence. »

La duchesse se tourna vers le brasier qui brûlait au-dessus de la plus haute tour du palais. Il était d'un vert clair et lumineux. Même à cette distance, on apercevait les étincelles des sortilèges qui convergeaient vers lui, en provenance du royaume entier.

« Il ne semble pas plus volumineux que l'année dernière, se permit de remarquer ma tante.

— Détrompez-vous… Sa taille atteint des proportions dangereuses pour notre climat. En vous promenant dans nos jardins, vous constaterez que les lilas fleurissent de nouveau. Il est trop tard pour agir, malheureusement, et l'hiver ne viendra probablement pas avant le Jugement Dernier. C'est une catastrophe écologique.

— La fête nuptiale ne pourra que renforcer cette tendance. J'espère que l'Ensorceleur a pris des dispositions pour éviter les abus… »

Mirabella acquiesça et but une gorgée de thé. Les rayons du soleil faisaient chatoyer ses cheveux bruns, retenus en arrière par une broche en ébène piquetée de diamants.

« Les dieux nous pardonneront les dépenses d'énergie du mariage, assura-t-elle. L'Archidruide a vu des signes favorables dans le ciel et les sous-bois pour les unions avant le solstice. D'autres réjouissances pourraient être organisées sans crainte. »

Son regard se posa sur ma cousine plus âgée, Gracilla, qui gardait le silence par politesse. Ma tante comprit son allusion muette et lui confirma ce qui avait alimenté de longues discussions au sein du palais : la jeune fille était promise au fils aîné du duc de la Vallée d'Yères. Leurs fiançailles devaient être officialisées cet hiver. Ils ne devaient prononcer leurs vœux qu'au printemps pour éviter une concurrence de dates avec la cérémonie de Mariña.

En secret, ma mère se félicitait de cette union qui rapprocherait notre famille de la région la plus riche du royaume. Le duc de la Vallée d'Yères avait une position sociale élevée, grâce à ses vignes et ses mines d'obsidienne. Un lien direct avec la couronne permettrait à mes parents d'étendre leur influence jusqu'à la frontière sud de notre pays et de compter sur un nouvel allié économique. Leur seule crainte était de voir la duchesse Louisa s'installer au palais, car l'aristocrate était d'une excentricité envahissante.

La reine adressa un sourire bienveillant à ma cousine.

« Les rumeurs disent que vous excellez dans l'art de la phytothérapie. Qui sait, vous pourriez un jour prendre ma succession en tant que Modeste Guérisseuse ?

— Je n'ai pas cette prétention, rougit Gracilla. Je maîtrise à peine les alcoolatures.

— En attendant, vous pourriez instruire votre cousin dont les connaissances sont plus limitées que les vôtres. Ce serait intéressant, n'est-ce pas, Angelo ? »

Je remuai sur mon siège. Et dire que je m'étais réjoui de quitter les brumes paisibles du sommeil ! J'avais oublié les corvées qu'elle m'imposait avec subtilité.

« Les leçons d'Acacia me prennent toutes mes journées, minaudai-je, sans compter les révisions pour le Suprême et les sermons de mes amis les druides. Je n'ai malheureusement pas le temps d'écraser des plantes avec un pilon…

— Ce n'est sans doute pas encore à votre portée, lâcha-t-elle en fronçant les sourcils. Il faudrait déjà réussir à différencier un pissenlit d'une fougère. »

Notre douce conversation fut coupée par une servante qui se racla la gorge. Son Talisman Totem avait la forme d'un brin de mimosa en or. Mona amenait un paquet et une lettre cachetée de cire blanche.

« Est-ce important au point d'interrompre mes retrouvailles avec mon fils ? », trancha la reine sans aménité.

Sans lui prêter le moindre regard, elle souleva la tasse de thé à ses lèvres. La femme s'inclina une nouvelle fois.

« Majesté, je ne suis pas la seule à vouloir les écourter. Vous reconnaîtrez le sceau des Filles de la Lune. »

Le mouvement de la tasse se figea. Lentement, Mirabella la reposa sur un plateau d'argent. Nous observions tous son attitude subitement glacée. Mona lui tendit la missive et ma mère la décacheta d'un geste sec. Sur le dos de la lettre, je distinguai les contours d'un symbole qui ne m'était plus inconnu : un croissant de lune entouré de six étoiles. La méfiance de la reine se devinait sur son visage.

Au fur et à mesure qu'elle lisait le message, ses sourcils se haussèrent davantage. Surprise, elle renversa l'enveloppe et une poussière argentée s'écoula dans sa main. L'espace d'une seconde, elle leva des yeux inquiets vers moi. Elle détourna ensuite le regard et écrasa la lettre avec fureur.

« Maudites soient-elles ! Ça n'aurait jamais dû arriver. »

Elle se rendit compte qu'elle parlait tout haut. Elle se recomposa une attitude bienveillante et aimable. J'admirai le contrôle des expressions de son visage.

« Ma sœur, je vous prie de bien vouloir m'excuser, fit-elle en se levant. Je dois m'absenter quelques instants. Je vous invite à rejoindre nos invités dans la salle des banquets. »

Nous nous levâmes et nous inclinâmes, sans poser de questions. Je n'avais pu m'empêcher de frissonner en entendant l'identité des auteurs de cette mystérieuse lettre. Que nous voulaient encore ces Filles de la Lune ? Il ne faisait plus aucun doute que ma mère les connaissait et les prenait très au sérieux. Je me jurai de l'interroger dès que possible.

Profitant de l'occasion, je m'échappai du giron de Tante Prunelle qui murmurait son étonnement à sa fille Gracilla. Je remontai l'allée des orangers en compagnie de mes autres cousins, Tim, Clara et Aldo. Les arbres fruitiers qui nous entouraient auraient dû perdre leurs feuilles, mais les rayons de l'Astre Émeraude repoussaient les effets de l'automne. Une odeur entêtante se diffusait dans l'air et j'inspirai profondément, heureux d'avoir retrouvé mes sensations corporelles. Près de moi, Clara passa la main dans ses cheveux et coinça une mèche violette derrière son oreille.

« Ce n'est pas trop tôt, soupira-t-elle. Je ne supportais plus de passer en revue tous les ragots du palais.

— Tu aurais préféré retrouver ton beau jardinier ? », lança son demi-frère Aldo.

Elle le foudroya du regard. Son cassis en grenat étincelait autour de son cou, comme si le djinn qu'il contenait brûlait d'en découdre.

« Surveille tes paroles, le *bâtardé !* »

Si cette insulte l'avait blessé, il n'en montra rien. Le plus jeune de mes cousins était le fils illégitime du duc des Derniers Prés. Aldo était né quelques mois après moi et sa naissance avait fait l'objet d'un véritable scandale.

Son frère Tim se mit à rire. Il toucha distraitement son totem en forme de feuille de tilleul. Ses cheveux blonds et ses yeux émeraude lui valaient de nombreuses œillades de la part des demoiselles de la cour.

« Angelo, je vais devoir te résumer la situation, annonça-t-il d'un ton de conspirateur. Notre sœur s'est entichée d'un jeune homme maigrichon, d'une beauté très moyenne et sans la moindre intelligence...

— Ce n'est pas vrai ! »

Il fit mine de n'avoir rien entendu.

« Ses parents le gâtent et il dépense leurs richesses pour ses petits plaisirs. Il a créé un groupe de musiciens qui égayent le village dès que l'occasion se présente, malgré leur manque de talent évident. Si tu les avais entendus à la Fête des Vendanges ! Clara les a accompagnés au chant et un orage n'a pas tardé à éclater.

— Ça suffit ! »

Elle avait le feu aux joues. Nous éclatâmes d'un rire bruyant.

« Questionnez plutôt notre cher cousin sur ses conquêtes amoureuses !

— Je ne risque pas de rencontrer quiconque sur l'Île Brumeuse, me défilai-je. Mes professeurs me surveillent de près. Ils envoient des rouleaux de parchemin à ma mère pour lui raconter tous mes faits et gestes.

— Si tu penses à ta dernière dispute avec Djalil Al'Malwib, elle a fait le tour du royaume. Ce n'était pas très malin d'insulter la fille du sultan...

— C'était un malentendu, grinçai-je. J'avais oublié son existence, comme tout le monde. »

Mes cousins se regardèrent et échangèrent une grimace.

« On parle d'elle depuis deux semaines, annonça Clara avec excitation. Tu étais sans doute déjà inconscient. La Princesse Noire a retrouvé la vue ! Un vrai miracle ! »

Je trébuchai et faillis tomber par terre.

Ses paroles me bouleversaient. Elles me ramenèrent brutalement quinze jours en arrière, dans un pays où brillait un Astre couleur rubis.

Que s'était-il passé entre les murs du palais d'Al-Hamra ? Mon contact avec Amira Al'Malwib avait invoqué des forces occultes qui l'avaient guérie, alors qu'aucun sortilège ne soignait une telle infirmité.

J'essayais de me souvenir de notre rencontre. Lorsqu'elle avait ouvert les yeux, le rêve avait pris le pas sur la réalité et j'avais sombré dans l'inconscience. J'avais senti que mon corps s'échappait, qu'une magie incontrôlable me séparait de lui... Comment avais-je pu revenir au palais ? Comment avais-je pu me retrouver échoué sur les berges d'une mare de vif-argent ?

La migraine s'empara de moi. Je me massai les tempes. J'avais l'impression qu'une boule blanche m'éblouissait et me forçait à me soumettre, comme si ces questions rappelaient les forces qui m'avaient enfermé dans leurs brumes scintillantes. Mes cousins s'inquiétèrent et envoyèrent Aldo chercher une servante.

Clara continua à me raconter les dernières actualités concernant le Sultanat Calorique. Nos voisins étaient bouleversés de joie, car ils attribuaient ce miracle à un signe des dieux. Leur sultan avait déclaré que leur peuple était béni et que la Princesse Noire les guiderait vers la gloire. Par droit de naissance, elle retrouvait sa place d'héritière. Djalil avait dû avoir un arrêt cardiaque...

Tim me prit le bras pour m'aider à me relever. La douleur s'estompa et je poussai un soupir de soulagement. Curieusement, mon cousin fit une grimace et cligna des yeux, comme s'il avait lui-même absorbé le brouillard qui m'obscurcissait l'esprit. Clara conclut à une insolation et proposa de nous mettre à l'ombre. Sa prévenance raviva la honte qui me poursuivait depuis ma naissance.

J'étais sur le point de lui rétorquer que je n'étais pas encore un vieillard décrépit, lorsque des appels au secours se firent brusquement entendre. Avec stupeur, je reconnus la voix de ma sœur Mariña. Était-elle en danger ?

Sans attendre, je me levai et me précipitai vers l'entrée du palais.

« Angelo ! firent mes cousins d'une même voix angoissée. Ne fais pas l'idiot ! »

Leur remarque me fit prendre conscience d'un fait étrange : je respirais sans effort et surtout sans sifflement. Mon asthme avait disparu.

Je sentis mon cœur accélérer son rythme, à cause de ma course et à la suite de ce constat. Je slalomai à toute allure entre les arbres et les jardiniers, horrifiés de me voir ainsi détaler et risquer de succomber à une quinte de toux. Je ressentais une ivresse et une joie indescriptible, si forte que des larmes roulèrent sur mes joues.

J'étais libre. Les dieux avaient rendu la vue à Amira et j'avais retrouvé mon souffle ! Mon vœu le plus cher s'était enfin réalisé : les chaînes de mon handicap avaient été brisées.

Un second cri me rappela à l'ordre. Mariña était agenouillée à terre et un homme au visage masqué l'étranglait. J'avais été plus rapide que les mages qui accouraient en brandissant leurs sceptres enchantés.

Je me jetai sur l'inconnu en hurlant comme un barbare. Sans réfléchir, je dégageai le bras qui asphyxiait la princesse et frappai le criminel. Je sentis la morsure des cailloux pointus qui nous écorchèrent tandis que nous roulions au sol dans une mêlée hargneuse. La colère m'aveuglait et me rendait insensible à la douleur. Du moins le croyais-je avant que le meurtrier se remette de sa surprise et riposte.

Ses mouvements étaient nettement plus violents, plus précis et plus vifs. Il tenta de m'immobiliser. Malgré sa force supérieure, je ne m'avouai pas vaincu en lui envoyant une poignée de gravier dans le visage.

« Ça suffit ! »

Je reconnus la voix de ma sœur. Au lieu de crier des idioties, elle aurait pu m'aider à combattre ! Curieusement, le criminel se figea. J'en profitai pour lui envoyer mon poing dans la mâchoire.

« Angelo ! Laisse-le tranquille ! »

Sans comprendre, je m'arrêtai en haletant. Je regardai le meurtrier porter la main à son visage ; du sang écarlate coulait de sa bouche. Mariña s'accroupit auprès de lui.

« Tout va bien, Acacia ? »

Mon cœur se serra en la voyant retirer le masque de l'agresseur : il s'agissait de mon mentor. Cela n'avait aucun sens.

« C'était donc une mascarade ? »

— Évidemment, fit-elle en haussant les yeux au ciel. Nous devions tester les performances de nos équipes de sécurité. Depuis quand joues-tu aux héros ? »

Inconscient quelques heures plus tôt, je n'avais pas été prévenu. Ma sœur me remercia quand même, en s'étonnant de constater que je savais me battre. À ses pieds, le sorcier gémissait en se tenant la mâchoire.

« Épargnez-moi ce sourire triomphant, grommela Acacia. Si je n'avais pas cessé le combat pour lui obéir, vous seriez cloué au sol depuis longtemps ! »

La princesse rit de la plaisanterie. Pour ma part, je savais que son âge ne l'aurait pas empêché de prendre l'avantage. Acacia était un athlète accompli. Je craignais de subtiles représailles lors de nos entretiens particuliers.

Mariña appela des domestiques pour s'occuper du mage et pour informer mon père de la situation. Le faux criminel s'éloigna en direction du palais pour se faire soigner. Je m'essuyai le visage et laissai une trace de terre sur mon mouchoir.

« Demain, je serai rassurée de te savoir à mes côtés, me sourit Mariña. Moi qui craignais que tu bâilles au milieu de la cérémonie… »

Elle se retourna avec un clin d'œil et s'en alla d'une démarche altière. Elle devait se marier le lendemain et marquer la fin de mon enfance. Aurais-je encore le droit de réagir comme un adolescent, pour un oui ou pour un non ?

Mes cousins s'approchèrent de moi et me félicitèrent. Seule Clara me reprocha de ne pas avoir utilisé la magie.

« Ignore-la, se moqua Tim. Elle ne cessait de pousser des petits cris admiratifs devant cette débauche de virilité.

— C'est toi qui dis ça ? Tu paraissais fasciné ! »

Je ris et tous m'imitèrent. En fin de compte, l'allégresse avait repris ses droits sur notre groupe. Ils me noyèrent de conseils et de commentaires sur la scène qui venait de se dérouler sous leurs yeux. Je compris avec fierté que ma réaction les avait ravis, même si elle n'était pas justifiée. J'abandonnais mon statut d'invalide pour celui de lutteur courageux.

Je m'interrogeais sur ce miracle. Comment avais-je pu vivre tant d'années en me considérant comme un handicapé ? Je devais toujours m'en remettre aux guérisseurs avant d'envisager le moindre voyage, de peur de succomber à une insolation dans les champs ou de prendre froid sur les falaises qui surplombaient l'océan. Combien d'interdits avaient pesé sur ma liberté ? Je comprenais brusquement que cette guérison allait changer ma vie et le regard des autres, si elle s'avérait définitive.

« Prince Angelo ? »

L'appel coupa une remarque de Tim sur les combats de coqs qui avaient lieu dans leur duché. Je me tournai et me retrouvai face à face avec Luli Mingwang, la belle princesse Lumineuse. Sa voix vibrait de délicatesse, comme une douce caresse sur ma joue. Je rougis malgré moi.

Mes cousins se turent et soupirèrent d'aise. Tim posa sa main sur mon épaule.

« On se retrouve plus tard, cousin. Je crois que j'ai deviné à qui tu avais offert ton cœur.

— Elle est si belle, murmurai-je en retour, à moitié hypnotisé. Aucun homme ne peut lutter contre son charme. »

Il me lança un sourire indéchiffrable et s'éloigna avec ses deux sœurs, me laissant seul avec l'exquise Luli. À chacune de nos rencontres, mon cœur battait la chamade. Avais-je pourtant le droit de courtiser une princesse étrangère ?

Je m'époussetai un peu. Des cailloux avaient transpercé le tissu de ma toge. Je regrettais de me présenter à elle sous un aspect aussi déplorable.

« Pardonnez mon allure. Sauver les jeunes filles en détresse est un métier dangereux... »

Elle rit doucement. Ses cheveux noirs glissèrent sur sa tunique pailletée d'or. Je peinais à reprendre mes esprits. Le combat m'avait troublé et sa présence concourrait à la tension qui m'animait.

« Je suis ravi de vous savoir guéri, dit-elle gentiment. Je profitais de notre venue pour visiter vos merveilleux patios. Dans mon pays, les arbres ont perdu leurs feuilles et nos jardins se préparent à l'hiver. Les effets de l'Astre Émeraude sont fascinants !

— N'oubliez pas qu'une armée de jardiniers est occupée jour et nuit à lutter contre les mauvaises herbes. Par ici, le climat devient fou. »

Les abus de magie avaient de tristes conséquences. Nous étions responsables du développement anormal des Astres et des bouleversements climatiques qui en découlaient. Leurs effets étaient dévastateurs, mais comment sensibiliser l'ensemble de la population ? La pollution magique n'atteignait presque pas les contrées les plus éloignées des capitales, ou de façon très indirecte. Leurs habitants acceptaient mal de s'astreindre aux limitations préconisées par le gouvernement.

« C'est un cercle vicieux, soupirai-je. L'Astre grandit et améliore notre production agricole. En conséquence, nous utilisons plus de magie pour les moissons et contribuons à le nourrir encore... Je doute que nos paysans renoncent à utiliser cette énergie et à laisser les cultures se gâter sur pieds. »

Elle pencha la tête en signe d'assentiment. Je me noyais dans la contemplation de son cou d'une blancheur de nacre, l'esprit bien loin des inquiétudes sur le climat, quand une servante s'approcha et interrompit notre conversation. Ma mère *« m'invitait »* à saluer les invités qui affluaient pour la cérémonie.

La perspective d'enchaîner les politesses ne m'enchantait pas, surtout si je devais quitter Luli. Heureusement, la jeune fille avait trouvé une solution à mon dilemme.

« Je vous accompagne », me dit-elle dans un sourire.

CHAPITRE IX

Je suis furieuse. Mirabella est inconsciente ! Une procession de lumières dans la ville, vraiment, alors que je me bats depuis des mois pour imposer des restrictions de magie dans notre royaume ? Son mariage pourrait être magnifique, sans pour autant ruiner mes efforts pour ralentir l'engraissement de l'Astre Émeraude ! Sa taille est démesurée ; le monde tremblera quand il se réveillera et ébouriffera ses plumes...

Mon gendre n'a pas la force de s'opposer à ses délires de grandeur. À l'époque, j'avais moi-même espéré des feux d'artifice énergivores et dispendieux, mais mon cher Anamo avait trouvé les mots pour me ramener à la raison. Nous avions montré l'exemple, en prouvant au peuple que nous partagions ses sacrifices.

Granada de los Calyptos
« Mémoires d'une Reine Bien-Aimée »

La nuit était tombée quand les trompettes sonnèrent le début de la cérémonie nuptiale. Je me massais discrètement les poignets. Comme la veille, j'avais passé toute la journée à serrer des mains, à m'incliner, à rivaliser de politesses mielleuses... Je me plaignais de crampes aux doigts, au dos et la mâchoire. Je regrettais presque d'être sorti de l'inconscience et de subir ces tourments pour le seul plaisir de ma sœur.

La citadelle s'illumina de mille feux et une grande clameur s'éleva parmi les badauds. On aurait juré qu'une aube beige et rose se levait autour du palais et le long de l'avenue qui traversait la ville et menait à ses portes. Je reconnus que le spectacle nocturne était saisissant, comme si les dieux eux-mêmes offraient leur lumière pour féliciter les mariés. Mariña devait se réjouir à cette vue qu'elle avait souhaitée de tout cœur, en hommage à son futur époux et à sa famille.

Les gardes étaient disséminés aux endroits stratégiques pour parer à toute éventualité. J'avais pu constater avec Acacia qu'ils étaient à la fois des prodiges de la magie et des arts martiaux. Ils s'entraînaient dans les salles d'armes situées au sous-sol. En théorie, j'aurais dû recevoir une formation de combat semblable à celles des sorciers. Une discipline fatigante et quotidienne... Je supposais que ma mère s'empresserait d'allonger la liste de mes corvées si les guérisseurs confirmaient la disparition de mon asthme. J'avais peut-être intérêt à tousser encore un peu.

En face de moi, des membres de la cour attendaient la fête avec un flegme qui jurait avec le tapage environnant. Ils portaient des toges noires zébrées de vert pâle, un effort remarquable pour alléger l'austérité de leurs vêtements. Le Grand Alchimiste Balthazar se tenait au milieu du groupe. Ses cheveux ébouriffés et son impassibilité lui donnaient l'air d'un épouvantail dans une basse-cour turbulente.

Ce redoutable personnage avait défrayé la chronique à cause de troubles dans les mines d'obsidienne de la Vallée d'Yères. Les grévistes s'étaient révoltés contre leurs conditions de travail dangereuses et inconfortables. Ils luttaient chaque jour pour extraire le minerai des entrailles de la terre, en échange d'un salaire dérisoire alors que le produit de leur labeur enrichissait largement les alchimistes. Les gardiens étaient intervenus pour réprimer violemment l'émeute. Plusieurs mineurs avaient été tués, notamment leur leader qui avait détruit un tunnel entier à l'aide d'un sortilège dévastateur. Le Grand Alchimiste avait fait des pieds et des mains pour étouffer l'affaire, mais elle était parvenue jusqu'aux portes du palais.

De l'autre côté de la travée, une foule de courtisanes de l'Empire Lumineux se massaient derrière une corde de satin rouge. Leurs tuniques scintillaient de diamants qui piquetaient le moindre pli de tissu. Luli Mingwang était bien sûr la plus jolie d'entre elles…

La jeune fille avait agrémenté ces deux dernières journées par sa présence, sa conversation et son sourire. Son charme me maintenait dans un état d'euphorie. Seule ma mère avait froncé les sourcils en constatant que je faisais les yeux doux à cette belle étrangère. Craignait-elle une liaison avec la sœur de Shadiin ?

« Où sont les mariés ? », s'impatienta Clara.

Trop petite pour dépasser de la foule, ma cousine sautillait pour compenser sa taille. Tim indiqua du doigt l'entrée du palais et fit une remarque qui se perdit dans le vacarme. Les futurs époux quittaient l'édifice, main dans la main, en compagnie de leurs parents. L'Archidruide prononça un discours dont je n'entendis que le début. Je ne prêtai pas attention à la suite, comme d'habitude assez ennuyeuse.

J'admirai plutôt la tenue des mariés qui faisait jaser la foule. Pour respecter les us et coutumes de chacun, leurs habits symbolisaient l'acceptation réciproque de leur ascendance. Ma sœur portait une longue tunique blanche et or, sertie de diamants, avec deux feuilles d'eucalyptus croisées au niveau du cœur. Sa coiffure était compliquée, toute en hauteur et maintenue par des stylets de bois précieux. Deux fins rubans jaunes frôlaient sa nuque.

À ses côtés, Shadiin était vêtu d'une toge vert émeraude sur laquelle scintillait l'emblème Lumineux, cinq épis de maïs. J'étais impressionné par sa stature droite et musclée, mise en valeur par une ceinture argentée et une cape aux reflets soyeux. Sur son front, comme sur celui de ma sœur, les druides avaient déposé une couronne tressée d'épis de blé.

À la fin du discours, ils se jurèrent fidélité et échangèrent leurs pendentifs : une figue en améthyste et un éclair en or. Une brume étincelante fit briller les cristaux. Il n'y avait pas meilleur gage de confiance que de laisser autrui porter son Talisman Totem et discuter en pensée avec le djinn qui l'habitait. Je souris en songeant que ma sœur avait trouvé un excellent parti, malgré tout ce que sa décision impliquait pour notre royaume et mon propre destin.

Quand ils s'embrassèrent pour sceller leur union, des vivats de joie explosèrent autour d'eux. Ils saluèrent et descendirent les marches de l'estrade improvisée pour l'occasion. Ils se séparèrent alors dans des directions opposées pour faire le tour du palais comme le voulait la tradition. Mariña, la reine et l'impératrice s'engagèrent dans l'allée bordée d'orangers, tandis que Shadiin, le roi et l'empereur suivaient celle des oliviers.

« Trois hommes, trois femmes, commenta Tim. Comme dans les Louanges.

— Quel rapport ? murmurai-je tandis qu'ils disparaissaient.

— Le mariage est très symbolique. Cette séparation des couples rappelle la prière que nous chantons chaque semaine : six personnes qui recherchent une clé. Celle du bonheur, sans doute… »

Je méditai ses paroles. Je devais reconnaître que les légendes des prêtres du Cercle cachaient des valeurs morales que je partageais parfois. Je m'étonnais d'appartenir à cette culture dans laquelle j'avais grandi, quelles que fussent mes pensées sacrilèges et ma volonté de me démarquer des rituels religieux. Pouvions-nous vraiment nier le rôle de la religion dans notre éducation et dans la construction de notre mentalité ?

Lorsqu'ils eurent achevé leur circuit, les deux groupes fusionnèrent. Les six protagonistes se donnèrent la main pour constituer un cercle où hommes et femmes alternaient. À un signal connu d'eux seuls, ils basculèrent la tête en arrière et levèrent les bras. Des gerbes colorées explosèrent dans le ciel et la foule applaudit joyeusement en criant des hourras.

« C'est magnifique, soupira Clara avec des étoiles dans les yeux. C'est décidé, je veux aussi des feux d'artifice pour mon mariage !

— Fais en sorte de séduire un alchimiste plutôt qu'un musicien raté, la taquina son demi-frère. Les poètes utilisent des cristaux d'hortensias qui valent extrêmement cher.

— Explique-moi comment un *bâtardé* pourrait le savoir ? »

Aldo lui offrit son plus beau sourire. Par quel mystère parvenait-il à supporter cette insulte récurrente ? Je ne les comprenais pas. Clara était-elle sincère ? S'acharnait-elle à rappeler ce scandale parce que j'étais prince et que cet adultère avait jeté un voile de honte sur notre famille ? Ils n'auraient jamais osé confirmer mon hypothèse. Je risquais simplement de les embarrasser en les interrogeant.

Mon attention se reporta sur la cérémonie. Mariña et Shadiin se tenaient la main et s'apprêtaient à franchir l'enceinte. Ils devaient traverser la ville et saluer le peuple en liesse avant de rejoindre la Forêt des Fées. Les druides béniraient leur union par des rituels complexes auxquels seuls les mariés assistaient. Je soupçonnais les adeptes du Cercle de profiter de cette occasion pour leur infliger un long sermon sur la fidélité et les valeurs du mariage – ou même de deux sermons pour le prix d'un.

Je proposai à mes cousins de retourner à l'intérieur du bâtiment pour dévorer les pâtisseries abandonnées par les convives. Clara et Tim paraissaient plus qu'enthousiastes à cette idée.

Gracilla me jeta un regard amusé et préféra s'éloigner dans l'autre sens. Elle faisait des efforts pour se montrer sous son meilleur jour à la cour ; malgré sa réserve et sa timidité, je devinais son envie de rencontrer le cercle très fermé des guérisseuses du palais.

Mon « *demi-cousin* » Aldo partit quant à lui à la recherche de ses nouveaux amis. Il s'était rapproché des nobles qui passaient bientôt les épreuves du Suprême, comme nous, le mois suivant. Je lui enviais sa nonchalance et la facilité avec laquelle il parvenait à créer des liens d'amitié. Son djinn serait probablement le plus sociable des génies de l'Île Brumeuse.

Je les saluai et gravis les marches pour rentrer dans la résidence déserte. Des restes de nourriture jonchaient le sol et des détritus s'amoncelaient dans les coins. Le palais aurait pu être parfaitement silencieux sans les explosions, la musique et les éclats de rire qui continuaient à l'extérieur. Pendant ces festivités, chacun était libre de s'amuser à sa guise. Nous ne croisâmes pratiquement aucune servante.

La salle des banquets était destinée aux repas des résidents et aux réceptions officielles. De larges blocs de marbre étaient recouverts de draps ou de tissus. La coutume voulait que nous mangions allongés ; les coussins n'étaient jamais de trop. Le centre de la pièce était percé d'un patio qui laissait passer la lumière verte de l'Astre Émeraude, au risque de décolorer les tapisseries des murs et de teinter la nourriture des plats. Les cuisines rivalisaient d'inventivité pour compenser cette coloration involontaire et inévitable.

Mes deux cousins pillaient sans scrupule les plateaux abandonnés. Je les rejoignis en riant. J'étais heureux de leur présence, un jour où nous pouvions partager la joie de ma sœur et de son époux. Ils venaient trop rarement égayer le palais…

« Regardez-moi ces voleurs », ricana une voix derrière moi.

Une colère froide se déversa en moi en apercevant Djalil Al'Malwib et son sourire carnassier. Accompagné de jeunes hommes enturbannés, il interrompit notre conversation et cassa l'ambiance festive du moment.

L'adolescent portait un costume bouffant, dans des tons orangés et rouges. Ses souliers assortis avaient des pointes courbées qui m'avaient toujours amusé.

« *Cher Angelo*, reprit-il avec d'un ton mielleux. Vous êtes donc rétabli ? Je doutais de cette rumeur. Je pensais que la rigueur de l'hiver aurait raison de vous.

— Trop aimable, grinçai-je. Tu n'as pas beaucoup évolué en trois semaines. D'ailleurs, que fais-tu ici ? Je pensais que ma mère avait écarté ta famille de la liste des invités. »

La veille seulement, mes parents avaient changé d'avis pour inviter le Sultanat Calorique et calmer les querelles qui nous séparaient peu à peu. Ce jeu politique était le leur ; ils ne pouvaient pas me forcer à aimer ce prince hautain et méprisant. Je ne parvenais pas à ravaler les sentiments haineux que je ressentais à son égard.

« Vouvoyez-moi ! s'enflamma mon adversaire. Nous ne sommes pas sur l'Île Brumeuse et je ne suis pas un de vos cousins bâtards. »

Tim s'avança aussitôt et brandit le poing dans sa direction. Je ne l'avais jamais vu s'énerver ainsi.

« Ne nous insultez pas ! fulmina-t-il. Laissez notre vie privée en dehors de vos manœuvres politiques. Votre statut d'ex-prince héritier ne vous le permet pas. »

Cette remarque heurta un point sensible. Djalil fronça les sourcils. S'il n'avait pas eu la peau noire comme la cendre, sans doute aurait-il rougi.

« Je laisse volontiers les rênes du pouvoir à ma sœur, affirma-t-il. Les dieux lui ont rendu la vue et l'usage de la magie. Pourquoi, selon vous, sinon pour vous montrer ce que votre peuple doit craindre ? Leur bénédiction signe la fin de votre domination.

— Si elle est aussi douée que vous l'êtes, fit Tim d'un ton narquois, nous ne craignons rien. »

Le prince étranger esquissa un sourire.

« Vous vous croyez puissants, mais votre suprématie est éphémère. Certains pays apprécient peu votre arrogance, comme si vous étiez en mesure de nous imposer vos règles et vos lois ! Vous verrez vite que d'autres alliances se construisent et vous mettront à genoux devant nous !

— *Djalil !* »

Nos regards convergèrent vers l'origine de cette voix autoritaire. Une silhouette s'avança dans l'aura surnaturelle de l'Astre Émeraude. Un millier d'étincelles semblaient incrustées dans ses vêtements. Sa djellaba rouge feu glissait sur ses jambes élancées, comme un tissu de flammes sur une peau d'ébène.

Nous retînmes tous notre souffle pendant que la Princesse Noire nous rejoignait d'un pas volontaire.

« Tais-toi », compléta-t-elle simplement.

Son frère baissa la tête, au grand plaisir de Tim. Mon cousin n'en paraissait pas moins intimidé par la belle Amira. Derrière moi, Clara était figée de stupeur.

La nouvelle venue balaya la scène avec une majesté hypnotique et me fixa durement. Ses yeux avaient la couleur de l'or, une anomalie qui la rendait plus menaçante encore.

« Prince Angelo, me salua-t-elle d'un ton glacial. Quel bonheur de vous rencontrer enfin ! En retrouvant la vue, aurais-je regagné votre estime, ou me considérez-vous encore comme un être faible et méritant vos injures ? »

Mon cœur s'était arrêté de battre. Je réfléchissais à toute allure. Elle n'avait retenu de moi que l'insulte maladroite concernant son handicap. Ne me reconnaissait-elle donc pas ? Si notre aventure avait bien été réelle, j'avais disparu à l'instant où elle avait ouvert les yeux pour la première fois. Mon visage lui était inconnu.

Hélas, elle pouvait me démasquer si je commençais à parler. Alors qu'elle agonisait, Amira avait identifié ma voix comme celle d'un homme qui peuplait ses rêves. Aveugle, elle avait exercé son oreille à la perfection – ses talents de musicienne étaient légendaires. La magie des sons était la seule qu'elle ait pu maîtriser avant de retrouver la vue. Si j'émettais le moindre bruit, elle découvrirait le secret de ma double vie.

Quelle serait sa réaction en comprenant que je fréquentais des assassins ? Les mages étaient capables d'identifier les empreintes et les traces de sang que j'avais laissées dans sa chambre. Je n'avais pas été inquiété, mais en cas de doute je pouvais facilement être condamné. Un prince héritier qui avait infiltré sa demeure pour commettre un meurtre… Non, je ne devais pas prendre ce risque.

J'ouvris la bouche et feignis d'être subitement devenu aphone. J'avais l'air ridicule, mais je n'avais pas trouvé de meilleure solution à mon dilemme. Je n'eus aucun mal à rougir de malaise et à simuler ma propre surprise face à cet imprévu qui me contraignait au silence. Je battis des mains avec impuissance.

« À quoi jouez-vous ? s'impatienta Amira. Encore une nouvelle marque d'impolitesse ! Vous avez une curieuse façon d'envenimer les relations entre nos deux pays. »

Je fis un signe à Tim, qui me jeta un regard courroucé. J'avais déjà usé de ce stratagème et jusqu'à présent mon cousin m'avait toujours soutenu dans mon mensonge. Nous avions cependant passé l'âge des effronteries innocentes. Réussirait-il à tromper la jeune fille qui nous fixait avec une telle intensité ?

« Princesse, dit-il avec sérieux, veuillez l'excuser. Il se remet à peine d'un rhume foudroyant. Les effets secondaires du remède sont incontrôlables : il devient temporairement aphone, notamment après une vive émotion. Votre arrivée a dû le surprendre. »

J'acquiesçai avec gêne et elle fronça les sourcils.

« Devrais-je le plaindre ? On nous accueille du bout des lèvres, comme une grâce dispensée à un peuple inférieur. Vous n'ignorez pas que nous sommes proches de rompre le traité de paix qui nous unit.

— Son intention n'était pas de vous froisser. Il prend très à cœur les tensions qui nous étranglent.

— Son implication n'est guère éloquente…

— Il vous le prouvera dès qu'il sera entièrement rétabli. »

Amira réfléchit un instant puis baissa les épaules.

« Je l'espère. Je vous remercie pour vos paroles apaisantes. Parfois le dessein des dieux est indéchiffrable : vous auriez fait un excellent prince. Ils auraient dû vous confier un rôle plus important dans l'avenir de ce royaume. »

La princesse lui adressa une courte révérence et me tourna le dos. Suivie par son frère, qui me foudroya du regard, elle quitta gracieusement la salle des banquets. L'écho de ses pas persista plus longtemps que la nature ne le permettait. Ou était-ce un jeu de mon imagination ?

« À quoi joues-tu ? me fustigea mon cousin en me bousculant d'une tape sur l'épaule. Comment oses-tu insulter l'héritière du Sultanat Calorique ? Personne ne les porte vraiment dans leur cœur, mais ne m'oblige plus jamais à mentir pour toi ! »

Je baissai la tête avec soumission. Avant de réussir à trouver une excuse, j'entendis un claquement de porte et les sanglots d'une femme qui courait à travers la salle.

Ses larmes coulaient à flots. En voulant s'essuyer les joues, elle dérapa brusquement sur des graines éparpillées sur le sol et s'affala sur le carrelage.

Nous nous précipitâmes vers elle. La pauvre domestique semblait effrayée. Elle se tordait les mains et haletait bruyamment. Ses boucles brunes lui cachaient le visage.

« Le roi est mort ! », pleurait-elle.

Ses paroles nous glacèrent le sang. Mes parents se trouvaient à l'extérieur, aux côtés des mariés. Ses craintes n'avaient pas le moindre fondement. Je ne pouvais pas croire à sa terrible annonce.

Tim laissa entendre qu'elle avait sans doute bu plus que de raison. J'étais du même avis, mais Clara se retourna vers son frère et le gifla sans ménagement.

« Tu es stupide ! s'énerva-t-elle. Ne vois-tu pas qu'elle est sous le choc ? Va chercher une guérisseuse au lieu de l'accuser à tort et à travers ! »

Tim disparut en maugréant, la main plaquée sur sa joue douloureuse. Il me laissa seul avec les deux femmes. Je fis un effort pour cacher mon opinion, assez proche de celle de mon cousin.

« Le roi est en pleine forme, commençai-je doucement. Il vient de sortir du palais au bras de la reine…

— N'insultez pas la mémoire des défunts ! sanglota-t-elle. Il n'a jamais quitté sa tour. »

Ma cousine me jeta un regard sombre et chuchota des paroles réconfortantes à la domestique.

Je compris brusquement notre quiproquo.

« Ciel ! Elle parle de l'Ancien Roi ! »

Elle confirma mes dires et ma cousine porta la main à sa bouche. Sans attendre, je m'élançai vers le fond de la pièce. Plus tôt, j'avais souri en remarquant que cette course ne m'essoufflait plus. Désormais, l'angoisse et le chagrin figeaient les traits de mon visage. Grand-Père avait disparu…

Anamo vivait au sommet de la Tour Royale depuis plusieurs années. Je lui rendais régulièrement visite. L'assassinat de sa femme Granada, la Reine Bien-Aimée, l'avait profondément endeuillé. Ce meurtre avait été commis le jour de ma naissance et je n'avais connu mon grand-père que sous ce masque d'amertume.

Il aimait toutefois se noyer dans ses souvenirs et transmettre son savoir comme personne. Nos rendez-vous ne m'ennuyaient jamais. Plus que tout, il adorait jouer aux échecs, ce jeu de réflexion dont nos inlassables parties s'accompagnaient de leçons de morale ou de stratégie politique, ainsi que de minces pâtisseries sucrées et de thé à la menthe… Il connaissait ma gourmandise. Déconcentré par les friandises, je gagnais rarement.

J'empruntai un escalier en colimaçon qui longeait la face intérieure de la tour. Plus je me rapprochais du sommet, plus les parois cylindriques irradiaient d'une lumière verte. L'Astre Émeraude lévitait à quelques mètres seulement des appartements, même si l'accès au toit – et par conséquent à la boule de magie – était condamné. Seul mon père possédait la clé de la grille. Il s'y rendait pour rallumer le brasier à la suite du Jugement Dernier, après son explosion annuelle.

Angoissé de découvrir la scène macabre, je poussai doucement la porte de chêne massif. Par bonheur, aucun corps n'était visible dans la pièce principale. Des tissus colorés décoraient les murs, le plafond et le sol. Une lourde odeur d'encens flottait dans l'air. Le jeu d'échecs reposait là où je l'avais toujours vu, sur un bloc de granit rose qui provenait des côtes Aquatiques.

« Une petite partie ? », invita une voix dans mon dos.

Je me retournai lentement. Mon grand-père m'adressait un sourire bienveillant. Si sa peau n'avait pas été aussi translucide, comme effacée par la pluie, je l'aurais embrassé avec joie. Je sentis mes jambes flageoler et je m'assis sur un siège de bois pour me prendre la tête entre les mains. Non, ce n'était pas réel…

« Ne pleure pas, me consola le fantôme. Je n'ai pas souffert. Mon temps était venu. »

Je relevai le menton et croisai son regard gris. Ou plutôt, je fixai le mur derrière lui. Il fit mine de s'asseoir face au plateau d'échecs et m'invita à jouer. Je ne voyais que l'absence de son corps.

« Si c'est une plaisanterie, elle n'est pas drôle, objectai-je en détournant les yeux.

— Angelo, les fantômes s'attardent dans ce monde pour transmettre leurs secrets avant qu'ils se perdent à jamais. Je parlerai une dernière fois à chacun de mes proches, toi y compris, puis je suivrai la grande route pavée jusqu'au Mausolée Blanc pour y trouver la paix. Tu ne peux pas me refuser cet entretien. Allons, jouons une dernière fois ensemble. »

Il indiqua d'un geste le damier nacré.

Résigné, j'installai avec précaution les figurines sculptées dans du bois d'ébène et d'if. Je remarquai qu'il ne pourrait pas déplacer ses pièces. Le fantôme esquissa un

148

mouvement du poignet en guise de réponse : un halo blanc entoura un pion et le fit avancer.

« La vie m'a quitté, pas la magie, commenta-t-il distraitement. Comment crois-tu que les spectres parviennent à faire craquer les parquets, souffler les bougies ou renverser les chaises ? »

Cette révélation accentua mon désarroi. Mon grand-père m'assura qu'il ne comptait pas hanter le palais comme d'autres ectoplasmes s'en amusaient. J'en étais ravi.

Je commençai la partie en essayant d'oublier la transparence de mon adversaire. Nous échangeâmes quelques coups et j'avançai ma reine. Il pesta aussitôt.

« Pourquoi te presses-tu à l'engager dans le combat ? Cette pièce est certes puissante, mais fragile et précieuse... Elle peut marquer ta victoire comme ta chute. »

Je détestais ses énigmes. L'Ancien Roi ne parlait qu'ainsi. Je maugréai et déplaçai mon fou.

« Ta défense est trop faible, dit-il encore. Pourquoi ne bats-tu pas en retraite pour protéger tes pièces majeures ? Si tu ne conserves pas tes atouts naturels, à quoi bon les posséder ? »

Je posai nerveusement ma main sur mon accoudoir.

« Expliquez-vous, tremblai-je. Dites-moi ce qui vous tourmente et laissez-moi tranquille ! »

Le fantôme soupira. Une poussière grise s'échappa des commissures de ses lèvres et se dissipa dans l'air.

« Tu es lié à tant de secrets... L'Ensorceleuse est la seule personne capable de lever le voile sur les mystères qui entourent ta venue au monde. Elle détient le titre depuis quinze ans déjà, ce qui n'est pas banal, surtout après le désastre qui a accompagné ta naissance. Je brûle d'envie de connaître ses secrets et le rôle qu'elle te réserve pour les jours à venir. »

Je me raidis.

Il déplaça son fou et mangea ma dernière licorne.

« Le Suprême approche, ajouta-t-il simplement. Tous les jeunes de quinze ans se soumettront aux épreuves des dieux et partiront en quête de leur totem. Certains en seront toutefois incapables, comme les enfants abandonnés et les aveugles nés... »

Il resta silencieux et m'invita à suivre le fil de sa pensée. Les femmes accouchaient dans le vif-argent : les bébés se développaient dans les rivières souterraines et baignaient dans la magie pendant plusieurs mois. Ils naissaient avec un médaillon d'argile autour du cou, avec les totems de leurs parents gravés sur les deux faces. Dès lors que ces derniers croisaient le regard de leur enfant, l'objet s'effritait. Ce rituel était nécessaire pour rencontrer les djinns.

« Faites-vous allusion à la Princesse Noire ? Quel rapport avec moi ?

— Vous êtes les héritiers de deux nations qui se haïssent depuis plusieurs générations, expliqua-t-il avec une certaine tristesse. Ses habitants placent en vous leurs espérances et leurs désirs de vengeance. Comment pourriez-vous ignorer ces émotions surgies du passé ? Vous cristallisez les rancœurs de vos ancêtres. Le lien qui vous unit est aussi sombre et tenace qu'un destin maudit. »

Il déplaça un pion et menaça ma reine.

« Pensez-vous vraiment que je provoquerai une guerre ? fis-je avec amertume.

— Certains signes l'annoncent déjà, comme ces miracles qui fleurissent de part et d'autre. Tandis qu'elle retrouve la vue, tu cours dans les jardins alors qu'un souffle au cœur avait toujours menacé ta vie. Vous serez des monarques protégés des dieux. Un conflit me semble inévitable, quelle que soit sa forme.

— Je refuse d'y croire, objectai-je en croisant les bras. Je défendrai notre traité de paix ! »

Il me jeta un coup d'œil dubitatif.

« Je doute que tu puisses enrayer des événements qui couvent depuis si longtemps. Je pense plutôt que tu aiderais ton peuple en recherchant la vérité sur tes origines. Ta mère ne t'a-t-elle jamais raconté le caractère surnaturel de ta naissance ? Les dieux t'ont béni et nous ont rendu l'espoir. Ils ont ranimé de vieilles légendes oubliées. »

Je fronçai les sourcils. Mon grand-père avait toujours fait preuve d'une foi profonde, tout comme ma mère et ma sœur. La superstition semblait être un fardeau familial qui se transmettait de génération en génération mais dont j'avais été exempté. Je ne redoutais aucun dieu invisible et retranché dans son palais de nuages.

« J'aurais souhaité le voir de mes propres yeux, avoua-t-il dans un soupir. Seule l'Ensorceleuse a assisté à ta venue au monde : ma chère Mirabella ne l'a rejointe qu'ensuite. Cela n'empêche pas qu'elle ait vu certaines choses se produire... Tu es né quelques minutes seulement après la disparition de ma reine bien-aimée. »

Sa voix se troubla.

« Quand ta mère est arrivée devant la mare de vif-argent, l'Ensorceleuse te tenait dans ses bras. La magicienne a refusé d'expliquer l'origine des explosions de magie qui avaient secoué les jardins. Elle s'est empressée de retourner vaquer à ses occupations. Elle avait échoué à protéger la reine et laissé l'assassin s'enfuir, ce qui est impardonnable. »

Si un fantôme avait pu pleurer, sans doute l'aurait-il fait.

« En quoi ma naissance fut-elle si étrange ? demandai-je.

— Aucun enfant ne naît en cette saison ! s'exclama-t-il d'un ton d'évidence absolue. Chaque année, le jour du Jugement Dernier, les Astres se réveillent et s'envolent pour dévaster le monde. Ils libèrent en quelques heures l'énergie dévorée pendant toute une année. Lorsque le chaos s'apaise, les rois chantent les plus secrets de leurs sortilèges, les Quatrains, pour rappeler à eux les Astres fatigués et les enchaîner à nouveau. Ils forment alors de minuscules boules de magie qui sont bien trop faibles pour causer une Grande Marée et provoquer des naissances.

— Mon cas est loin d'être extraordinaire... Je ne suis pas le seul à naître si tôt dans l'année.

— Le vif-argent n'en fait qu'à sa tête, c'est vrai, sauf lorsqu'il s'agit des Mares Royales. Des sortilèges perturbent son fonctionnement pour protéger toute intrusion incontrôlée dans le palais. Les cycles des naissances sont bouleversés. Il est presque impossible de naître en début d'année dans nos jardins. »

Il resta pensif un moment. J'apercevais les contours de sa chaise à travers son corps transparent.

« Connais-tu la légende de Dohr'im ? demanda-t-il.

— Bien sûr. Les druides racontent souvent l'histoire de cet être malfaisant, enfant d'un viol et fils du dieu du mensonge. Il a dérobé les clés du paradis pour enfermer ses aïeux dans leur royaume. *Pour notre plus grand malheur.* »

Il ne me renvoya pas mon sourire désabusé.

« Tes leçons sont incomplètes, jugea-t-il. Il n'était pas seul : plusieurs demi-dieux l'ont aidé à commettre son méfait. Le paradis avait de nombreux accès qui ont été verrouillés les uns après les autres. À cause de Dohr'im et de ses complices, les portails célestes sont tombés en ruines et le pouvoir des dieux a disparu.

« Les acolytes de Dohr'im ont perdu la vie en accomplissant la vengeance d'un être corrompu par le mensonge et le vice. Leur maître prétendait libérer le monde du joug des dieux qui jouaient avec les hommes comme les pièces d'un grand échiquier. Hélas, les regrets empêchaient ces fantômes de suivre le chemin du Mausolée Blanc. Comment le pouvaient-ils ? Ils avaient condamné l'humanité toute entière.

« Ils ont trahi leur maître et prononcé des sortilèges à travers l'espace et le temps pour laisser une chance aux futures générations. Tous les siècles, leurs souvenirs se condensent et provoquent la naissance de Messagers quelques jours après le Jugement Dernier. Ces enfants sont en mesure de retrouver les clés du paradis et de réveiller la magie des portails. Ils sont bénis par l'essence divine qui coulait jadis dans les veines des demi-dieux sacrifiés. »

Le fantôme se tut. La magie de son récit m'enveloppait encore. N'était-ce qu'une simple légende ? N'avaient-elles pas toutes un fond de vérité ?

Je croisai les bras. Mon grand-père s'inquiétait inutilement d'un mythe obscur. Je doutais que ma vie pût être différente de celle d'un prince ordinaire. Je refusais les angoisses d'un fantôme qui s'était retiré du monde pour se plonger dans de douces rêveries. Son mysticisme l'avait conforté dans la perte de sa compagne et avait irrémédiablement perturbé son esprit.

Ses paroles me rappelaient toutefois que j'ignorais les détails de cette nuit tragique où ma grand-mère avait été assassinée dans son propre palais. L'Ensorceleuse était-elle capable de m'en apprendre davantage et d'écarter les doutes de mon grand-père ? Ce témoin pouvait confirmer qu'aucun dieu ne lui était apparu lors de ma naissance… Je me promis de rechercher la vérité comme l'Ancien Roi m'incitait à le faire. Ses légendes avaient aiguisé ma curiosité.

Je sortis de ma torpeur en me jurant d'y réfléchir plus tard. J'avais une partie d'échecs à terminer avant d'être libéré des angoisses d'un fantôme. J'aimais mon grand-père, mais ses révélations commençaient à me tourmenter.

Une stratégie de jeu m'apparut avec une clarté soudaine. Souriant, je déplaçai ma reine pour l'obliger à sacrifier sa dernière tour et le mettre échec et mat. Le spectre fixa le plateau avec surprise.

« Tu as profité de mon inattention, me gourmanda-t-il. Je te félicite ; tu as gagné notre dernière partie. »

Mon grand-père bascula son roi sur le damier en signe de défaite. Il poussa un soupir sonore. Il renonçait difficilement à ce jeu qu'il affectionnait tant.

« Je ne serai plus là pour approuver ou critiquer tes choix, déclara-t-il lentement. Tu peux poursuivre des chimères et des rêves de liberté, ou régner sur notre royaume. Quoi qu'il en soit, tu auras besoin de toutes les aides qui te seront offertes. Pour surmonter les épreuves qui t'attendent, je crois qu'il me faut te confier le plus grand secret de notre lignée : le Quatrain Végétal. »

Un frisson glacé me traversa. Ce sortilège avait le pouvoir de réveiller l'Astre Émeraude au lendemain du Jugement Dernier. Sa puissance était phénoménale.

« Seul le roi en titre le connaît ! m'exclamai-je. Je refuse !

— Si ce n'est pas moi qui te l'apprends, ce sera ton père lors de ton couronnement. »

D'un geste brusque, je me levai de mon siège.

« Qui peut affirmer que mon Talisman Totem sera un fruit ? m'alarmai-je. Attendez quelques mois avant de quitter notre monde. Une fois le Suprême achevé…

— Je serai alors entre les mains des dieux, m'interrompit-il d'une voix coupante. Ce savoir t'aidera à trouver la vérité dans les mystères qui t'entourent. Maintenant, écoute-moi, car je ne le répéterai pas.

— N'y a-t-il aucun risque ? me méfiai-je.

— En tant que fantôme, je suis incapable d'utiliser les sortilèges courants : ma magie n'est plus que l'ombre d'elle-même. En récitant la formule, il ne se passera rien. »

L'Ancien Roi prit une longue inspiration.

« Tu dois songer à la vie qui anime chaque être en ce monde, expliqua-t-il. Chacun de nous suit sa propre route et notre âme évolue au gré des expériences que nous traversons, à l'instar des arbres qui se dressent et se penchent sous l'effet du vent. Ce poème doit toucher le cœur même de ton existence. Il illustre le caractère initiatique de la vie, génération après génération. »

Il joignit les paumes de ses mains et les ouvrit comme une rose qui s'éveille sous la lumière du jour. Il murmura **« VIRIDYS »** et déclama le poème d'un ton vibrant de majesté et d'humilité.

> *« En bourgeon languide, tu incarnes l'espoir,*
> *En fleur belle-de-nuit tu embaumes nos soirs,*
> *En un délicieux fruit, tu dissipes la peur.*
> *Toujours tu nous guides pour éviter les leurres. »*

Malgré les promesses du spectre, un courant d'air surgit de nulle part et secoua le plateau d'échecs. Sans prévenir, les figurines retrouvèrent leur place initiale sur le damier.

Je frissonnai.

Pris d'une soudaine impulsion, j'avançai un pion. Face à moi, une pièce noire bougea sans que mon grand-père intervienne. Sans réfléchir, je jouai en répondant aux mouvements magiques de l'invisible adversaire. Je fus très vite échec et mat. Je reculai dans mon siège et mis les poings sur mes hanches.

« Je comprends pourquoi vous gagniez toujours. »

Mon grand-père ricana et m'assura qu'il n'avait jamais utilisé ce sort pour de telles futilités. Je ne le crus qu'à moitié. Lorsque je lui demandai quels autres effets ce sortilège pouvait produire, mis à part tricher aux échecs, il refusa de répondre. Il prétendit que je le découvrirais bien assez tôt, que je sois couronné ou que je parte à la recherche de la vérité sur mes origines.

Son ton énigmatique m'exaspérait. Pourquoi s'acharnait-il à me bouleverser ? La foule de soucis qui m'assaillait déjà, en tant qu'héritier du trône, me suffisait amplement. Sa disparition me remplissait également d'une douleur sourde. J'aimais sa compagnie…

Avant de me libérer, mon grand-père désigna une étagère sur laquelle reposait un coffret en amarante, un bois exotique aux reflets violets. Il était gravé de motifs dorés qui s'entrelaçaient pour former une lettre stylisée : **G**.

« Ce trésor contient les mémoires de ma bien-aimée Granada, ta grand-mère. Elle écrivait souvent lorsque ses sentiments étaient trop vifs pour être contenus dans son seul esprit ou celui de son djinn. Je suis persuadé que ses écrits t'éclaireront sur l'histoire du royaume et les enjeux de notre société. Tu te rendras compte qu'ils ont peu changé : son œuvre est un miroir entre nos deux époques. »

Je recueillis l'objet avec émotion. Cet héritage était la dernière relique d'une reine que je n'avais jamais connue.

CHAPITRE X

Ce jour devait être le plus beau de sa vie et cet attentat l'a ruiné. L'Ensorceleur garantissait pourtant la sécurité de son mariage ! Il mérite d'être renvoyé ! Mirabella serait morte empoisonnée, si elle ne maîtrisait pas les vertus thérapeutiques des plantes. Ses études de guérisseuse ne sont pas aussi inutiles que je le pensais.

J'ai juré qu'il serait dorénavant impossible pour quiconque de menacer notre famille. Un domestique suivra en permanence les faits et gestes de nos enfants. Officiellement, nous parlerons de valets personnels ; ils ne seront qu'un moyen rapide d'alerter le palais en cas d'agression.

Cette attaque subtile me surprend par sa précision et sa force. Seuls des proches auraient pu atteindre la coupe de nectar de la mariée. Quel odieux complot pouvons-nous deviner derrière tout cela ?

Granada de los Calyptos
« Mémoires d'une Reine Bien-Aimée »

Quand j'ouvris la porte du donjon, un coffre en bois sous le bras, je me retrouvai nez à nez avec deux grands yeux verts. Je sursautai et faillis lâcher les précieux mémoires.

« Navio ! Que fais-tu là ?

— Je dois veiller sur vous, rappela mon valet. Pendant que vous discutiez avec, hum… Sa Majesté le Fantôme de l'Ancien Roi, j'empêchais quiconque d'interrompre votre entretien. Les dernières volontés d'un défunt ne doivent-elles pas être traitées avec le plus grand respect ? »

Je haussai les yeux au ciel. Mon *« protecteur »* prenait trop d'initiatives à mon goût. Je commençai à descendre l'escalier en colimaçon.

« Je ne suis pas très à l'aise avec les spectres, murmura-t-il en me rejoignant. Ne trouvez-vous pas étrange de parler avec l'un d'eux ?

— Pas autant que disputer une partie d'échecs avec lui.

— Vous plaisantez… »

Interprétant correctement mon silence, il fut secoué d'un frisson.

Je ne fis pas attention à lui. Mes pensées se dirigeaient vers mes parents. Avaient-ils achevé la cérémonie de mariage de Mariña et Shadiin ? Le décès d'Anamo avait-il perturbé son déroulement ? Le temps s'était arrêté lorsque j'avais franchi la porte de son salon ; il se remettait brusquement en marche et les événements du palais s'imposaient à mon esprit.

« Je ne les ai jamais aimés, continua Navio derrière moi. Avant d'être engagé au palais, je vivais de l'autre côté de la Forêt des Fées, près d'un cimetière. Tout le monde savait qu'il était hanté, sauf moi, évidemment… »

Je ne l'écoutais déjà plus. Je m'inquiétais de la réaction des mages. Tim et Clara devaient les avoir prévenus de la mort de mon grand-père, alors qu'ils assuraient la sécurité de la ville pendant les festivités. Les rituels pour un décès aussi important demandaient beaucoup de préparation.

« Un jour, j'ai croisé le fantôme de l'ancienne occupante de ma maison. Elle m'a crié *"Soyez tous maudits !"* et le toit s'est écroulé... Ma mère et moi avons dû emménager dans la citadelle. Croyez-vous que le revenant ait réussi à nous lancer un sort ? »

Je ne répondis pas, perdu dans mes pensées.

« Je suis sûr qu'ils maîtrisent aussi la magie. J'ai déjà vu une bande de jeunes spectres qui préparaient un mauvais coup. Ils s'étaient postés près d'un couple de promeneurs et… *Ouch !* »

Il bouscula un homme qui montait à grandes enjambées. Ils s'empêtrèrent dans leurs toges et tombèrent tous les deux dans les marches. Ils roulèrent avec fracas jusqu'au bas de l'escalier en emportant avec eux une gerbe de brins d'avoine qui crépita et jeta des éclairs. Par chance, nous étions presque arrivés au rez-de-chaussée.

« Petit garnement ! Disparais avant que je ne t'ensorcelle ! »

Avec amusement, je reconnus le timbre de voix d'Acacia et je me précipitai à sa rencontre. Je lui proposai ma main pour l'aider à se relever.

Mon mentor me jeta un regard douteux. Le souvenir de notre dernier combat passa dans ses yeux. Avec un grognement, il finit par attraper mon poignet pour quitter le tapis qui recouvrait le sol.

« Vous êtes moins alerte que lors de notre dernière rencontre », susurrai-je.

Il hésita à rabrouer mon insolence puis partit d'un grand éclat de rire. Il me rassura sur la vengeance qu'il aurait pu mener, s'il l'avait voulu. Je me rappelais parfaitement sa réaction furieuse quand j'avais glissé un ver de terre dans sa soupe de vermicelles, des années plus tôt...

Mon mentor profita de notre rencontre pour m'apprendre que des spécialistes avaient analysé le talisman piégé par les Filles de la Lune. Je portai la main à mon cou, comme si je sentais à nouveau le fil étrangleur qui avait failli me tuer. Selon Acacia, le grain de raisin cristallisé était imprégné de magie Impure, ce qui expliquait son agressivité lorsqu'il avait touché ma peau.

L'Impureté était une tare que personne ne souhaitait, même à son pire ennemi. Certains enfants découvraient cette anomalie lors des examens du Suprême, sous le regard des djinns de l'Île Brumeuse. Leur magie intérieure s'altérait de façon définitive, comme une maladie incurable qui troublait leur sang. On racontait que les génies refusaient de se lier à ces êtres parjures... Rejetés par leurs semblables, ils devenaient des escrocs qui se cachaient dans l'ombre.

L'Impureté était instable et dangereuse. Elle agissait comme un poison qui contaminait les différentes formes de magie naturelle. Pour contrecarrer ses effets, les formules requerraient réactivité et intelligence. Mon père m'avait ainsi sauvé en transformant le fruit piégé en jus de raisin.

Un autre souvenir surgit dans ma mémoire. Au cours de notre incursion dans le Sultanat Calorique, j'avais remarqué que les sorts de Robulus avaient une couleur anormale qui tirait sur le violet. Le frère de Rébus était-il un Impur ? Les paroles de mon mentor m'incitaient à enquêter sur lui. Peut-être était-il à l'origine de ma tentative d'assassinat...

Comme s'il avait lu dans mes pensées, Acacia me fit promettre de ne pas traîner dans les rues ce soir, malgré les festivités organisées en l'honneur de Mariña et Shadiin. Il était persuadé que le décès de l'Ancien Roi allait bouleverser la fête et que je devais rester ici, auprès de ma famille. Il fit mine de monter l'escalier vers la Tour Royale, mais je le retins un dernier moment.

« Je dois rencontrer l'Ensorceleuse du royaume, déclarai-je prudemment. Elle détient des secrets que je souhaite découvrir. M'aiderez-vous à la contacter ?

— La curiosité n'est pas toujours une qualité, m'avertit mon mentor. Certains secrets doivent le rester, pour le bien de tous. »

Il me jaugea du regard et finit par accepter. Sa réponse serait-elle positive ? Aurais-je le droit d'aborder ce personnage mystérieux et terriblement puissant ?

Tandis qu'Acacia disparaissait dans l'escalier pour rencontrer le fantôme de mon grand-père, je quittai la salle rapidement. Malgré ses avertissements, je souhaitais profiter de la cérémonie pour rejoindre Rébus en ville. Mon ami s'inquiétait sans doute de ne pas me revoir, alors que j'étais parti quinze jours plus tôt avec son frère et une bande de criminels.

À l'extérieur, des gerbes colorées embrasaient le ciel. Des éclats de rire alimentaient un vacarme assourdissant ; la fête battait son plein. Les invités avaient envahi les jardins. Les aristocrates venaient de tous les pays et formaient une foule cosmopolite. Les tuniques jaunes des

Lumineux étaient majoritaires, bien sûr, puisque ce mariage était autant le leur que le nôtre. Leur sourire montrait leur enthousiasme et leur joie. Je cherchai la belle Luli Mingwang, en vain.

Je frôlai les costumes bleus des représentants du Royaume Aquatique, même si je notai l'absence du roi Aldirus II. L'oncle de mon amie Elliw ne semblait toujours pas prêt à sympathiser avec ses voisins... Je supposais que le rapprochement entre l'Empire Lumineux et le Royaume Végétal ne l'enchantait pas. Sa stratégie politique était claire : il maintenait ses frontières fermées pour éviter de succomber à la puissance industrielle de l'Empire ou à notre abondante production agricole. Son protectionnisme exigeait de limiter au strict minimum les échanges commerciaux à l'international.

D'autres invités s'étaient isolés près d'un eucalyptus. Leurs habits bruns les désignaient comme les représentants du Royaume Minéral, un pays méconnu. De taille réduite et recouvrant essentiellement des montagnes enneigées, il constituait la pointe nord du continent. Je ne connaissais que le nom de sa capitale souterraine, Edelstener, accessible uniquement par vif-argent. Aucun sentier ne traversait les pics gelés qui l'entouraient. Seuls quelques villages se dressaient sur ses hauts plateaux battus par les vents et la glace. Le reste de la population vivait principalement sous terre, près des volcans qui leur offraient une chaleur naturelle et permanente.

Leurs voisins du Royaume Aérien étaient peu nombreux ce soir. Je vis quelques poètes qui récitaient des vers mais presque aucun aristocrate. La guerre civile n'était pas terminée ; un groupe de rebelles avait installé un gouvernement temporaire et pris les commandes du pays. Les survivants de haute naissance se cachaient en attendant que la situation se calme. Les rumeurs racontaient que la princesse des îles Liberté était rentrée chez elle pour soigner ses blessures. Presque toutes ses distilleries de Nectar'Miel avaient rouvert, au grand bonheur des taverniers du monde entier, mais la jeune femme s'était effacée de la vie politique.

J'allais murmurer un sortilège de camouflage pour recouvrer l'apparence d'Allegro et me fondre dans la foule, quand j'aperçus des turbans et des djellabas rouges se diriger vers moi. Je soupirai de désespoir en reconnaissant la sultane Lamia Al'Malwib et son cortège de servantes et de sorciers. Leur peau noire comme l'ébène rappelait leur origine étrangère.

La sultane était grande et élancée. Ses vêtements de soirée avaient des teintes chaudes, avec des motifs élaborés et de fines arabesques. Les plis du tissu bombaient sa silhouette de façon audacieuse. On ne pouvait douter de son rang et du respect qui lui était dû. Un écusson au niveau du cœur montrait l'emblème de son pays : un piment rouge.

Je la saluai, mais elle n'esquissa aucune révérence.

« Ma fille vous croyait muet, me lança la souveraine. Seriez-vous rétabli ?

— Mes ennuis de santé ont des effets secondaires détestables. Pourriez-vous transmettre mes excuses à la princesse Amira ? Je regrette de ne pas l'avoir accueillie avec davantage de chaleur.

— Voilà un rhume bien pratique, siffla-t-elle. Je doute qu'il justifie votre comportement. Puisque vous avez retrouvé l'usage de la parole, vous auriez pu chercher à la revoir, mais cela ne vous a pas traversé l'esprit. »

Elle n'avait malheureusement pas tort... Elle continua avec une grimace de mépris.

« Sachez qu'elle ne désire qu'une chose : regagner ses appartements et oublier cette nouvelle humiliation. Elle attendait impatiemment ce mariage pour rencontrer les personnalités politiques susceptibles d'entretenir des relations cordiales avec notre pays. Vous n'en faites manifestement pas partie. Sa désillusion est profonde.

— Vous me voyez désolé de son départ. »

Ma voix sonnait faux et je sentis une profonde colère dans sa réponse.

« Inutile d'insister, dit-elle. Raccompagnez-moi donc jusqu'à la Mare Royale ! Je compte bien imiter ma fille et cesser cette mascarade. Nous n'avons pas cessé d'être insultés depuis notre arrivée, à commencer par vos jardins aux allures de labyrinthes. »

Je m'inclinai et leur servis de guide.

Une courtisane à ses côtés fit un commentaire aux accents gutturaux. Se moquait-elle de moi ? Je fronçai les sourcils en sachant que ce n'était probablement que de la paranoïa.

Je regrettais l'échec de mes parents pour les accueillir convenablement et les mettre à l'aise. Ils avaient pris soin de traiter les convives sur un pied d'égalité et avec courtoisie, mais cela n'avait pas suffi à satisfaire nos voisins. La sultane m'apprit que les incidents s'étaient multipliés depuis leur arrivée.

« Nos affaires ont été fouillées comme si nous étions de vulgaires bandits, se plaignit-elle. Même notre cadeau de mariage a subi un examen humiliant. Pensez-vous vraiment que nos salamandres de feu transportaient un sort à retardement ? »

La sécurité s'était sans doute avérée trop zélée. Les mages avaient manqué de prévenance à leur égard, alors qu'ils connaissaient la susceptibilité de nos invités et le degré de tension de nos relations. Hélas, ce n'était pas la seule source de contrariété que me confia la sultane.

« Vos conseillers n'ont cessé de persifler dans notre dos, dit-elle. Votre racisme est la cause de tous nos différends. Votre Grand Alchimiste nous l'a clairement démontré tout à l'heure, lorsqu'il a comparé les mineurs d'Alf-Laylah à une bande désordonnée de scarabées. »

Je soupirai. L'alchimiste avait agi de son propre chef pour envenimer la situation...

Cet homme détestable menait un double jeu. Nos voisins exploitaient une nouvelle mine d'obsidienne dans le désert. Elle contenait un filon de pierre noire que les mineurs creusaient avec fièvre. Le chantier d'Alf-Laylah risquait de bouleverser les prix de ces cristaux et Balthazar craignait la concurrence.

L'obsidienne était un sujet de discorde récurrent, car les alchimistes s'enrichissaient de façon éhontée. Leur influence économique devenait peu à peu politique. Balthazar n'était-il pas un membre officiel de notre gouvernement ? Il représentait une des grandes puissances du royaume. Son mépris des Caloriques rejaillissait sur nous.

Je n'avais pas réussi moi-même à étouffer la rivalité qui me liait à Djalil, mais il était de notoriété publique que notre lutte était celle de deux adolescents immatures. Ce combat ne devait pas être pris au sérieux. J'avais moins de responsabilités que Balthazar dans la colère qui enflammait le regard de mon invitée.

Nous étions parvenus au bord du bassin de vif-argent. Un incident survint soudain sans prévenir. La sultane s'arrêta brusquement et fixa la statue de marbre qui dominait la mare : une femme soutenant les plateaux d'une balance. À sa vue, Lamia Al'Malwib porta la main à sa poitrine et recula avec des yeux exorbités.

« Malheur ! »

Elle prononça des mots tremblants et s'enfuit.

Un des sorciers s'empressa de la rattraper. Il n'eut d'autre choix que de la prendre dans ses bras pour la calmer. Les servantes murmuraient ou plaçaient les mains devant leur bouche avec horreur. Je les regardai avec gêne.

Les rumeurs lui avaient toujours prêté une certaine forme de folie qui la rendait amnésique et sujette aux sautes d'humeur. Lors de ses crises d'hystérie, on racontait qu'elle attentait à sa propre vie en hurlant de douleur, comme si elle revivait de terribles souvenirs. Ses gardes du corps étaient-ils là pour sa sécurité ou pour celle des autres invités ? Son autorité souffrait de cette maladie qui la forçait parfois à l'isolement.

J'ignorais la part de vérité dans ces discussions de tavernes, mais je n'avais jamais réussi à dissiper mon malaise pendant nos rares rencontres.

La sultane revint quelques instants plus tard. Elle tentait de reprendre contenance et fit comme si rien ne s'était passé. À ma hauteur, elle m'interrompit lorsque je bredouillai des inquiétudes polies sur sa santé et sur le concours éventuel de ma mère, en sa qualité de guérisseuse.

« Je vous en prie, ne prononcez pas d'autres sottises hypocrites, ordonna-t-elle. Que votre mère garde ses sortilèges pour elle-même et ses maudits jardins. Elle en a déjà assez fait. »

Avec dignité, elle me dépassa en levant le menton. J'étais las de subir sa mauvaise humeur. Les feux d'artifice se reflétaient sur la surface de la mare argentée. Des vif-passeurs avaient été engagés pour la soirée et assuraient le retour des voyageurs jusqu'à leur domicile. Leurs barques offraient assez de place pour une poignée de personnes.

Mon invitée embarqua sans un regard en arrière. Bientôt, je vis également Djalil et Amira arriver près des berges. Tous les représentants du Sultanat Calorique semblaient s'être donné le mot du départ.

Mon estomac se contracta lorsque la princesse se dirigea vers moi. Ses yeux dorés me dévisageaient avec une intensité troublante. Une magie hypnotique tournoyait dans ces brasiers étranges.

« Votre silence me blesse, déclara-t-elle avec rancœur et déception. Je pensais apaiser les relations entre nos deux pays... Votre comportement me prouve l'inutilité de l'Hexalliance. »

Elle se détourna et me quitta sur cette déclaration brûlante. Mon cœur se mit à battre à tout rompre. Sa sentence me laissait sans voix – et cette fois réellement. Sans notre traité de paix, que nous restait-il pour éviter le retour de la guerre ?

Un voile transparent chatoya autour de sa barque pour protéger son voyage. Un passeur la poussa au milieu du vif-argent. Le courant animait le liquide brillant et s'apprêtait à l'emporter loin de là. Des dizaines d'embarcations luisaient d'un halo rougeoyant, comme si la colère du Sultanat embrasait la nuit et promettait un avenir sanglant.

Je ne pouvais pas laisser la Princesse Noire partir sur ces paroles !

Mon devoir m'obligeait à taire mes craintes, quel qu'en fût le prix. Pour la première fois, je devais dévoiler le secret de ma double vie.

« Princesse ! appelai-je d'une voix apeurée. La paix est l'héritage de nos ancêtres ! Certains rêves valent la peine d'être vécus. »

La jeune fille me fixa en fronçant les sourcils. Si son oreille était aussi fine qu'on le disait, je ne doutais pas qu'elle me reconnaisse, malgré le mugissement des flots.

Les runes de mon destin étaient jetées et roulaient désormais dans ses mains. Avant qu'elle puisse me répondre, la marée l'emporta et nos invités offensés disparurent dans les galeries souterraines.

CHAPITRE XI

Depuis que le peuple en liesse a célébré son triomphe, mon gendre se montre insolent. En face de nombreux dirigeants étrangers, le voilà qui critique mon gouvernement avec autant de venin qu'un serpent blessé ! Quelle guerre souhaite-t-il déclarer entre nous ? Pourquoi me reprocherait-il des choix nécessaires pour le redressement économique de ces zones montagneuses et pauvres en ressources ? Certes, comme il l'a si bien fait remarquer, j'ignore tout des vaches et des marmottes. Mais cet aveu de faiblesse n'aurait pas dû être public et servir d'arme à nos ennemis communs.

Puisque les dieux ont refusé de m'épargner sa présence au palais, il est temps qu'il assume ses responsabilités et qu'il soulage sa frustration politique. Voici son hochet ! Puisse-t-il s'occuper de ces cités d'altitude et me laisser en paix !

Granada de los Calyptos
« Mémoires d'une Reine Bien-Aimée »

Après le départ de la Princesse Noire, je ressentis un profond désespoir m'envahir et je me réfugiai dans ma chambre. Je n'avais plus le cœur de participer à la fête. J'avais trahi le plus dangereux des secrets, celui de ma double identité, au risque de tout perdre. Plus que ma réputation, je pleurais la confiance que m'attribuait mon peuple. Si Amira annonçait que je jouais à l'apprenti assassin, quelle crédibilité demeurerait à mon égard ?

Le décès et les révélations de mon grand-père me secouaient tout autant. Mon avenir s'avérait plus obscur encore que je l'imaginais : non content de monter un jour sur le trône, je trouvais mon destin gravé dans d'antiques légendes. Le fantôme avait jeté ses doutes sur un sujet qui

167

n'avait jamais frappé ma curiosité. Qui s'intéressait à sa mare de naissance, à la personne qui l'avait découvert, à celle qui avait reconnu son médaillon pour le porter à ses parents ? Très peu se passionnaient pour ces précisions insignifiantes. Pourquoi aurais-je dû me distinguer de la majorité des gens ?

Les paroles de mon grand-père me hantaient. Il m'encourageait à me pencher sur les mythes qui me liaient aux mystères divins. Il avait mentionné un demi-dieu dont le nom était honni par notre religion : Dohr'im. Je refusais l'idée que ses complices aient pu influencer ma vie, des millénaires plus tôt, pour imprégner mon âme de leur essence. Je ne voulais pas être le réceptacle d'une antique malédiction...

La seule magie dont je ne comprenais pas les miracles s'était déclenchée au contact d'Amira Al'Malwib. Qu'il s'agisse de nos rêves ou de sa spectaculaire guérison, tout indiquait que nos destins étaient liés. Pourtant, si la Princesse Noire révélait au monde que j'accompagnais les meurtriers qui l'avaient poignardée et qui l'auraient tuée sans un prodige inexpliqué, notre traité de paix serait mis en danger. L'accusation était grave, mais les dieux lui avaient rendu la vue et son état de grâce lui offrait un grand pouvoir sur son peuple. Personne ne discuterait son opinion. La majorité de ses sujets la suivraient dans une guerre sanguinaire, si elle choisissait ce chemin.

Le temps m'échappait, glissait entre mes doigts comme du sable. J'étais emporté contre mon gré, prisonnier d'une trame politique qui se moquait tant de mon âge que de mes désirs. J'étais devenu prince héritier et mes libertés s'étaient d'autant plus restreintes que mes responsabilités s'étaient accrues, bouleversant l'équilibre de ma vie. Quelques semaines seulement me séparaient des examens du Suprême, de la quête de mon Talisman Totem et de son merveilleux djinn. Entrer dans le monde des adultes devait-il nécessairement s'accompagner d'une telle peine ?

« Angelo ! criait Tim en tambourinant sur la porte. Ouvre ! »

Je ne pouvais pas ignorer plus longtemps les appels de mon cousin. Je le laissai entrer ; le battant dévoila un bel adolescent de dix-huit ans. Des confettis plein ses cheveux blonds, il resserra la ceinture de corde qui maintenait sa toge.

« Quelle idée de s'enfermer ! Viens plutôt t'amuser et oublier ton chagrin avec nous. C'est ce que Grand-Père aurait voulu. »

Je haussai les épaules. Il m'aida à me relever et m'obligea à quitter la chambre.

Navio attendait de l'autre côté, l'air perturbé. Visiblement, mon mentor lui avait fait passer le goût de la bousculade. Il guettait les ombres avec angoisse, tandis que nous descendions l'escalier en colimaçon jusqu'à la salle des banquets.

La cérémonie s'était terminée et beaucoup de nobles avaient regagné l'intérieur des murs pour profiter des mets que les cuisines royales soumettaient à leur palais raffiné. Des éclats de rire fusaient et certains dansaient des gigues avec les serveuses.

« Où a disparu la mariée ? s'étonna mon cousin. Clara voulait la féliciter et je ne les vois nulle part.

— Je parie que tu t'es vengé de sa gifle.

— Moi ? Pour qui me prends-tu ? Je suis incapable de la taquiner sans avoir des remords ! J'adore ma petite sœur. Je plaisantais en te disant qu'elle était sournoise, idiote et niaise…

— OSERAIS-TU RÉPÉTER ? »

Ma cousine s'approcha de nous avec Mariña. Je compris que Tim les avait vues avant de l'insulter à demi-mot.

« C'est une conversation privée, se défendit-il. N'as-tu pas honte de nous espionner ? »

Elle plongea la main dans son Herbier. Elle avait le visage cramoisi et les lèvres pincées. Avant qu'elle puisse l'ensorceler, Tim s'enfuit et se fondit dans la foule. Clara se lança à sa poursuite. Mes cousins n'étaient pas beaucoup plus matures que moi...

Ma sœur avait les traits tirés et son teint était aussi pâle que sa tunique immaculée. Sa couronne d'épis de blé paraissait presque trop brillante.

« C'est une épreuve difficile, déclara-t-elle d'une voix hésitante.

— Se marier, aussi, quelle idée ! »

Elle fronça les sourcils.

« J'ai toujours pensé que tu feignais la stupidité... Parfois tu es très réaliste. La mort de Grand-Père ne t'émeut-elle pas davantage ? Pour moi, c'est une page de ma vie qui se referme... »

Je l'enlaçai tendrement. Je sentis qu'elle sanglotait sur mon épaule. Quelle ironie ! Mon moral était au plus bas, mais j'avais désormais le rôle de soutien.

« La nuit de mon mariage, pleura-t-elle avec colère. Pourquoi n'a-t-il pas attendu demain pour mourir ? »

Elle se dégagea de mes bras et s'excusa.

« Mes paroles dépassent mes pensées, dit-elle en tapotant ses yeux avec un mouchoir parfumé. Je ne voulais pas insulter sa mémoire.

— As-tu eu ta part d'énigmes à résoudre ?

— Non, il ne m'a offert que des conseils... et des vœux de bonheur. »

Elle me sourit tristement, avant de rejoindre son mari. Je comprenais son désarroi. Le monde entier s'était rassemblé pour la féliciter. En attendant le départ des invités, elle n'avait pas d'autre choix que de surmonter sa douleur en silence. On lisait dans sa démarche la fatigue et l'angoisse qui pesaient sur ses épaules nouées.

Tim surgit brusquement et coupa court à mes pensées.

Il m'entraîna à sa suite dans une course à travers les tables. Je lui fis remarquer qu'il ne pourrait pas fuir Clara indéfiniment. Mon cousin adorait la provoquer, mais il refusait toujours de lui faire face. Sa sœur avait des dons en matière de sortilèges urticants...

Une porte en bois massif délimitait l'accès à l'aile nord du palais. Cette partie ne possédait pas d'ouverture vers l'extérieur et s'élevait sur deux étages. Elle contenait un labyrinthe d'étroits corridors et de petites pièces hexagonales, emboîtées les unes dans les autres telles les ruches des abeilles : les Cellules. L'illusion d'optique faussait tous nos sens. Chaque chemin semblait, indéfiniment, se diviser en deux…

Que de souvenirs angoissants me liaient à cet endroit ! Cette aile avait été rajoutée des siècles auparavant par des architectes à moitié fous qui souhaitaient reproduire la structure interne des végétaux. Un nouvel arrivant ne pouvait que se perdre dans ce dédale. Les bâtisseurs avaient prévu un système de signalisation lumineuse au plafond, à la fois innovant et ludique. Au-dessus de nous, des flèches colorées se mouvaient en tous sens. Le sortilège qui les animait était régi par une seule et unique règle : elles indiquaient toujours la bonne direction à celui qui les regardait.

« Concentrons-nous, ordonna Tim. Angelo, oblige-toi à *souhaiter me suivre*. Je m'occupe de me focaliser sur *un lieu pour échapper à Clara.* »

Je hochai la tête. Presque aussitôt, les flèches pointèrent dans le même sens pour nous aider à atteindre notre but. Nous zigzaguâmes ainsi plusieurs minutes. Les signaux lumineux proposaient plusieurs solutions et nous nous laissâmes guider, le nez en l'air. Certains visiteurs s'étaient moqués de voir tous ces gens qui marchaient en fixant le plafond. La plupart du temps, il s'agissait de scientifiques qui tournaient en rond.

Hélas, les paroles de l'Ancien Roi résonnaient encore dans mon esprit. Avais-je le droit de choisir ma destinée ? Jusqu'alors, je pensais que non. Il n'existait pas de princes musiciens, boulangers ou marchands de talismans… Le fantôme m'offrait pourtant une seconde alternative. Peu importait la véracité des légendes ; sous leur couvert, je pouvais m'enfuir, poursuivre des chimères, tout abandonner ! Il était si facile de croire en une mission divine.

« Angelo ! Concentre-toi ! »

Sans m'en rendre compte, j'avais complètement oublié le labyrinthe. Les flèches s'affolaient sans logique. Tim soupira et me proposa de nous guider pour éviter les interférences.

« Je cherche des réponses », pensai-je.

Aussitôt, un chemin clignota au plafond et nous le suivîmes en courant. Les murs couverts de tapisseries aux symboles géométriques défilèrent à toute allure. Cette fuite éperdue n'avait pas de sens, mais elle me permettait d'oublier un instant mes soucis.

Je me souvenais des heures passées dans ces pièces isolées du reste du monde, en compagnie de nombreux professeurs. Acacia n'avait pas été le seul à me tourmenter dans ces lieux. Avec de vieux grimoires pour armes, ils avaient lutté contre mon ignorance avec une patience infinie. Ces cours particuliers avaient été teintés d'une certaine indulgence en ma qualité de prince cadet, mais j'avais bénéficié d'une éducation littéraire dont peu de nobles pouvaient se vanter. Alors que je les avais combattus pendant toute mon enfance, ces mentors m'avaient préparé à l'apprentissage de la magie et de la politique.

Les bibliothèques du palais s'étendaient au-dessus de ces couloirs sur deux autres étages accessibles par des escaliers dérobés. Le savoir de notre royaume y était conservé par des prêtres du Cercle et des bibliothécaires dévoués. Les copistes y notaient scrupuleusement les poèmes à la mode qui se chantonnaient dans la rue, dans les cuisines ou dans les salles de théâtre. Lors des célèbres spectacles du poète Fédérico, une demi-douzaine de druides se relayaient pour préserver le moindre de ses mots. Ses traits d'esprit pouvaient servir à concevoir de nouveaux sortilèges. Je soupçonnais ses ouvrages d'occuper plusieurs rayons des précieuses étagères.

Tim haletait à mes côtés. Tout à notre fuite, nous continuâmes jusqu'à atteindre une Cellule éloignée. Avions-nous découvert une cachette suffisante ? Clara ne pouvait-elle pas nous retrouver de la même façon que nous avions déniché ce lieu ? Les flèches du plafond hésitaient, mais nous devions nous décider.

Tim enclencha la poignée de la porte et stoppa net son mouvement. Derrière un bureau englouti par des livres se tenait une personne que je n'aurais souhaité déranger pour rien au monde. Avec un cristal de plume, ma mère écrivait sur un carré de papier blanc.

« Venez-vous étudier ? s'étonna la reine Mirabella en levant les yeux. Vous me surprendrez toujours, tous les deux... »

Tim me foudroya du regard. Elle rangea la plume de quartz dans un écrin de velours, plia soigneusement son message et l'enferma dans un coffret de bois sur lequel je vis la lettre **M**. Conservait-elle sa correspondance et ses mémoires, comme ma défunte grand-mère ?

« Nous cherchions un refuge, expliqua Tim, pour échapper à... hum... peu importe. Angelo était incapable de se concentrer. Peut-être auriez-vous un remède à lui prescrire ? »

Ma mère s'attarda sur les sillons creusés par mes larmes.

« Je n'ai rien contre les chagrins d'amour, s'excusa-t-elle en cherchant un document dans une pile sur le bord de son bureau. »

Tim profita de sa distraction pour m'adresser un sourire goguenard et murmurer :

« Je me disais, aussi... C'est la princesse Luli qui a refusé tes avances, hein ?

— Ne dis pas de bêtises. En fait, ajoutai-je plus fort à l'adresse de ma mère, je suis bouleversé par le départ de Grand-Père.

— C'est une terrible perte pour notre royaume, admit-elle, et plus encore pour nous, sa famille. Tu l'as connu sous ses plus mauvais jours, Angelo. Il était autrefois plein

173

de vie, mais c'était avant l'assassinat de la Reine Bien-Aimée. Il a gardé de profondes cicatrices de ces tristes événements.

— Lors de son dernier entretien, il m'a justement invité à m'y intéresser, puisque je suis né la nuit du meurtre. Selon lui, ma naissance mérite une attention particulière. »

Elle se raidit sur son siège.

D'où venait cette gêne manifeste ? Provenait-elle seulement du décès de sa propre mère, Granada ? Un silence tendu pesait sur la pièce. Tim, surtout, semblait mal à l'aise. Il aurait préféré mille fois être ailleurs.

« J'ignore tout des événements tragiques qui se sont joués dans ce palais, expliquai-je avec amertume. Nos professeurs d'histoire survolent en une ligne la fin d'un règne et le début d'un autre. En tant que témoin, vous ne m'avez jamais raconté cette nuit ô combien mémorable ! »

Mon grand-père avait semé le doute dans mon esprit. Comment envisager le futur sans comprendre le passé ? Mes questions existentielles trouvaient soudain leur chemin pour s'exprimer au grand jour.

« Ces souvenirs sont douloureux, avoua ma mère un ton plus bas. Nous pourrons en discuter plus tard, je t'en fais la promesse, mais pas ce soir. Le mariage de Mariña et la disparition de l'Ancien Roi me suffisent amplement… Je dois régler de nombreux détails avant que la nuit se termine. »

Elle n'ajouta rien et déplia une feuille vierge sur son bureau. Son visage s'était refermé et j'avais retrouvé celui de ma reine.

Il était temps pour nous de nous retirer. Après l'avoir saluée, mon cousin ouvrit la porte et je le suivis dans le couloir.

« Ce n'est pas une bonne idée de fouiller dans le passé, commenta Tim tandis que nous rebroussions chemin. Qui sait ce que tu y trouveras ? »

J'étais incapable de répondre à sa question. Je devais simplement comprendre ce qui se cachait derrière le plus grand tabou de ma famille. L'assassinat de la reine Granada et la démission du roi avaient marqué des années difficiles pour mes parents. Ils avaient dû prouver leur légitimité, alors que la tragédie avait surpris notre pays et provoqué de profonds changements dans la structure de notre gouvernement. Les alchimistes s'étaient engouffrés dans cette faille et avaient posé les fondements de l'influence qu'ils possédaient désormais dans notre politique.

« Tu vas trouver ça idiot, reprit mon cousin, mais j'ai rêvé de toi la nuit dernière. C'était même un cauchemar... J'ai revu le moment de ta naissance, dans les jardins du palais, juste après un combat entre une femme masquée et la sultane Lamia Al'Malwib. J'avais l'impression de voir la scène vue d'en haut, mais avec les émotions de la sultane : la colère, l'exaltation, la peur... Elles se sont battues à l'aide de sortilèges et une grande explosion les a propulsées en arrière. Une troisième femme est apparue, enveloppée d'une cape blanche qui cachait son visage. Elle s'est penchée pour recueillir un bébé dans ses bras. Je me suis réveillé en sursaut lorsque je t'ai reconnu. »

Je comprenais que son rêve l'ait tourmenté. Il n'avait probablement aucun sens, mais il mélangeait curieusement les soucis qui m'accaparaient : la menace de mort des Filles de la Lune, les sous-entendus de mon grand-père sur les mystères de ma naissance, mes relations tendues avec le Sultanat Calorique...

Moi-même, je voulais démêler toute cette histoire avant de plonger dans d'autres cauchemars. Nous ruminâmes nos sombres pensées sur le chemin du retour. Au-dessus de nous, des flèches colorées tournaient comme des girouettes et sans aucune cohérence, comme si ce que nous cherchions n'existait pas.

Je soupirai en songeant que cette longue journée de mariage s'achevait enfin. Ou presque... Je devais encore rendre visite à un ami qui me croyait sans doute prisonnier depuis mon association avec un dangereux gang, deux semaines plus tôt.

∫

Les rues emplies de fêtards défilaient sous mes pas ; il me semblait posséder des ailes. Pour la première fois, je n'avais pas besoin de faire de halte au pied de la colline pour me reposer. Un miracle avait rendu la vue à la Princesse Noire, un autre m'avait redonné le souffle. Mes sandales martelaient les pavés en un rythme effréné. Les vibrations remontaient le long de mes jambes et provoquaient des démangeaisons là où le cuir frottait contre ma peau. J'inspirai l'air frais de la nuit et laissai mes cheveux blonds voler au vent.

Je parvins rapidement devant la maison de mon ami. Plein d'espoir, je tapai à sa fenêtre et patientai. J'avais hâte de le revoir, même si je devais lui mentir une nouvelle fois sur mes mésaventures. Notre amitié datait de plus de cinq ans. Nous avions commis ensemble toutes les farces que l'imagination permettait. Incapable de lui raconter mes vrais soucis, je n'en appréciais pas moins notre proximité.

La porte d'entrée s'entrouvrit. Dans l'embrasure, je distinguai deux yeux bleus et une touffe de cheveux noirs.

« Allegro ! s'écria Rébus en se jetant sur moi. En chair et en os ! Je m'attendais à voir débarquer ton fantôme, tu sais...

— Évite de parler de spectres, j'en ai ma dose. »

Je ris avec lui, les bras autour du cou. Il finit par se détacher et fronça les sourcils.

« Pourquoi as-tu attendu si longtemps pour me rassurer ? questionna-t-il. J'étais vraiment angoissé. Robulus et Lex sont revenus depuis plusieurs jours et ils s'inquiétaient aussi... Ils se sentiront moins coupables de te savoir sain et sauf. J'étais persuadé que tu avais été capturé par les mages du Sultanat.

— Je les ai ensorcelés pour qu'ils me libèrent », plaisantai-je.

Tandis que nous marchions dans les rues les plus calmes, je lui racontai ma version de notre escapade nocturne. Jusqu'à notre arrivée dans les couloirs du palais, tout était vrai. Ensuite, plus tellement... Je lui expliquai qu'un tigre de feu avait jailli de nulle part pour me poursuivre et me brûler les sourcils, avant que je ne réussisse à l'éteindre avec une bulle d'eau géante. Hélas, elle avait éclaté et déclenché l'alarme : nous nous étions enfuis chacun de notre côté, ce qui justifiait le fait que je n'étais pas reparti avec son frère.

« Robulus est vraiment étrange, avouai-je dans un murmure. Il a utilisé une magie que je ne connaissais pas. J'aurais juré que son étincelle était violette !

— Tu mérites de connaître la vérité, me confia mon ami en baissant la voix. Robulus est un Impur. C'est un sujet tabou, tu t'en doutes, mais maintenant que tu fais presque partie de la famille... »

Si un enfant était marqué par cette dangereuse tare, les rumeurs prétendaient qu'on pouvait en accuser ses parents et se méfier des autres membres de sa famille... La cause réelle était inconnue, mais les gens ne cherchaient pas d'explication plus complexe.

Rébus me raconta que la magie de son frère s'était altérée au cours du Suprême. Il avait dû fuir l'Île Brumeuse avant d'éprouver le courroux de la population. Si la milice découvrait son secret, il risquait d'être exilé en dehors des murs de la cité pour subir le Jugement Dernier, ce qui équivalait à une condamnation à mort.

Il m'avoua sa crainte de vivre la même infortune sur l'île sacrée des djinns. Il espérait que cette tare n'était pas aussi héréditaire que les rumeurs le prétendaient. À ses yeux, les familles des Impurs servaient surtout de boucs émissaires.

« Si tu savais le nombre de maladies, de sécheresses ou de fausses couches que l'on attribue aux Impurs ! jura-t-il. À croire que mon frère est le dieu des morts en personne. »

Je comprenais pourquoi Robulus avait mal tourné. Aucun employeur ne pouvait raisonnablement embaucher un Impur. À force de lui rappeler qu'il était maudit des dieux, il s'était efforcé de le prouver en vivant de crimes et de délits...

Ses ambitions étaient de plus en plus élevées : il menaçait désormais les puissants. De quelles armes disposions-nous pour combattre cette magie empoisonnée ? Il était peut-être complice des Filles de la Lune qui avaient tenté de me tuer. Je ne devais pas lui faire confiance.

Fallait-il également me méfier de son frère ? L'avertissement de la diseuse de bonne aventure revint hanter mon esprit. Elle avait prédit que notre amitié me mettrait en danger. Cette menace semblait désormais prendre corps, par le biais d'un assassin contre lequel j'étais impuissant.

CHAPITRE XII

Aujourd'hui est un grand jour. Le poète Dijo ne m'a jamais autant fait rire ! J'ai bien cru m'étouffer dans mes sanglots... Il faut avouer que ce beau jeune homme a un humour remarquable. Ses mots sont de l'or brut dont il s'amuse avec une joie palpable ; j'espère que le copiste a noté ses traits d'esprit. Qui sait quels sortilèges pourraient résulter de ses vers ?

Cette distraction m'a permis d'oublier un instant cette missive déroutante des Achiyuka. Dans un seul pli, mon amie Natalia m'annonce deux événements étonnants : sa grossesse soudaine, après des années de prières infructueuses, et un conflit imprévu avec son frère Aldirus. Cet homme intelligent est un conservateur qui affirme que le Royaume Aquatique pourrait être autonome en production céréalière et se passer de notre commerce. Il dédaigne nos abondantes récoltes dont nous vendons les excédents à des prix dérisoires.

Son ambition est-elle de développer son pays ou de saper les efforts du gouvernement actuel ? Je crains, hélas, que son opposition ne trouve des échos autour de lui : richesse et jalousie sont indissociables.

Granada de los Calyptos
« Mémoires d'une Reine Bien-Aimée »

Le lendemain du mariage, un talisman minéral émit une alarme nasillarde pour me réveiller aux premières lueurs de l'aube. Je repoussai les draps qui me couvraient le corps et j'entrouvris la fenêtre. Une odeur fruitée se diffusa dans la pièce.

Des servantes chaudement vêtues se démenaient dans les patios. Certaines arrosaient les immenses parterres de fleurs, aux boutons fermés et humides de rosée. D'autres ramassaient les feuilles jaunies tombées au cours de la

179

nuit et les conservaient pour de futurs sortilèges. Elles nettoyaient également les derniers détritus de la fête nuptiale.

« La Grande Marée approche ! », fit une voix de l'autre côté de la porte.

Certains jours, la nature ne respectait même plus le sommeil des princes. Je laissai échapper un juron en récupérant mon grimoire. Lorsque j'ouvris la porte de ma chambre, Navio était adossé au mur et jouait avec son pendentif en améthyste. Sa surprise se lut sur son visage, puis sa gêne. Il rougit et adopta une posture moins décontractée.

« Vous êtes rapide, ce matin, bredouilla-t-il. Au moins, vous ne raterez pas le petit-déjeuner. Ma mère a préparé des petits pains fourrés à la confiture de groseille dont vous me direz des nouvelles !

— Elle travaille ici ?

— Je vous l'ai dit hier. Nous avons emménagé l'année dernière. Mais vous ne m'écoutiez pas… »

Vexé, Navio s'éloigna et me précéda dans l'escalier. Je me rappelais vaguement qu'il m'avait dévoilé une partie de son passé après mon entretien avec l'Ancien Roi. Trop choqué par les révélations de mon grand-père, je ne lui avais pas prêté attention.

« Je m'en souviens, mentis-je en descendant à sa suite. Vous êtes venus avec un fantôme… Celui de votre chien. Non, de votre voisine ! »

Il me jeta un regard courroucé. Je ne parvins pas à me faire pardonner mon erreur avant d'atteindre la salle des banquets, déserte. Mon valet m'ordonna de m'asseoir d'un ton sec et disparut en cuisine. Il revint bientôt pour déposer mon petit-déjeuner près de moi et me laissa seul. Sur le plateau trônait une unique poire verte.

« J'adore les fruits », marmonnai-je avec dépit.

Je regrettais les petits pains dont je sentais l'odeur légèrement grillée… Était-il sadique au point de m'infliger

180

ce supplice ? Je déplorais l'absence des pâtisseries promises. Quand même, fourrées à la groseille !

Des alchimistes déjeunaient non loin de moi et parlaient à voix basse. Ils arboraient avec fierté le corbeau couronné de leur blason. Je me demandais si leur présence au palais avait un rapport avec les nouvelles fouilles qui commençaient dans la Vallée d'Yères, dont le sol semblait décidément riche en obsidiennes. Les filons de pierre sombre étaient exploités au nom du royaume, mais les alchimistes en étaient les premiers bénéficiaires. Ils s'apprêtaient sans doute à négocier les droits miniers avec mon père. Le roi Kiridjo parvenait généralement à trouver des accords satisfaisants pour toutes les parties.

Mon cousin Tim ne tarda pas à me rejoindre. À moitié réveillé, il s'affala sur un bloc de marbre voisin du mien. Il passa la main dans ses cheveux dorés et bâilla à s'en décrocher la mâchoire. Il ne parut pas remarquer la servante qui amenait un plateau de pâtisseries en le dévisageant du coin de l'œil.

« Vivement la nouvelle année, soupira-t-il d'un ton fatigué. Les marées auront des horaires plus raisonnables. »

Je n'avais d'yeux que pour les friandises auxquels il semblait indifférent. Alors qu'il s'étirait bruyamment, je murmurai une formule. Un gâteau sauta de la table et atterrit dans ma main. Je l'avalai sans attendre.

« Tu as dit quelque chose ? »

Je fis non de la tête. Il bâilla à nouveau.

Mon mentor Acacia surgit soudain et se dirigea vers nous d'une démarche dynamique. Il portait les habits de son ordre : un maillot de corps blanc recouvert d'une toge violette, fermée au moyen d'une corde de cuir. Il tenait un épais livre noir sur lequel était brodé le blason royal. Une fleur d'acacia en or pendait autour de son cou.

Le sorcier nous gratifia d'un signe de la tête. Son regard glissa sur la nourriture puis sur mes joues gonflées. Je déglutis pour faire disparaître la pâtisserie. J'avalai de travers et me mis à tousser.

Rouge comme une pivoine, je parvins à me calmer sans leur aide. Le sourire entendu d'Acacia réussit à m'empourprer davantage.

« Sans doute un morceau de *poire* qui ne passe pas », commenta-t-il, narquois.

J'évitai ses iris vert sombre.

« J'ai un message pour vous », ajouta-t-il d'un ton plus sérieux.

Il se pencha à mon oreille et me murmura que l'Ensorceleuse était prête à me rencontrer. Elle me donnait rendez-vous dans la nuit qui suivait les rituels du Cercle, près de la fontaine du Verseau. Ces paroles me réjouirent et m'effrayèrent à la fois. J'espérais lever le voile de mystère sur ma naissance comme mon grand-père me le suggérait. Perdu dans mes réflexions, je ne vis pas mon professeur s'éloigner.

« Tu fais une de ces têtes ! s'écria Tim. On dirait que tu as avalé un piment du Sultanat. »

Je souris de l'image. Nous ne tardâmes pas à finir nos victuailles et à sortir dans les jardins. Je resserrai ma cape car la température était glaciale.

L'escalier extérieur qui décorait l'entrée du palais glissait à cause des produits nettoyants. Ma maladresse naturelle me poussa à quelques cabrioles et mon cousin trouva ça très drôle. Un peu de gel craquait sous nos pas. Les fleurs s'en moquaient et ouvraient lentement leurs corolles. Certains parterres avaient été piétinés pendant la soirée ; une armée de jardiniers ne tarderait pas à y remettre bon ordre et à faire fondre la glace à l'aide de talismans caloriques.

Des domestiques nous attendaient près de la mare de vif-argent avec deux barques en bois. Ils nous aidèrent à pousser les embarcations dans le liquide aux profondeurs impénétrables. J'utilisai ma perche pour me rapprocher de Tim.

« Je n'en reviens pas que tu sois déjà professeur, lui lançai-je. Si ça se trouve, je devrai bientôt faire semblant de suivre tes cours...

— C'est juste un stage. Et pour rien au monde je ne te voudrai comme élève !

— Pourquoi pas ? Ça m'évitera de mauvaises notes.

— Que tu crois ! »

Des bulles remontaient à la surface et explosaient en une myriade de reflets colorés. La marée approchait.

« Tu ne ferais pas un petit effort pour ton cousin adoré ? »

Tim éclata de rire. Des tourbillons commençaient à se former autour de nous.

« Tu te souviens du koala ensorcelé qui m'a poursuivi dans les jardins pendant ton anniversaire ?

— C'est de l'histoire ancienne...

— Pas tellement.

— D'accord, oublie ce que je viens de te dire. Je n'ai pas besoin d'un autre enseignant qui me harcèle. »

Le courant nous aspirait vers le fond. J'invoquai le voile protecteur de la Rime Ancestrale et lui fit un signe d'au revoir. Nous fûmes vite emportés dans les rivières souterraines. Une nouvelle journée d'école commençait...

L'année se terminait bientôt, avec le Suprême à l'horizon. La théorie était aussi importante que la pratique. Le niveau d'exigence était lié à nos choix concernant la suite de nos études. Nous n'étions donc pas tous égaux devant les juges ; notre ambition pouvait être la plus difficile des épreuves à surmonter. L'obtention du diplôme final était indépendante de la quête du Talisman Totem, qui clôturait les examens et annonçait le lancement de la chasse aux djinns. Une journée bénie permettait de dénicher ces êtres merveilleux.

Bien que mon cousin fût parti avec moi, j'émergeai seul sur l'Île Brumeuse. Je me hissai sur la terre ferme. Quelques éclaboussures de vif-argent glissèrent sur mon corps et mes vêtements. Le soleil gagnait le zénith ; mon

voyage dans les profondeurs avait duré plusieurs heures…
Je grommelai. Je m'étais levé tôt pour rien.

Les étudiants quittaient le Centre d'Enseignement pour déjeuner. J'attendis patiemment et laissai défiler les nobles issus de tous les pays. Je fis de mon mieux pour ignorer les sourires entendus et les coups de coude des ennemis plus ou moins avérés de ma famille : je m'étais promis de ne pas causer de nouveau scandale. Je ne souhaitais pas rater le diplôme du Suprême pour si peu. Mon amie Elliw Achiyuka apparut dans les dernières, ainsi que deux blondes qui la suivaient partout et dont je n'avais jamais réussi à mémoriser les prénoms.

Elle portait un épais grimoire qui rendait le mien ridicule en comparaison. Comment pouvait-elle écrire autant ? Ces ouvrages enchantés étaient couverts de runes illisibles, calligraphiées dans un langage que personne ne comprenait plus depuis longtemps. Seul leur auteur parvenait à les déchiffrer. Aux yeux d'un étranger, les sortilèges inscrits étaient impénétrables. La taille du livre augmentait en proportion de son contenu : nous avions toujours de nouvelles pages vierges à notre disposition. Nous changions uniquement de grimoire à cause de son poids.

« Tu m'as manqué, commenta Elliw en me pinçant la hanche. Je suis contente que tu sois guéri de ce soi-disant mauvais rhume.

— Je l'ai attrapé pendant que les druides chantaient leur amour pour les dieux. L'humidité de la forêt, les courants d'air…

— Je ne te savais pas aussi délicat, mon petit prince chéri… Ça n'excuse pas ton retard. Les cours du matin sont terminés.

— J'aimerais que toutes les journées de cours passent aussi vite ! »

Elle me prit le bras et nous suivîmes les autres étudiants. Elle m'apprit que la matinée avait été consacrée aux talismans de plumes de perroquets en provenance de la

184

Jungle d'Émeraude. Elliw se plaignait de l'inutilité de ces sortilèges, car le prix de ces cristaux était très élevé. Je ne lui avouai pas qu'il m'arrivait d'en manipuler au palais... Je lui aurais rappelé la perte de ses privilèges, elle qui était née princesse avant d'être écartée du trône.

« Peut-être que ces formules s'adapteront pour d'autres animaux, proposai-je. Cela m'étonne que Maslov ait choisi des perroquets pour thème alors qu'on trouve toutes sortes de volatiles dans le Royaume Aérien. En particulier des charognards.

— Continue tes plaisanteries si tu tiens à échouer à tes examens ! Elle n'a toujours pas pardonné ta querelle avec Djalil Al'Malwib. Tu devrais faire profil bas, surtout en ce moment... Son royaume subit de nouveaux troubles et l'humeur de notre professeur ne s'en est pas du tout améliorée. Les rebelles ont installé un gouvernement provisoire, mais ils sont en train d'être décimés par les armées du fils de Démagore, l'ancien roi destitué. Ou son neveu, je ne sais plus... Quoi qu'il en soit, les événements sanglants de ces derniers jours ne sont pas très glorieux. »

Je soupirai. Dans le Royaume Aérien, le pouvoir changeait de mains tous les mois. Il fallait fournir un véritable effort de mémoire pour en retenir tous les régents. J'étais fier de notre propre fonctionnement : seules les personnes avec un fruit pour totem pouvaient prétendre à la couronne. À quelques exceptions près, la succession se faisait en général au sein de la famille régnante.

« Je connais tes pensées à ce sujet, fit Elliw avec un regard en biais. Ton pays est le seul à respecter les commandements divins. Dans le reste du monde, les djinns totems ont perdu de leur importance. C'est à peine si certains respectent les traditions de Symbiose ou d'Immersion, au moment de mourir. »

Elle se mordilla la lèvre.

« Pardonne-moi, s'excusa-t-elle. J'ai appris pour ton grand-père... »

Je ne sus que répondre. Nous dépassâmes un groupe d'Aériens en pleine discussion politique. Ils portaient ce que j'appelais avec sarcasme une *« tenue de chasse »*, un assemblage grossier de tissu et de cuir. Comparés aux délicates toges de ma patrie, ces vêtements me paraissaient désuets et renforçaient l'idée populaire qui faisait d'eux des barbares. À mon approche, ils stoppèrent leur conversation et me dévisagèrent.

Mon statut de prince héritier inspirait souvent des réactions qui m'irritaient. Sur cette île, aucune frontière n'aurait dû nous séparer. Chacun choisissait pourtant ses paroles avec attention pour ne pas me froisser ou pour rechercher mes faveurs. Peu de gens restaient naturels à mes côtés. Je vivais mal cette différence.

Nous parvînmes à un vaste espace de verdure où se dressaient de grandes tables recouvertes de mets divers. Nous croisâmes par hasard le professeur Maslov ; la vieille femme s'emparait d'une poignée de fruits rouges dans une coupelle. Je m'excusai pour mon retard lié aux caprices de la marée.

« C'est regrettable, commenta-t-elle. Bien que vous ayez un an d'avance, vous serez aussi examiné sur ces leçons. Vous savez que les dieux ne seront pas les seuls juges lors du Suprême. Les épreuves de logique et de poésie seront particulièrement difficiles pour l'héritier d'un royaume. Débrouillez-vous pour qu'on vous apprenne ces formules ; elles ne requièrent pas un savoir extraordinaire, sans être aisées pour autant.

— Rares sont ceux qui m'aideront sans arrière-pensées… »

Elle parut chagrinée.

« Votre destin est sans pareil, dit-elle avec compassion. Une fois couronné, quelle place réserverez-vous aux braves camarades qui vous auront offert leur amitié ? Ils savent tous qu'il est vain d'espérer de vous une telle proximité, car votre avenir ne pourra que la briser. Même vos amis n'ont probablement pas d'illusions quant à l'évolution de vos sentiments à leur égard. Un jour, vous les oublierez, mais ils vous estiment suffisamment pour apprécier cette liaison éphémère. »

Elliw sembla mal à l'aise et changea de sujet de conversation. Maslov faisait toujours preuve d'un tact fascinant.

« Je me demande si la princesse Amira va venir étudier avec nous, remarqua mon amie. Savez-vous si le vif-argent la portera jusqu'ici ?

— J'ai cru comprendre qu'elle souhaitait d'abord découvrir le monde, ses paysages et ses couleurs. Je ne lui conseillerais pas cette île humide et brumeuse ! D'ailleurs, prince Angelo, ne l'avez-vous pas vue pendant la cérémonie nuptiale ? J'ai cru entendre que les représentants du Sultanat Calorique avaient finalement été invités au mariage de ma chère Mariña. »

Je préférais lui épargner notre brève et odieuse conversation. Par ailleurs, je ne relevai pas sa marque d'affection pour ma sœur. Maslov me rappelait souvent combien Mariña avait l'esprit aussi agile qu'un faucon, alors qu'elle comparait mes capacités intellectuelles à celles d'un pigeon. Elle fut heureusement bientôt interpellée par un de ses collègues et nous prîmes congé d'elle.

Ainsi, Amira voyageait. Sans doute visitait-elle les Grandes Fractures, de prodigieux canyons non loin d'Al-Hamra, ou peut-être découvrait-elle des merveilles exotiques : la Folle Cascade, les volcans des Monts Tempêtes, les Landes Étoilées… Je rêvais de l'imiter. En dehors de ma citadelle et de certains duchés, je ne connaissais rien de la beauté du monde. J'en vins à envier la princesse. Ce sentiment était étrange. Fallait-il avoir été aveugle pour admirer l'environnement dans lequel nous vivions ?

La lumière du soleil illuminait les prairies verdoyantes qui nous entouraient. Des pans de brume cachaient le sommet des collines, comme toujours. Nous nous assîmes dans l'herbe, loin de la foule bruyante. Je pris un cristal de basalte dans mon sac pour invoquer sa magie et nous réchauffer un peu. Ce talisman calorique me faisait repenser à Amira. Mon amie interpréta mal mon silence.

« Nous sommes sur l'île préférée des djinns et des fantômes, dit-elle prudemment. Penses-tu à ton grand-père ? Je comprends que sa disparition te perturbe.

— Ce n'est pas une période facile », avouai-je.

Je regrettais son décès soudain. Je savais qu'il n'était pas éternel, mais j'aimais passer du temps avec lui. Il avait été un soutien indéfectible au sein du palais. Lorsque mes parents me punissaient pour une raison quelconque, je me réfugiais dans sa tour pour jouer aux échecs et grignoter des pâtisseries. Où irais-je désormais ? Son sourire me manquait déjà.

Elliw me rappela ses propres drames, sur lesquels elle s'épanchait rarement. Elle avait perdu son père lors du coup d'État de son oncle, quelques années plus tôt. Le traître avait poignardé le roi au cours d'une visite de courtoisie. Il avait pris d'assaut le palais de Guazu et menacé le reste de sa famille. Les gardes du corps avaient sauvé la reine de justesse, ainsi que la princesse. Le nouveau roi Aldirus II les avait condamnées à l'exil et leur interdisait de traverser les frontières du Royaume Aquatique.

« Nous n'avons jamais pu rendre hommage à la dépouille de mon père, dit-elle en serrant les dents. Je n'ai pas eu le temps de lui faire mes adieux. »

En quelques heures, mon amie avait tout perdu. Elle n'avait jamais eu l'occasion de s'entretenir avec le fantôme de son père, qui avait suivi sa route vers l'au-delà. Elliw me raconta qu'elle avait dû faire son deuil loin de chez elle, dans un pays étranger. L'Empire Lumineux l'avait recueillie avec générosité, mais il ne pouvait pas remplacer les lieux de son enfance, l'odeur de l'air marin ou le spectacle de la Folle Cascade qui creusait la falaise pour se déverser dans la mer. Mon amie avait eu du mal à s'acclimater. Elle continuait de rêver de sa ville natale.

« J'ai fini par accepter la mort de mon père, dit-elle doucement. Il faut croire que le temps a raison de tous les obstacles… Mon chagrin est toujours présent mais il ne m'empêche plus de vivre. Au contraire, je pense souvent à mon père et à sa force de caractère. Son héritage coule dans mes veines, comme un trésor qu'il m'aurait légué avant de partir. »

Ses yeux se perdirent dans les brumes, au loin. Elliw avait vécu des événements tragiques. Comment parvenait-elle à les dépasser avec tant de courage ?

Je connaissais Elliw depuis ma plus tendre enfance. Nos familles avaient toujours été proches. Ma grand-mère Granada avait l'habitude de voyager avec sa mère, la reine Natalia. Mon grand-père m'avait raconté les croisières qu'elles avaient réalisées sur la Mer des Paillettes, à bord du voilier des Achiyuka. Le temps de vacances impromptues, elles laissaient le royaume aux mains de leurs maris et oubliaient les intrigues de la cour, en bonne compagnie.

Leur amitié s'était prolongée au travers de la nôtre. Je taquinais souvent Elliw, mais elle était devenue ma confidente. Nous avions grandi ensemble, sur cette île protégée des manigances politiques. Je n'avais pas de raison de lui taire des secrets.

« Mon grand-père m'a fait part d'une légende troublante », commençai-je doucement.

Je lui racontai ma dernière partie d'échecs avec son fantôme, qui m'avait mis en garde. Selon lui, ma naissance lui laissait croire que j'étais un des messagers de Dohr'im, un demi-dieu légendaire. Ses paroles me poussaient à chercher la vérité sur cette terrible nuit, où ma grand-mère avait perdu la vie. Le spectre m'avait juré que la première magicienne du royaume, l'Ensorceleuse, détenait les clés pour dénouer ces mystères.

« Mon mentor l'a contactée pour moi, expliquai-je. Je dois la rencontrer dans quelques jours. Je suis tellement impatient !

— Ne te fais pas trop d'illusions, nuança-t-elle. Si ton grand-père n'a pas réussi à lui extorquer ses secrets, comment comptes-tu t'y prendre ?

— Tu sous-estimes mes capacités de persuasion... »

La jeune fille se mit à rire. Elle me rappela que j'étais incapable de tenir tête au prince Djalil Al'Malwib. Comment aurais-je pu menacer une magicienne hors du commun ?

Elle ne croyait pas à l'existence des Messagers de Dohr'im, une légende qui montrait seulement le mysticisme de mon grand-père. J'hésitais à lui raconter mon aventure à la cité d'Al-Hamra, où j'avais rencontré la Princesse Noire et assisté à sa guérison miraculeuse. Une magie prodigieuse s'était déclenchée à son contact. Je n'avais pas d'explication rationnelle sur les événements qui s'étaient déroulés dans la capitale étrangère ou sur mon retour au palais. Mais comment lui avouer que j'avais failli être le complice d'un meurtre et le responsable d'une guerre avec le Sultanat Calorique ?

Je préférais discuter de sujets moins déroutants, comme les examens du Suprême dont la date se rapprochait peu à peu. Je devais y trouver un Talisman Totem et un djinn qui deviendrait un compagnon irremplaçable. Quelques semaines seulement me séparaient de cette échéance. J'exprimai mon impatience, car je rêvais de découvrir la forme et le pouvoir de ce bijou.

« Je ne suis pas aussi empressée que toi, dit-elle d'une petite voix. Ton succès marquera la fin de nos aventures, tu le sais bien. »

Sa remarque doucha mon enthousiasme. Mon amie terminait ses études sur l'Île Brumeuse. Elle devait partir s'installer à Takshii, un village de montagne au nord de l'Empire Lumineux, pour entamer des recherches dans une champignonnière souterraine.

Je lui pris la main, en toute amitié. Des larmes pointaient aux coins de ses yeux et je partageais sa douleur. Nous avions beau tout faire pour ralentir le passage du temps, notre enfance s'enfuyait et nous devions en faire le deuil. Fallait-il néanmoins la renier ? Prince ou non, je me jurai de rendre visite à Elliw et de feindre mon intérêt pour les moisissures.

CHAPITRE XIII

Je n'ai pas revu l'archipel de la Mer des Paillettes depuis longtemps. Plusieurs mois sont passés depuis ma dernière croisière avec la reine Natalia…

La grossesse de mon amie l'empêche désormais de se déplacer. Elle refuse encore d'abandonner son enfant dans les labyrinthes de vif-argent qui ruissellent sous nos pieds, mais une reine ne peut pas oublier son devoir et s'isoler ainsi jusqu'à l'accouchement. Elle finira par voyager dans les rivières d'argent pour remettre son bébé aux soins de leur magie sauvage, pendant les semaines qui précéderont sa naissance. Les dieux lui enlèveront ce plaisir merveilleux de sentir en soi d'autres battements de cœur que les siens. Moi-même, n'ai-je pas été enceinte deux mois seulement avant de leur confier Mirabella, et à peine davantage pour Prunelle ?

Le devoir des reines est un fardeau difficile. Mirabella voit également son ventre s'arrondir ; je crains que ma fille n'apprenne à son tour les implications de ce tabou.

Granada de los Calyptos
« Mémoires d'une Reine Bien-Aimée »

Les jours suivants s'écoulèrent à une vitesse folle. Mes cousins quittèrent le luxe du palais et me laissèrent d'humeur fiévreuse. Toutes mes pensées se focalisaient sur ma rencontre avec l'Ensorceleuse. J'avais tenté d'ordonner mes idées et mes questions, sans y parvenir entièrement.

Tandis que je traînais des pieds jusqu'au Temple, je construisais mentalement l'allure de cette mystérieuse femme. Je l'imaginais grande et athlétique, avec un Talisman Totem qui brillait de mille feux. Elle portait une tenue de combat, dans des tons sombres et avec une longue cape que le vent faisait voleter. Elle avait un bâton ornementé de gravures complexes que seuls les mages pouvaient comprendre, et elle me disait : *« Prince Angelo, je ne pouvais pas négliger votre appel »*.

Je souriais en songeant à ce scénario flatteur, même s'il était improbable. Une aura quasi mystique entourait son personnage ; je supposais qu'elle n'avait pas de considération particulière pour le prince héritier.

Pouvait-elle m'accueillir par des mots plus cinglants ? Mes escapades nocturnes ne devaient pas lui être inconnues... Si elle avait appris mon rôle dans le meurtre raté de la Princesse Noire, je ne donnais pas cher de ma peau... Par bonheur, Amira Al'Malwib n'avait pas encore trahi le secret de ma double vie. Je priais pour qu'elle ait compris mon silence et ma gêne.

Perdu dans mes réflexions, j'empruntai un chemin boueux pour pénétrer dans les sous-bois et célébrer le culte des dieux. Les chênes de la Forêt des Fées présentaient les nuances de brun et d'orange d'une fin d'automne. Des fragrances d'humus et de champignons emplissaient l'air, tandis que des piverts martelaient en rythme leurs victimes immobiles. Les druides entouraient le dolmen de la clairière sacrée, à l'abri des menhirs qui encerclaient le Temple. Un peu réticent, je franchis la protection magique et un léger picotement bourdonna dans mon corps, comme une manifestation de l'antique sortilège.

L'Archidruide Séquijo invita bientôt la foule à scander les Louanges. Nos mains se levèrent et des étincelles vertes s'en échappèrent pour danser au-dessus de nos têtes comme mille lucioles enivrées par le chant. Lorsqu'elles achevèrent leur ronde enchantée, elles semblaient plus brillantes qu'auparavant. Les fidèles y voyaient la bénédiction des dieux ; je pensais à un nouvel artifice de la part des religieux.

Le rituel dura quelque temps, jusqu'à ce que les habitants de la citadelle se dispersent enfin. Ils s'apprêtaient à profiter de l'après-midi auprès de leur famille, au chaud dans une maison confortable. Sans doute boiraient-ils un bol de chocolat ou un peu de Nectar'Miel… Je renonçai à ce doux rêve lorsque Séquijo m'invita à le suivre.

« J'aimerais illustrer la légende que je vais vous conter, déclara-t-il en s'enfonçant plus profondément dans la forêt. Partons en quête de *symbolets.* »

Un de ses compagnons nous rejoignit avec un petit cochon crasseux et au groin terreux. Je pris soin de rester aussi loin que possible de l'animal malodorant. Une laisse en cuir permettait de le garder à proximité. Le druide agita un sac devant lui ; aussitôt, le cochon tira sur la corde et s'enfonça dans les bois. Il nous entraîna à sa suite comme dans une comédie burlesque et décalée. Je grommelai de devoir courir après ce que son odorat lui indiquait.

Séquijo profita de cette recherche pour me sermonner sur la loyauté d'un dieu porcher dont personne ne se souciait plus du nom depuis longtemps. Le panthéon était infini : il offrait un dieu à chaque élément naturel ou concept humain. Je ne m'étonnai pas de découvrir que les porcs avaient leur propre seigneur.

L'animal grogna soudain et accéléra sa course.

Nous nous précipitâmes et le druide poussa bientôt une exclamation joyeuse. Il pointa son index sur un anneau de champignons colorés semblables à des vesses-de-loup, comme des boules de pâte rugueuses et sans pied. Rien à voir avec des bolets comme je l'avais pensé au départ… Ceux du centre hésitaient entre diverses nuances de blanc. Les autres avaient des teintes vives qui indiquaient probablement leur caractère vénéneux.

« La pluie de la veille a facilité notre tâche, s'extasia-t-il. Ne sont-ils pas splendides ? »

Je m'adossai à un arbre avant de me retirer en sursautant : il était couvert d'une mousse humide qui salissait ma toge. C'était dégoûtant ! Je ravalai un juron. Il n'attendit pas ma réponse pour commencer son histoire.

« Au cours du Suprême, les frontières avec le royaume des cieux s'amincissent et les djinns apparaissent sur l'Île

Brumeuse pour quelques semaines. Sont-ils les derniers intermédiaires des dieux ? Depuis la disparition des clés du paradis, leurs oracles sont devenus muets. Nous en sommes réduits à interpréter les signes qu'ils parviennent péniblement à nous envoyer, en risquant d'altérer leur message initial. »

Séquijo indiqua les moisissures à nos pieds.

« Les symbolets ne poussent pas au hasard ; ils forment des constellations d'étoiles dans un ciel de verdure. Ne reconnaissez-vous pas une allégorie de notre continent et des nations qui le composent ? Ils sont de six couleurs différentes, à l'instar des magies de notre monde : verts, gris, bruns, jaunes, bleus et rouges. Ces champignons rappellent la structure de notre monde. Au centre, la couleur blanche se réfère aux îles de la mer intérieure qui sont recouvertes de brumes et d'anciens sortilèges. »

Je jetai un vague coup d'œil à cet agencement original. La nature avait de curieuses manifestations, même si je doutais du raisonnement pieux de l'Archidruide.

« L'importance de cet archipel est capitale, expliqua-t-il. Même si nous étions capables de contourner sa déroutante protection, notre religion nous interdit d'y bâtir des villes et de détruire un précieux équilibre. Nous osons à peine investir la plus grande, l'Île Brumeuse, pour éduquer nos enfants dans un lieu vierge de toute influence. Là-bas, le moindre trouble a des conséquences sur le reste du continent. »

Sans prévenir, le druide libéra le cochon qui se précipita sur l'anneau coloré. L'animal enfouit son groin dans les champignons blancs et commença à les dévorer. Aussitôt, le cercle fut animé d'un sinistre soubresaut. Tout dépérit dans une puanteur asphyxiante et un nuage de spores.

« Ces terres sont protégées et ne doivent jamais être colonisées, commenta-t-il en se pinçant le nez. Les dieux nous avertissent par-delà les cieux... Nous devons nous soumettre à leur volonté et vénérer leur sagesse. »

Derrière lui, le cochon éternua.

∫

Le soleil déclinait lentement à l'horizon lorsque je quittai la Forêt des Fées. J'adorais cet instant où le temps semblait suspendu dans un camaïeu d'ocre et de mauve. Je parcourais les rues désertes en compagnie d'une escorte de mages. Aux balcons, des couronnes séchées avaient remplacé les fleurs. Leur agencement rivalisait d'imagination et de perfectionnement.

Les tours blanches du palais se dessinaient dans le ciel, comme auréolées de lumière par l'Astre Émeraude. La taille de la boule de magie avait augmenté et son intensité me força à détourner le regard. Les jardins s'endormaient ; les feuilles des arbres planaient jusqu'au sol en épousant les mouvements du vent. Cette saison me fascinait par ses charmes et sa douceur.

Je retrouvai avec plaisir les cheminées de la salle des banquets et leur chaleur généreuse. Les aristocrates dégustaient des plats odorants et je m'empressai de rejoindre ma famille attablée. Je m'allongeai à leurs côtés sur un bloc de marbre recouvert de tissus chatoyants. Mon père manquait à l'appel, car il voyageait dans le Royaume Aquatique pour discuter de nouvelles conditions commerciales sur les importations de laine. Je doutais toutefois qu'il parvînt à convaincre le roi Aldirus II…

Ma mère m'interrogea sur les enseignements que j'avais reçus au Temple. Tandis qu'une servante m'apportait du faisan rôti et de la purée de marrons, je lui racontai ma version des faits :

« Les druides se sont démenés pour rendre cette journée passionnante, dis-je avec ironie. Nous avons couru derrière un cochon à travers toute la forêt pour piétiner des champignons multicolores. »

La reine haussa les yeux au ciel devant mes moqueries, tandis que Shadiin riait doucement. Sa femme lui donna discrètement une tape sur le bras.

« Les *symbolets* sont très courants, dit ma sœur. Tu n'en avais donc jamais vu ?

— Quand je me rends au temple, je me concentre sur les paroles des druides et non sur les moisissures qui prolifèrent sur le sol. »

Elle accueillit ma réponse avec un sourire.

« Les champignons ont des vertus cachées, assura-t-elle. On dit que certains favorisent la mémorisation des sortilèges. Tu aurais dû en glisser dans ta poche.

— Je suppose que d'autres peuvent rendre aimable ? Je regrette vraiment de ne pas en avoir ramassé. »

La reine se permit un rire cristallin. Elle resta songeuse un moment, avant de s'illuminer à la venue d'une idée.

« Angelo, dit-elle, que penserais-tu de poursuivre ton apprentissage et de découvrir les secrets des plantes, en ma compagnie ? Je t'ai promis de t'y initier, mais je n'ai guère de temps libre, tu le sais bien… Je suppose que nous pourrions commencer par des leçons mensuelles. »

Était-ce une nouvelle corvée à ajouter à ma liste ? Mariña fronçait les sourcils et semblait me rappeler que les secrets de ma mère étaient précieux. L'ordre des guérisseuses maîtrisait des sortilèges très utiles, comme la légendaire Rime du Sang qui ralentissait une hémorragie en cas de blessure. Leurs enchantements permettaient de soigner un grand nombre de maladies, grâce à des herbes médicinales qu'elles transformaient en onguents ou en élixirs.

Pour une fois, j'acceptai sa proposition. Son enseignement avait des applications concrètes et intéressantes, contrairement aux rituels des prêtres du Cercle… Évidemment, je renonçai à lui faire part de cette dernière réflexion.

Ma mère s'étonna de ma réponse. Sans doute s'attendait-elle à de nouveaux grommellements, comme d'habitude lorsqu'elle me rajoutait des sujets d'instruction.

« Merveilleux, dit-elle avec un sourire ravi. Dans ce cas, nous commencerons cette nuit par les herbes aromatiques.

La plupart des sorts de guérison nécessitent une lune haute et un ciel dégagé. »

Mon sang se glaça. Pas cette nuit ! J'avais déjà un rendez-vous à ne pas manquer.

Je sentis un grand poids tomber sur mes épaules. Pourquoi fallait-il qu'elle choisisse précisément cette date ? Je ne pouvais pas être à deux endroits différents en même temps. Je devais me défiler sans la froisser.

« Je ne suis pas encore remis du mauvais rhume qui m'a immobilisé si longtemps, m'excusai-je d'un ton dubitatif. Une sortie nocturne me semble un peu prématurée. »

Ma sœur se mordit la lèvre et son mari lui prit furtivement la main. Je risquais de la fâcher en négligeant son offre généreuse, mais je ne disposais pas d'autre choix. J'avais déjà un engagement auprès de la première magicienne du royaume. Quelles que fussent les conséquences, je ne pouvais pas accepter sa requête.

Hélas, elle ne sembla pas de cet avis. Son humeur se refroidit comme si une bourrasque de neige venait de rentrer par les fenêtres.

« Je surestimais ton enthousiasme, dit-elle d'un ton cassant. Nous savons tous combien ce fameux *rhume* fut foudroyant, mais tu cours désormais dans les couloirs sans t'essouffler. Lorsqu'on hérite d'un royaume, le confort personnel ne doit pas être une priorité. »

Elle se leva avec une dignité glaciale.

« Je doute que les prochaines nuits soient vraiment propices à nos échanges. Quand tu daigneras t'intéresser aux herbes aromatiques, tu demanderas aux jardiniers de t'instruire. »

La reine nous salua et s'éloigna d'un pas pressé. À peine avait-elle disparu que ma sœur me sermonna durement. Inutile de discuter... Je ne pouvais pas lui expliquer les raisons de mon refus. Sans lui répondre, je finis par me lever à mon tour, laissant Mariña abasourdie. J'entendis Shadiin murmurer à sa femme avec un léger accent :

« Décidément, on ne s'ennuie jamais avec ta famille... »

Je savais que ma mère me reprocherait longtemps ce refus. Sa susceptibilité était légendaire. J'étais cependant trop impatient de découvrir les secrets de l'Ensorceleuse pour annuler cette rencontre. Les Filles de la Lune m'avaient menacé de mort en les invoquant et mon grand-père avait assuré que la magicienne était la clé de mon existence. Je devais percer à jour ces mystères avant de m'amuser à cueillir du romarin dans les jardins de la reine.

En chemin, je prêtai vaguement l'oreille aux discussions qui animaient les convives à cette heure tardive. Pour beaucoup, la situation politique du Royaume Aérien était au centre des conversations. Le pays avait subi un terrible revers suite à la révolution, mais la monarchie avait enfin été rétablie.

Le nouveau roi s'était empressé de distribuer le peu de richesses qui n'avaient pas été pillées par les rebelles. Ses sujets semblaient apaisés par son geste et ce retour à la normale. Ils avaient hâte de clore cet épisode sanglant de leur histoire. La capitale était saccagée et leur économie était ruinée. L'heure était aux bilans pour éviter d'autres conflits. Les courtisans lançaient des rumeurs sur le mariage imminent du monarque avec une princesse du Royaume Minéral.

Les volcans des Monts Tempêtes marquaient la frontière entre leurs deux pays. Le royaume souterrain avait une capacité commerciale limitée qui ne tenait qu'à l'exploitation de gisements métallifères. À terme, une alliance avec les Aériens leur garantissait des tarifs préférentiels pour les ressources alimentaires et textiles qui leur faisaient défaut, avec en contrepartie l'exportation de métaux rares et de matériaux de construction.

Une autre rumeur enflait dans la pièce et m'inquiétait davantage, car elle concernait le Sultanat Calorique. Un incident avait eu lieu à nos frontières, alors que des gardes-chasses avaient surpris des braconniers aux sacs pleins de gibier. Le braconnage en période hivernale était passible d'une lourde peine : les fautifs avaient été emprisonnés en attendant d'être jugés. Nos procédures judiciaires suivaient leur cours, mais le sultan Kadir Al'Malwib avait exigé l'extradition des accusés.

Sa magnanimité était notoire. Le châtiment des coupables risquait d'être dérisoire en comparaison de nos lois. Nos gens s'écriaient que le crime ayant été commis dans notre royaume, il était de notre responsabilité de le punir, quelle que soit l'opinion du sultan dans cette histoire. De l'autre côté de la frontière, le peuple Calorique critiquait les condamnations exemplaires et injustes que nous allions imposer à leurs concitoyens. Ils prétendaient qu'elles étaient sans commune mesure avec celles de nos propres criminels, simplement à cause de leur origine étrangère.

Les éclats de voix diminuèrent au fur et à mesure que je montais l'escalier qui menait à ma chambre. Je laissai ces tensions politiques derrière moi.

La nuit était tombée et il me fallait patienter quelques heures avant de m'échapper discrètement pour rencontrer l'Ensorceleuse. Pour éviter de sombrer dans le sommeil, je m'emparai d'un roman qui trônait sur ma table de chevet. Je ne l'avais pas lu depuis longtemps ; le marque-page était recouvert d'une fine couche de poussière.

Je repris *Les exploits de Mina et Tiristo* là où j'avais arrêté l'histoire. Les héros avaient sensiblement mon âge. Mina était une fille dynamique et pleine d'imagination ; Tiristo tranchait par sa réserve et son intelligence. Chaque nuit, les deux compères se retrouvaient incognito pour démêler de sombres énigmes et leur alliance leur apportait généralement le succès. Toutefois, à cet endroit de l'aventure, un homme louche venait de surprendre les enquêteurs cachés derrière un arbre. Je me demandais quelle explication pourrait les sortir de cette situation... Je survolai encore quelques lignes, avant de sourire devant leur réponse.

CHAPITRE XIV

Je suis soulagée d'apprendre que les fouilles ont cessé dans la Vallée d'Yères. Cette belle région était mise à sac au nom de la couronne dans l'espoir de découvrir un autre filon d'obsidienne. Je regrette d'avoir tardé à me positionner à l'encontre de ce massacre écologique que les alchimistes provoquent au mépris des lois.

Leurs sortilèges permettent d'emmagasiner une grande quantité d'énergie dans la structure même de la roche et de la libérer à loisir pour recharger des talismans. Un vrai miracle, je l'avoue ! Cela nous évite de rechercher de nouveaux cristaux et de jeter les bijoux usagés dans les rivières de vif-argent. Mais le prix à payer est terrible, car les filons de pierre noire sont enfouis en profondeur et leur extraction est une source de pollution magique. Les Astres s'engorgent de magie et dérèglent le climat...

Il est nécessaire de réguler ces fouilles qui enrichissent démesurément les alchimistes et qui abîment nos terres. J'envisage de développer des sortilèges alternatifs avec des procédés plus respectueux de l'équilibre astral. Je suis peu soutenue dans cette guerre contre l'alchimie, alors que l'inquiétude est à multiples facettes. Une fois riches, pourquoi ne tenteraient-ils pas de nous détrôner et de s'arroger notre pouvoir ?

Granada de los Calyptos
« Mémoires d'une Reine Bien-Aimée »

La fenêtre de ma chambre laissait entrer un courant d'air frais. Je regardais les nocturnes qui poussaient dans un pot en terre cuite, ces fleurs aux larges pétales jaunes qui se dépliaient à minuit et qui se refermaient à l'aube. Elles commençaient tout juste à s'entrouvrir. Mon rendez-vous approchait.

J'accrochai à mon index un cristal de noisette, un morceau de quartz brun monté en bague. J'admirai le reflet des rayons lunaires sur le talisman. Je songeai *à une comète rousse dans les arbres de l'espace.* Je croisai les doigts et murmurai « ÉCUREUIL ».

Le talisman frémit et m'entoura d'une brume scintillante. Je grimpai sur le rebord de pierre. J'inspirai profondément, avant de plonger dans le vide en faisant le saut de l'ange – juste pour le plaisir. Je planai sans bruit dans cette nuit froide. J'appréciais les mouvements de ma cape qui me permettaient de jouer aux héros volants…

Je me posai en douceur sur les graviers, près des oliviers qui longeaient le flanc ouest du palais. Je restai un instant immobile sous la pleine lune en écoutant les alentours. Une poignée de gardes effectuaient des rondes du côté extérieur de la muraille. Ils passaient régulièrement sous ma fenêtre depuis l'incident du talisman piégé, mais je n'en croisai pas.

Je fis le tour du bâtiment par le nord, avec nonchalance. Mes fréquentes escapades avaient aiguisé mon sens de la discrétion. J'excellais dans l'art de me fondre dans l'obscurité et de me déplacer sans être vu, de flaque d'ombre en flaque d'ombre.

Dans les jardins, des allées de terre brune et de sable dessinaient des figures géométriques à l'esthétisme saisissant et se rejoignaient au niveau de la Fontaine du Verseau. Je franchis une arche de bougainvilliers pour me diriger vers une statue de femme qui versait de l'eau dans un bassin. Comme nous étions proches de l'Astre Émeraude, toutes sortes de plantes exotiques cohabitaient avec des espèces plus froides et défiaient l'ordre naturel. Des orchidées aux couleurs vives s'épanouissaient près d'edelweiss au duvet blanchâtre, des lauriers roses grandissaient aux côtés de buissons de myrtilles… Précurseurs de l'hiver, des crocus violets commençaient à apparaître. Les saisons se mêlaient dans une abondance de teintes et de senteurs.

Je m'installai sur un banc en fer forgé et me perdis dans la contemplation des étoiles. J'ignorais tout de l'astronomie comme des autres sciences. J'aurais aimé être capable d'associer un nom à ces timides lucioles immobiles. On racontait de nombreuses légendes sur ces constellations qui illuminaient le ciel. Certaines prétendaient que les dieux se cachaient derrière ces masques de lumière.

Des nocturnes avaient été plantées non loin du banc. Sans ces tournesols miniatures, il était difficile de connaître l'heure avec précision puisque les cadrans solaires ne fonctionnaient évidemment pas la nuit. Depuis des siècles, les poètes tentaient en vain d'inventer une formule pour maîtriser la course du temps. Leurs poèmes nostalgiques n'avaient pas encore réussi à en modifier le cours.

Je me levai et marchai un peu pour détendre mes jambes ankylosées. Je m'appuyai contre le rebord du bassin. Les rayons de la lune rendaient presque visibles les pili-pili, ces gros poissons rouges translucides. Je m'étonnais toujours des effets anormaux que provoquaient les Astres sur certains animaux en changeant jusqu'à leur apparence. Je trempai la main et réprimai une grimace. L'eau était froide, malgré les talismans caloriques qui décoraient le fond et empêchaient le gel.

Je me mis en tête de tendre une embuscade à ses habitants. J'attendais que l'un d'eux passât à proximité de ma paume ouverte pour la refermer brusquement...

Je n'eus pas à patienter longtemps. À peine mes doigts avaient-ils frôlé la surface qu'ils s'immobilisèrent. Quelques téméraires se rapprochèrent prudemment. Je sentis le premier m'effleurer. Je résistai à l'envie de l'attraper tout de suite, au risque de tout gâcher.

Je commis une erreur. Trois d'entre eux se jetèrent sur moi et me transpercèrent d'autant de dards.

« *Aïe !* »

Je fis un bond sur le côté et serrai ma main ensanglantée. Et moi qui les croyais inoffensifs ! Comment pouvait-on laisser de tels monstres nager en toute liberté dans les bassins publics ?

« Tu devrais mâcher quelques feuilles de menthe », conseilla une voix derrière moi.

Je me pétrifiai. Je m'attendais à ce qu'il s'agisse de l'Ensorceleuse, mais non, c'était ma mère. Elle portait un panier en osier rempli de plantes diverses. Je distinguai quelques légumes et des tubercules terreux. La reine faisait son marché les nuits de pleine lune...

« Tiens, dit-elle en me tendant une bande de tissu. Cela t'aidera à protéger les plaies qui ne sont dues qu'à ton inconscience, encore une fois...

— Je ne savais pas qu'ils étaient dangereux.

— Ils ne le sont pas, à moins de se sentir menacés. Je n'ose pas imaginer ce que tu comptais leur faire. »

Je me maudis en silence, sans répondre à son sous-entendu. Je regrettais ma distraction. La reine se promenait souvent dans ce lieu, quelle grossière erreur !

J'ignorais comment me dépêtrer de cette ennuyeuse conjoncture. Elle semblait également réfléchir. Je priai pour ne pas apprendre trop vite le fond de sa pensée, car elle avait ce sourire menaçant qui précédait toujours les châtiments. Elle se mit à admirer le paysage avec nonchalance.

« C'est donc ici que tu récupères de ton rhume, jugea-t-elle doucement. J'avoue que le cadre est idéal, surtout à l'approche de l'hiver et au milieu de la nuit... »

J'étais pris à mon propre piège. Que pouvais-je objecter ? Un nouveau mensonge m'exposerait à de douloureuses remontrances. Insulter une seconde fois la reine relevait plus de la bêtise que d'une réflexion sensée. À choisir entre elle et une inconnue, j'aurais dû pencher pour ma mère...

L'Ensorceleuse comprendrait certainement l'impasse dans laquelle je me trouvais. Je me souvins au dernier moment de Mina et Tiristo, les héros de mon roman. Le parallèle de nos situations me frappa et me donna l'idée d'un ultime mensonge.

« À ma plus grande honte, j'avoue vous avoir menti, m'excusai-je platement. Mais vous êtes coupable d'un crime tout aussi odieux. »

Elle haussa les sourcils.

« Je m'attendais à tout sauf à une telle accusation », s'étonna-t-elle sincèrement.

Je baissai les yeux au sol. L'attaque avait toujours été la meilleure des défenses.

« Pour quelle raison suis-je ici, selon vous ? dis-je faiblement. Pourquoi attendrais-je que minuit fleurisse, si ce n'était pour un rendez-vous amoureux ? Hélas, vous brisez cet instant de grâce.

— Par tous les dieux ! s'exclama-t-elle, désemparée. Les enfants de ton âge ne cherchent pas ce genre de romances ! »

J'étais ravi par la tournure des événements.

« Et si cette liaison était interdite, que diriez-vous ?

— Comment, interdite ? Si tu penses à la princesse Luli, n'imagine pas une seule seconde que je te laisserai la séduire. Il est hors de question que tu imites ta sœur, le royaume n'a pas d'autre héritier à proposer ! »

Ma mère se passa la main dans les cheveux. Elle ne semblait pas s'être préparée à une telle explication.

« Comprenez-vous mon silence, maintenant ?

— Retire cet air larmoyant de ton visage, me foudroya-t-elle du regard. Je me méfie de tes talents de comédiens. Nous aurons bientôt une longue discussion.

— Vous allez me laisser seul, alors ? », lançai-je avec espoir.

Elle lâcha un petit rire.

« Voyons, Angelo… Tu pourrais commettre d'autres bêtises, comme t'approcher de trop près des salamandres de feu que les Al'Malwib nous ont offertes comme cadeau de mariage… Je suis heureuse d'être venue à temps. Avec un peu de chance, tu pourras même me présenter cette mystérieuse inconnue. »

J'en restai bouche bée. Comment osait-elle ?

« En attendant, suis-moi. Nous négocierons ta sanction plus tard. »

J'obéis à contrecœur. Je me jurai de brûler le roman qui m'avait incité à mentir sur un sujet aussi sensible. Au lieu de me sauver la mise, ce mensonge l'avait rendue furieuse.

Elle marchait d'un pas vif et fit de nombreux détours. On entendait au loin les cris plaintifs des salamandres en provenance du Sultanat, un cadeau empoisonné, car nous ne pouvions les laisser en liberté en compagnie des koalas et des oiseaux qui peuplaient nos jardins. Les pauvres bêtes étaient condamnées à la captivité et les domestiques avaient gagné des corvées supplémentaires pour les nourrir et les soigner. Elles apportaient heureusement des talents peu courants dans nos contrées : leurs flammes pouvaient recharger en magie des talismans caloriques et leurs écailles broyées étaient un puissant anti-inflammatoire dont les guérisseuses raffolaient.

Les structures en bois des serres apparurent au bout du chemin. Les bâtiments étaient peu élevés et couverts d'un tissu transparent et aux mailles serrées. En dessous, des rangées de légumes poussaient dans un halo rougeoyant. Cette teinte était due à des cristaux accrochés sur des tuteurs. Ils diffusaient une chaleur en continu, en particulier la nuit, lorsque la température chutait brusquement. Ils offraient des conditions suffisantes à cette culture hivernale. Le rendement tenait surtout à la proximité de l'Astre Émeraude qui illuminait le ciel.

De part et d'autre du sentier, des carrés de thym côtoyaient de la sauge, des brins de ciboulette ou de la verveine. Des dizaines d'herbes aromatiques différentes emplissaient les abords et parfumaient l'atmosphère. Ma mère se pencha et cueillit quelques feuilles d'un vert très sombre et à l'odeur piquante.

« Le basilic ne sert pas uniquement à assaisonner les tomates, dit-elle d'un ton presque amoureux. Bien sûr, tu le sais déjà… J'ai appris que tu maîtrisais des formules de dégoût qui le requièrent, ou encore des sorts pour faire éternuer tes camarades. »

Je me dandinai, mal à l'aise. Je m'efforçai de ne rien montrer de ma soudaine panique.

« Des centaines d'incantations nécessitent cet ingrédient, continua-t-elle. L'intérêt de ces herbes tient dans leur disponibilité, car tout le monde en possède chez soi. Tu apprendras que les plus puissants des sortilèges n'exigent pas forcément de plantes rares ou exotiques. Bien entendu, tu disposes ici d'une incroyable variété d'espèces végétales, cependant il se peut qu'un jour tu aies besoin de formules moins laborieuses. »

Elle marqua une pause.

« Le basilic me rappelle toujours une Rime très efficace. Je l'ai inventée il y a longtemps pour des montagnards en difficulté, pendant une visite dans les contreforts des Aceyrées, avec ton père. La sécheresse avait jauni de nombreux pâturages nécessaires à l'alimentation des vaches laitières. »

Peu de personnes étaient capables d'inventer une Rime, un cocktail pétillant de poésie et de magie. De nombreux essais étaient nécessaires pour affiner les termes employés et leur prononciation, en fonction des effets que nous souhaitions obtenir. Seuls les grands poètes pouvaient susciter l'étincelle de joie qui cristallisait la magie diffuse de l'atmosphère. Lorsqu'elle murmura le sortilège, ma mère pouvait lire dans mes yeux toute l'admiration que je lui portais.

> *« Feu des sens, délice des meilleures tablées,*
> *Capiteuse épice pour un palais comblé. »*

Des lignes de lumière soulignèrent les nervures des feuilles, que ma mère déposa au sol avec précaution. Des étincelles de magie ne tardèrent pas à converger vers nous par la force d'attraction du sortilège. Diluées dans l'atmosphère, elles se condensèrent et s'échouèrent près du basilic. Avec stupeur, j'observai des touffes de gazon sortir de terre et se mettre à pousser tout autour, comme si leur croissance subite puisait dans l'énergie ambiante qui nous entourait.

Peu de formules se passaient du soutien d'un talisman ou de notre magie intérieure. L'effet était stupéfiant, mais je m'interrogeai sur son efficacité à plus grande échelle. Les paysans de ces villages d'altitude avaient-ils pu résoudre leurs problèmes grâce à ce sort prodigieux ? Ma mère m'avoua que la solution était à double tranchant. Cette Rime perturbait les courants telluriques et les écosystèmes environnants : elle devait être manipulée avec discernement. Elle ne pouvait pas être employée de façon répétée, car la force qui la nourrissait nécessitait du temps avant de se reconstruire naturellement.

Elle me confia les ingrédients et je les plaçai dans mon Herbier. La souveraine s'éloignait déjà et je la rattrapai sans me plaindre. Elle reprit sa route au milieu des allées endormies et s'arrêta de nombreuses fois pour me parler des fleurs, de leur parfum et de leurs propriétés thérapeutiques. Elle ramassa des échantillons et m'expliqua leurs secrets. Leurs formes et leurs couleurs révélaient à la fois leur santé et celle des terres sur lesquelles elles poussaient.

Je tentais tant bien que mal d'assimiler ce torrent de connaissances qu'elle déversait avec passion ; un véritable trésor qu'elle partageait avec joie. Attentif à l'extrême, je ne pouvais lutter contre le sentiment d'adoration et de fierté qui se levait en moi.

Je suivais cette silhouette fascinante et son panier insolite de bloc en bloc, de parterre en parterre, jusqu'à ce que nous retrouvions le calme de la fontaine du Verseau. La servante continuait, inlassablement, de verser de l'eau dans le bassin infesté de petits monstres. Je me massai distraitement la main qu'ils avaient commencé à dévorer, alors que je m'accoudais avec précaution sur le bord, en repensant à mon rendez-vous raté. La mystérieuse magicienne était-elle cachée derrière un arbre, en train de nous observer ?

Je vis soudain s'ouvrir les nocturnes aux pieds de ma mère.

« Pile à l'heure », commenta-t-elle.

Je lui jetai un regard en biais. Ses yeux noisette brillaient d'une lueur amusée. Je décidai de ne plus lui cacher la vérité.

« Souhaitez-vous aussi rencontrer l'Ensorceleuse ? »

Elle étouffa un rire.

« Angelo… Je *suis* l'Ensorceleuse. »

Je perdis l'équilibre et manquai de plonger dans le liquide glacé, à la merci des pili-pili.

J'avais été abusé. Des milliers d'indices auraient dû me mettre sur la voie. J'étais naïf et je ne l'avais pas soupçonnée un seul instant. Je savais de qui tenir en matière de mensonges...

Cette révélation me serra le cœur. Je comprenais avec une clarté douloureuse la nécessité de cacher cette situation. Le peuple jasait déjà sur son double titre de Reine et de Modeste Guérisseuse. Tant de pouvoirs, tant de devoirs ! Avaient-ils vraiment tort de s'inquiéter ?

Mes sentiments se mêlaient de manière chaotique. Je ne voyais plus que cette incroyable vérité : elle était à la fois le centre de ma vie et celui de mon pays. Comme dans un jeu d'échecs, la détruire, c'était anéantir notre royaume. Les pions n'étaient cependant plus en bois, mais représentaient de vrais êtres humains.

« Ce troisième titre garantit notre prospérité, assura-t-elle d'une voix douce. Je bénéficie du soutien des mages pour répandre ma politique jusqu'aux confins du royaume. Le rôle d'Ensorceleuse m'a permis de diriger nos efforts pour construire une nation pacifique et stable. Notre économie est florissante. Qui pourrait se plaindre de mon gouvernement ? »

Mon intuition me soufflait qu'il restait toujours le risque d'une incohérence, d'un paramètre oublié qui faussait les cartes. Les rois représentaient le peuple, tandis que les guildes, les prêtres et les mages faisaient office de contre-pouvoirs. Un seul individu ne devait pas posséder une trop grande influence sur la vie d'une nation, car l'interprétation du bien et du mal était très personnelle.

Les dés avaient été jetés depuis longtemps. Cette partie était la sienne, pas la mienne. De quel droit aurais-je pu la juger ? J'étais trop perturbé pour la contredire.

« Vous avez le don de m'embrouiller, lançai-je. Pourquoi m'avez-vous mis mal à l'aise, pendant le repas ? Vous saviez que je refuserais votre enseignement de guérisseuse.

— J'hésitais à te révéler mes secrets. Je souhaitais vérifier l'importance que tu leur accordais. Je voulais également confirmer un soupçon concernant le manque d'efficacité de la garde et de ton valet personnel. Visiblement, tu n'as eu aucun mal à t'échapper de ta chambre. Je veillerai à ce que cela change… »

Je plissai les yeux. Je devrais désormais redoubler de vigilance pour quitter le palais. J'avais déjà hâte de relever ce nouveau défi. Si elle croyait m'empêcher d'agir à ma guise, elle se trompait.

« Quoi qu'il en soit, vous n'aviez aucune raison de vous jouer de moi lorsque vous m'avez rejoint dans ces jardins. Je ne savais plus quoi inventer comme excuse. »

Son visage s'épanouit d'un sourire.

« Voyons, mon chéri, de qui crois-tu tenir tes aptitudes d'acteur ? La situation était si comique… Je ne t'ai jamais vu faire une telle grimace.

— La vôtre n'était pas si mauvaise quand j'ai prétexté une rencontre romantique.

— Quelle idée, aussi ! se défendit-elle en croisant les bras. Je ne permettrai pas de pareils rendez-vous, cela va de soi. Je me demande d'où tu tiens ces pensées. Tu as dû espionner les cuisines et surprendre des histoires de domestiques... »

Elle soupira.

« Nous aurons le temps d'en discuter plus amplement. Pour l'instant, je dois t'entretenir de sujets moins frivoles. »

Elle se leva et laissa son panier derrière elle. Nous nous engageâmes dans un sentier bardé de fleurs communes : capucines, primevères, soucis. Un nuage passa dans le ciel et j'éclairai notre promenade à l'aide d'un cristal d'épi de blé. Les feuilles des arbres bruissaient doucement sous la brise qui nous caressait le visage. Ma mère resserra son manteau.

« Vois-tu, les druides et leurs homologues du Cercle ruineraient mes projets s'ils apprenaient mon identité. Pour préserver le message des dieux, ils prônent le conservatisme alors que leurs maîtres se taisent depuis des siècles. Sans eux et l'acharnement dont ils font preuve à l'encontre de ma politique, j'arriverais à des résultats bien supérieurs ! Ils commettent une grave erreur en refusant la modernité. »

Je haussai les sourcils. Se promener avec la seule compagnie de l'Ensorceleuse relevait déjà du miracle, mais entendre la reine critiquer la religion du Cercle l'était encore davantage.

« Tu es suffisamment âgé pour que je te dévoile certaines *omissions* concernant tes origines, en particulier alors que tu te retrouves contre ton gré l'héritier du royaume – de cela aussi j'ai conscience. Je sais que ton grand-père a instillé le doute dans ton esprit, et à juste titre. J'ai volontairement dissimulé les détails de ta naissance qui est entourée de mystère, de culpabilité et de douleur. Je regrette d'avoir occulté des événements qui te concernent d'aussi près. »

Elle se tut un instant, la voix hésitante.

« C'était une nuit d'hiver, raconta-t-elle, la troisième de la nouvelle année. L'Astre Émeraude venait à peine d'être réveillé. On ne distinguait qu'une vague lueur verte dans l'obscurité envahissante. Tout a commencé par l'assassinat de ta grand-mère, la reine Granada. Elle était un modèle de bienveillance et de sagesse pour nous tous ; une femme bien-aimée de son peuple et de sa famille. »

Des larmes roulèrent sur ses joues.

« À cette heure tardive, je suivais un entraînement magique avec Acacia dans les sous-sols du palais. J'avais été nommée Ensorceleuse quelques semaines plus tôt et j'exerçais mes talents au combat. Le sort d'alarme de ma mère a hurlé un son strident qui m'a glacé le cœur. Je me suis précipitée jusqu'à sa chambre en m'attendant au pire. J'ai vu son corps inerte, allongé sur le lit et à côté duquel flottait son pâle fantôme, encore ébahi de sa mort brutale.

« *"Mirabella, ma fille"*, m'a-t-elle dit dans un murmure. *"Peu importe la vengeance, préserve la paix ! Si tu tues la meurtrière ou si tu la laisses s'échapper, nous perdrons l'Hexalliance. Cours sans oublier que mon décès fait de toi la nouvelle reine !"*

« J'avais du mal à admettre que le spectre qui me parlait était celui de ma mère. Elle avait été si forte, malgré sa vie si dure... Je l'avais crue immortelle et on venait de me l'arracher. Je l'admirais pour sa personnalité, sa persévérance et son courage. Jusqu'à ses dernières paroles, elle avait œuvré à la conservation de la paix.

« Je n'ai plus aucun souvenir de ma course folle à travers le palais. Le choc de cette perte soudaine avait gelé mon esprit... Poursuivais-je un régicide ou fuyais-je la vérité ? Je l'ignore encore, mais je suis finalement parvenu à rattraper l'assassin. Avec colère, j'ai reconnu le visage d'une princesse étrangère, Lamia Al'Malwib, l'héritière du Sultanat Calorique. »

Je retins un cri de stupeur. Le rêve de Tim me revint brutalement en mémoire. Mon cousin m'avait décrit cette scène.

« À vingt-quatre ans, à peine plus jeune que moi, elle avait commis un meurtre et se réjouissait de son acte... Elle voulait la guerre car elle était persuadée que le Royaume

Végétal menaçait le sien. Elle invoquait la vengeance, en souvenir du massacre de son peuple par la Reine Sanguine. Aujourd'hui encore, je pense qu'elle a été manipulée pour briser notre traité de paix.

« Lorsqu'elle s'est précipitée vers le vif-argent pour s'enfuir, j'ai hésité à lui lancer un sortilège mortel. Je savais cependant que son décès dans nos jardins serait considéré comme un acte de guerre. Comment l'arrêter sans la tuer, pour juger son crime à titre personnel et sans condamner le Sultanat dans sa globalité ? Les paroles de ma défunte mère m'ont fourni la clé de l'énigme : j'étais la nouvelle reine et je pouvais invoquer l'un des Douze Signes du Zodiaque. »

Je frissonnai à leur mention. Il s'agissait d'alexandrins aussi influents que les Quatrains. Seules les reines maîtrisaient l'invocation de certaines constellations d'étoiles, au pouvoir surhumain mais toujours à double tranchant.

« Ce meurtre me paraissait injuste et l'image de la Balance s'est imposée à moi. J'ai lancé le sortilège avec colère, sans savoir s'il pouvait la tuer. Il s'agissait du seul châtiment à la mesure du malheur qui nous avait frappés. Des éclairs de magie ont frappé la princesse étrangère… Une explosion éblouissante nous a soudain projetées en arrière et m'a assommée. Lorsque j'ai repris mes esprits, elle avait disparu et tu étais né. »

Nous étions justement arrivés au bord de la mare. Près de nous, je reconnus la femme de marbre qui portait une balance. Combien de fois étais-je passé devant elle en ignorant ce qu'elle symbolisait ? Cette statue était d'origine magique. Elle était apparue avec l'invocation, souvenir minéral de cette nuit interminable. Je compris brusquement la réaction hystérique de la sultane lorsqu'elle avait posé les yeux sur elle, quelques jours plus tôt.

Je plongeai mon regard dans le vif-argent. J'étais né ici, entouré de mort et de vengeance. Ma mère me tourna le dos et ramassa une marguerite. Elle la serra contre elle, comme pour chercher du soutien.

« Les nouveau-nés portent un médaillon d'argile autour du cou, dit-elle, représentant les totems de son père et de sa mère. Dans ton cas, il aurait dû porter le dessin d'une mirabelle sur une face, celui d'un kiwi sur l'autre… Mais elle était différente. »

Mon sang se glaça. Le sol se déroba sous mes pieds.

« Angelo, pardonne-moi, je n'ai pas eu le courage de te l'annoncer plus tôt. Nous ne sommes pas tes vrais parents. Tu es l'enfant de demi-dieux dont l'histoire a oublié jusqu'aux noms, le résultat d'un sortilège millénaire qui donne l'existence à des êtres uniques. »

Mon cœur se serra. Ses paroles me blessaient comme si elle m'avait giflé avec des anneaux d'épines autour des doigts. J'étais prince… Depuis quand la famille royale adoptait-elle des enfants ?

« C'est impossible », murmurai-je.

Ma mère hocha la tête et m'obligea à renoncer au déni. J'étais face à un gouffre qui s'ouvrait sous mes pieds. Je repensai à mon existence au sein du palais. Toute ma vie n'avait-elle été qu'un mensonge ?

« Père…, commençai-je avant de me reprendre, le roi le sait-il ? Et Mariña, Tante Prunelle, Tim ? »

Elle voulut me prendre le bras et je la repoussai.

« Non, déclara-t-elle la voix tremblante. Les reines et les princesses accouchent très tôt pour éviter les indispositions liées à la grossesse. Leurs bébés grandissent longtemps dans le vif-argent avant de refaire surface. Ta naissance soudaine n'a choqué personne, bien que tu sois né pendant les Faibles Marées. Il m'a suffi de prétendre avoir été enceinte neuf mois plus tôt. À part l'actuelle sultane, nul ne l'a jamais su. »

La mention de ce nom fit jaillir ma colère.

« Le Sultanat Calorique pourrait nous porter un coup terrible en révélant ce secret ! m'exclamai-je. Le peuple dénoncerait aussitôt mes prétentions au trône.

— Le sortilège du Zodiaque a affecté sa mémoire et l'a rendue à moitié folle. Elle n'était plus que l'ombre d'elle-même ; nous avons trouvé un terrain d'entente pour pacifier nos relations. Par ailleurs, tu as mes traits et les yeux de ton père, et souviens-toi que seuls les habitants du palais peuvent naître dans la Mare Royale. Cela fait trop de coïncidences pour rejeter ta parenté. Je ne t'ai pas mis au monde, néanmoins tu as toujours été mon fils. Tu es prince, tu es digne de régner sur notre royaume, mais tu es bien davantage : tu es né sous le signe des dieux. »

Tout était si flou… J'apprenais que ma mère ne l'était pas vraiment, que mon avenir était double, que ma vie n'était pas aussi tracée que je le pensais. Mon grand-père avait eu raison de croire en ma qualité de messager des dieux. Était-ce vraiment mon destin de devenir roi ?

« Que savez-vous des Messagers de Dohr'im ? interrogeai-je avec lassitude. Grand-père avait raison en me considérant comme l'un d'eux... »

Elle resserra son écharpe de soie.

« Dans les archives, j'ai découvert qu'il ne s'agissait pas d'un mythe : des enfants naissent bien tous les cent ans pendant les Faibles Marées. Cependant, les précédents ont tous fait preuve d'un grand pouvoir, contrairement à toi. Selon ces mémoires, les bébés étaient responsables de cataclysmes, détruisant des quartiers ou brûlant des champs entiers. Aussi invraisemblable que cela puisse paraître, ils partageaient tous cette dangereuse caractéristique.

— Qu'est-il advenu d'eux ? »

Elle s'arrêta, hésitante. Sa réponse se fit du bout des lèvres, dans un murmure inquiet.

« Ces messagers n'ont jamais dépassé l'âge de quatre ans. Incapables de contrôler leur prodigieuse magie, ils ont causé leur propre mort et celles de leurs proches. »

Je sentis mon estomac se nouer. Le souvenir de Dohr'im et de ses complices avait disparu des esprits. Avant moi, d'innombrables générations de Messagers s'étaient éteintes.

Trois semaines plus tard, je devais fêter mes quinze ans. J'étais *réellement* différent. Pourquoi n'avais-je pas explosé ?

Cette perspective ne m'enchantait évidemment pas, mais pourquoi avais-je évité l'autodestruction ?

« Comment avez-vous réussi à taire tout ceci ? Je représentais un terrible danger ! »

L'Ensorceleuse eut l'air outrée.

« Penses-tu vraiment que je pouvais t'abandonner alors que les dieux s'en remettaient à moi pour te protéger, t'élever et t'aimer ? Ils savaient que je prendrais soin de toi et que je t'aimerais. Quelle que soit ton histoire, tu es l'héritier de notre royaume. »

Je détournai le regard pour éviter de montrer mes larmes. Un sentiment de trahison me brisa le cœur.

« J'aurais voulu connaître la vérité plus tôt. Votre silence me blesse plus que vous ne le pensez. »

Je rabattis ma cape et m'éloignai à pas lents. Je n'étais plus sûr de mes pensées et je ne souhaitais qu'une seule chose : du temps pour réfléchir. Qui étais-je ? L'énigme me glaçait.

« Angelo ! Je respecte ta peine et je comprendrai ta colère. Sache cependant que je ne regrette pas ma décision. Je suis heureuse de t'avoir pour fils. »

Je me retournai brusquement vers ma mère. J'étais furieux d'avoir été trompé durant toutes ces années.

« Voyons, quelle latitude avez-vous eue dans cette histoire ? On ne vous a pas demandé votre avis. Tous les cent ans, un Messager naît quelque part dans le monde et ses parents sont les premières personnes qui le trouvent. Vous étiez là au mauvais moment, au mauvais endroit… Vous n'avez pas plus choisi que moi. »

Je m'enfonçai dans la nuit. Cette révélation emportait le reste de mon innocence. Mon avenir se balançait au-dessus d'un abîme obscur, hésitant entre les deux figures dominantes de mon histoire : une reine menteuse et un demi-dieu disparu.

TROISIÈME PARTIE

LE JUGEMENT DERNIER

Intermède

Dans les profondeurs de la terre, la harpiste égrenait les notes d'une mélodie envoûtante. Un immense sablier lévitait près d'elle. L'artefact brisé ne coulait plus, en hommage à la musique ensorcelée qui l'enveloppait.

Sa sœur s'approcha en silence. Ses souliers de coton étouffaient le bruit de ses pas. Elle observa l'instrument qui les maintenait en vie depuis une éternité. La harpe avait été creusée dans le bois d'un arbre enchanté, d'une essence rare et parfumée, et ne montrait que de modestes gravures en guise d'ornementations. Chaque note s'accompagnait d'une légère brume qui coulait le long des cordes.

Elle s'approcha du feu qui tremblotait près de la musicienne. Le brasier libérait des flammèches blanches qui éclairaient la grotte de leur faible éclat. Elle s'accroupit et déposa une statuette en quartz au cœur des cendres.

Un archer bandait son arc en direction du ciel. Aucun détail n'était laissé au hasard, depuis le dessin de sa tunique jusqu'à son léger plissement du front. Il semblait prêt à s'animer et à tirer sa flèche, comme un défi lancé à la mort et à l'oubli.

Les flammes léchèrent l'icône. Elle se liquéfia doucement dans le feu et le nourrit de son art. Un regain d'ardeur emplit les souterrains d'une lueur blafarde. Son dieu avait aimé son œuvre ; un mince réconfort, alors que le Jugement Dernier approchait et menaçait ses Messagers.

Aux frontières de sa conscience, elle sentait que leurs vieux ennemis se réveillaient. Les Esprits Sauvages ne tarderaient pas à s'envoler pour creuser la terre de leurs griffes et dévorer les âmes des imprudents, à la recherche de la magie perdue. Elle priait pour que les enfants de Dohr'im demeurent cachés à l'abri des murailles de leurs capitales.

CHAPITRE XV

Mélissa, que mon cœur saigne à ta pensée ! Pauvre goûteuse qui succombe après des années de bons et loyaux services… Grâce à toi, sans doute ai-je échappé au pire. Ce nouvel attentat me rappelle qu'aucune protection n'est de trop, même au sein du palais. La petite Mariña se souviendra de ce maudit anniversaire… Les beaux jours du printemps sont assombris par ce triste événement.

Qui donc ai-je effrayé pour susciter de telles passions ? Le peuple me prête sa confiance, un exploit après le règne de la Reine Sanguine et ses terribles massacres. Les Caloriques seraient-ils aussi vindicatifs que leurs ancêtres ? Meurtres, empoisonnements… L'histoire se répète sans fin, comme un lugubre jeu de miroirs.

Granada de los Calyptos
« Mémoires d'une Reine Bien-Aimée »

∫

Le mensonge de ma mère me révoltait. Sa révélation avait anéanti les rares certitudes que j'avais encore sur ma destinée. Ainsi, je n'étais pas un véritable prince…

J'imaginais déjà la réaction de rejet de mes cousins. Clara insultait régulièrement son demi-frère Aldo en le nommant *« le bâtardé »* pour lui rappeler qu'il était né d'une union illégitime. Aurais-je désormais droit à ce genre de sobriquet ?

J'étais en colère contre mon Ensorceleuse de mère. Ses cachotteries m'exposaient au jugement implacable des autres.

Adopté. Par ce simple mot, je perdais mon statut de prince et la garantie d'un avenir en tant qu'héritier. Le mariage de ma sœur l'avait écartée du trône, mais je n'avais aucune raison de la remplacer. Je n'étais qu'un être étrange,

223

l'enfant d'un demi-dieu haï et méprisé. Ma mère avait dissimulé la vérité : j'étais un imposteur. Je n'appartenais pas à ce monde.

Cette trahison emprisonnait mon esprit dans un filet aux mailles serrées. Elle aspirait mes forces et me forçait à me renfermer sur moi-même. L'Île Brumeuse et les faubourgs de la citadelle ne m'offraient plus aucun réconfort. Mes épaules étaient crispées et douloureuses sous l'influence d'une colère qui ne diminuait pas. Mes amis Elliw et Rébus s'inquiétaient, mais j'étais incapable de m'ouvrir à eux.

Je m'isolais dans ma souffrance alors que de graves incidents avaient lieu à nos frontières. Dans un village proche d'Al-Hamra, la capitale du Sultanat Calorique, une émeute avait pris pour cibles des marchands de talismans du Royaume Végétal. Les hommes avaient été lynchés par la foule furieuse, en plein jour et sans motif apparent. La guilde avait répliqué en rappelant l'ensemble de ses membres dans notre pays.

Nos voisins étaient désormais privés des cristaux qui permettaient de conserver les aliments du bétail. Sans eux, la paille perdait ses vertus nutritives et moisissait rapidement, tout comme la bouillie d'insectes dont se nourrissaient les salamandres de feu.

La pénurie avait provoqué une flambée des prix que les éleveurs ne pouvaient pas assumer. Le sultan Karid Al'Malwib avait fait appel aux contrats qui nous imposaient de fournir ces denrées vitales, en condamnant à peine un acte malveillant soi-disant isolé. Sa maladresse n'avait pas calmé ces tensions politiques, bien au contraire !

Les conséquences de cet incident hantaient tous les esprits. Les aristocrates se renfermaient dans leur morosité tant ces frictions devenaient récurrentes. Les musiciens de la salle des banquets peinaient à détendre l'ambiance. Les yeux tournés vers l'entrée, beaucoup s'attendaient à voir un héraut annoncer de nouvelles hostilités ou une déclaration de guerre.

J'étais moi-même trop accaparé par des questions sans réponses pour me soucier de ces événements. La colère laissait peu à peu la place à un sentiment de perte. La dépression menaçait de prendre le dessus. Je côtoyais servantes, nobles et mages tout en ignorant ma véritable part d'humanité. À chaque révérence qui m'était adressée, je tressaillais du mensonge que j'entretenais.

Seule la cérémonie mortuaire de mon grand-père me sortit de ma torpeur.

L'Ancien Roi avait commencé son voyage vers le Mausolée Blanc. À en croire les rumeurs, son fantôme flottait encore au-dessus de la route pavée qui reliait la citadelle à la Mer des Paillettes. Nombreux étaient ceux qui venaient le saluer sur le chemin et discuter un moment de sa politique passée, de problématiques actuelles ou tout simplement de la vie quotidienne d'un roi... Il ne devait sûrement pas traverser la porte de l'au-delà avant la fin de l'année.

Le rituel eut lieu avec toute ma famille, près de la mare de vif-argent. J'étais debout aux côtés de Mariña et face à mes cousins. Je fixais le sol à mes pieds, incapable d'affronter leur regard.

Quatre sorciers en toge noire s'approchèrent. Ils portaient une planche de cèdre sur laquelle reposait le corps inerte de l'Ancien Roi. Pendant presque deux semaines, des sortilèges l'avaient préservé de l'altération du temps.

Cette vision chassa les démons qui me tourmentaient. Mon grand-père gisait dans ses plus beaux atours, en soie verte et fils d'or. Une couronne de chrysanthèmes ceignait son front. Malgré ses yeux fermés, son visage irradiait la majesté. Une cordelette de lin entourait son cou et soutenait son Talisman Totem : un ananas de la taille d'un poing, en or, argent et opaline orangée. Il étincelait de mille feux. Le djinn qu'il contenait en était prisonnier ; il devait désormais être libéré pour rejoindre mon grand-père sur la route de l'au-delà.

Un chœur de jeunes druidesses entonna un chant d'adieu pour célébrer son existence. Les souvenirs de nos rencontres s'imposèrent à moi : des parties d'échecs ponctuées de paroles de sagesse, des biscuits sucrés, des moments privilégiés où ses rires peu fréquents me remplissaient de bonheur...

Les mages abaissèrent la planche dans la mare de vif-argent. Elle y flotta doucement tandis que s'élevait une brume blanche parsemée d'éclairs. Sans m'en rendre compte, je me mis à pleurer.

À la fin du chant, la marée survint dans un grondement plaintif. Un tourbillon apparut en soulevant des vagues irisées de lumière émeraude, en hommage à l'homme qui avait régné sur notre royaume. Je lui jetai un ultime regard plein de tendresse. Les rivières souterraines l'emportèrent loin de nous.

Quelques minutes plus tard, un objet jaillit du liquide argenté et s'échoua sur la berge : son Talisman Totem était remonté des profondeurs. Le joyau s'était terni. Mon père s'avança et le recueillit avec précaution.

« L'Esprit a rejoint le Corps », déclara-t-il d'une voix forte.

Il confia la relique à ma mère, qui la souleva dans les airs. Nous nous inclinâmes tous à la mémoire de mon grand-père. De lui, nous ne possédions plus que ce précieux bijou privé de vie.

Nous suivîmes la reine jusqu'au Patio du Recueillement, à l'ouest, en une silencieuse procession. Des cyprès entouraient un bosquet de buissons-ardents rendus éternels par la magie de l'Astre Émeraude et sur lesquels pendaient les Talismans Totem des défunts monarques de notre royaume. Les plus anciens disparaissaient dans les branchages à mesure que le temps s'écoulait et que les arbustes s'épaississaient.

Avec tendresse, ma mère accrocha l'ananas métallique près d'un joyau regorgeant de rubis et de la forme d'une grenade.

« Reposez en paix », murmura-t-elle les yeux humides.

Nous effleurâmes tour à tour le symbole de la royauté. Je ressentais une écrasante humilité face aux dizaines de joyaux. Aurais-je un jour le droit de les rejoindre ?

Les buissons-ardents parlaient parfois aux vivants, mais ils ne me répondirent pas.

$$\int$$

De manière paradoxale, je ressortis de cette épreuve avec une nouvelle force. Ma colère fut soufflée comme la mèche d'une bougie. J'acceptais la triste vérité : je n'étais pas prince par le sang mais par le choix d'une magicienne. J'évitais cependant de croiser ma mère dans les couloirs du palais.

Mes origines mystérieuses ne m'empêchaient pas de prendre ma vie en main comme mes ancêtres l'avaient fait avant moi. Le jour viendrait où mon comportement devrait adopter le masque de la royauté et ses lourds protocoles… J'étais le seul en mesure de définir quand. Je refusais de donner gain de cause à ma mère en me pliant à ses innombrables corvées. Le temps de la soumission et de l'obéissance aveugle était révolu.

Je me libérai de mes cours pour explorer la bibliothèque du palais, à la recherche des archives qui mentionnaient Dohr'im ou ses Messagers. J'étais avide de la moindre bribe de connaissance. J'étais animé d'une fièvre puissante, d'un besoin irrépressible de découvrir la vérité sur les secrets de mon existence. Une magie inconnue avait présidé à ma naissance. Je brûlais d'envie de décrypter son rôle dans mon destin pour comprendre la nature des chaînes attachées à mes pieds.

Les pages étaient poussiéreuses, parfois illisibles. Je dus faire appel aux astuces des bibliothécaires, ravis de se rendre utiles. Leur doyen avait un teint de lait caillé et des yeux aussi perçants qu'un lynx des montagnes. Il m'aida à dénicher des ouvrages cachés au milieu des rayonnages et à la couverture parcheminée.

L'homme de lettres m'apprit un sortilège pour déchiffrer les runes vieilles de plusieurs siècles, à en croire les inscriptions dessinées à l'encre sur les manuscrits. Il suffisait pour cela de susurrer « ROSEAU », en plaçant son index devant sa bouche et en songeant *aux gardiens implacables des anciens marécages.*

Les principales références à Dohr'im se trouvaient dans des textes religieux qui confirmaient les légendes des druides. Mon prétendu créateur était l'enfant d'un viol, le fils de Morim, dieu du mensonge, et d'une simple paysanne. Un demi-dieu colérique et vindicatif... La chute du panthéon avait été marquée par sa trahison, lorsque ses complices l'avaient aidé à voler les clés du paradis pour enfermer ses aïeux au-delà du monde visible.

Les auteurs étaient toujours des prêtres de la religion du Cercle. Je m'efforçais de sauter la lecture des sermons et des conclusions moralisatrices de leurs écrits. Leur propos était cependant unanime : Dohr'im était une abomination, un être de vice et digne de mépris. Je finis par renoncer à chercher une image plus glorieuse.

Je ne trouvai aucune preuve de l'existence de ses Messagers. Les archives mentionnées par ma mère avaient disparu de la bibliothèque. Une simple annotation avait été faite en marge d'un document pour indiquer que la magie de Dohr'im n'avait pas été éradiquée : son *« influence néfaste continuait à agir en secret, par le biais d'une secte de fanatiques »*. J'étais persuadé qu'elle faisait référence aux dangereuses Filles de la Lune.

Ces recherches dans la bibliothèque du palais ne m'avaient pas aidé à lutter contre ma dépression. Au contraire, j'avais eu la confirmation d'être le rejeton d'une divinité hautement méprisable... Je devais me raccrocher à l'idée d'être prince héritier d'un fabuleux royaume, car la magie de ma naissance ne m'apportait qu'un sentiment de honte et de déception.

La nuit était tombée. Les fenêtres laissaient entrer le rayonnement vert de l'Astre Émeraude. Sa forte luminosité était angoissante, car elle rappelait l'approche du Jugement Dernier. L'explosion rituelle de l'Astre s'accompagnait de tempêtes magiques dont les bourrasques causaient la cristallisation des végétaux et des êtres vivants. Les promeneurs imprudents risquaient de se trouver transformés en gigantesques talismans…

Certaines particules ensorcelées s'élevaient dans les hautes couches de l'atmosphère. Elles pouvaient y rester des semaines, voire des mois entiers. Au cours de l'année, des orages ou des épisodes de grêle pouvaient drainer cette magie diluée et reproduire ce phénomène spectaculaire. Cette menace permanente alimentait les contes destinés à effrayer les enfants indisciplinés.

Je baissai les bras et fis mes adieux aux bibliothécaires. Le mystère des Messagers de Dohr'im était bien caché. Il était temps de profiter de l'heure tardive pour descendre dans la ville basse et retrouver Rébus. Je rêvais d'une tasse de Nectar'Miel.

Mon ami m'avait soutenu pendant ces deux terribles semaines, sans comprendre l'origine de ma colère puis de ma dépression. Il avait rivalisé d'imagination pour trouver des sujets de conversation plus légers et essayer de me détendre. Sa compagnie avait été précieuse. Je le soupçonnais même de m'avoir laissé gagner aux cartes pour me dérider un peu.

Je regrettais de lui taire mes secrets : mon statut de prince, ma mère Ensorceleuse, la magie d'un demi-dieu disparu… Je protégeais mon anonymat depuis de trop longues années. Cette double vie m'avait offert une échappatoire à la prison du palais ainsi qu'un ami merveilleux. Pourtant, je ressentais le besoin de lui dévoiler la vérité et d'en finir avec tous ces mensonges. Je devais inclure l'honnêteté et la confiance à notre relation.

Empreint d'une soudaine résolution, je regagnai ma chambre en courant dans l'escalier. Je claquai la porte au nez de Navio, imperturbable dans son rôle de gardien modèle.

Je récupérai une bague que j'avais reçue pour mes quatorze ans : un anneau constitué de trois fines torsades d'argent et d'éclats d'émeraude qui dessinaient deux feuilles d'eucalyptus croisées. À ma demande, ma mère avait commandé aux poètes des formules pour la rendre phosphorescente, clignotante ou invisible... J'utilisai la troisième en me jurant de ne pas l'égarer. Je murmurai « LUNE », en pliant les doigts et en imaginant *un fantôme timide, caché derrière un masque de nuages*. La bague disparut.

Un cristal de noisette autour de mon cou, je m'élançai dans les airs. J'avais l'habitude de cet envol libérateur, mais la force du vent calma vite mes ardeurs. Les bourrasques me surprirent et me projetèrent contre les murs de la tour. À cette hauteur, être livré aux éléments restait dangereux. Mon atterrissage se réduisit à une roulade désespérée dans le gravier en évitant de justesse les branches noueuses des oliviers.

Les sifflements de la tempête couvrirent le bruit de ma chute. Sain et sauf, je me massai la nuque et époussetai un peu ma toge. J'étouffais un juron en constatant que ma tenue s'était déchirée.

Je n'eus aucune difficulté à franchir l'enceinte et à traverser la ville endormie sous la lumière brillante de l'Astre Émeraude. Je l'avais rarement vu aussi gros, débordant d'énergie et de pouvoir. L'année se terminait quatre jours plus tard. La libération brutale de cette puissance sauvage aurait de graves conséquences écologiques.

L'année précédente, la vallée d'Yères avait été ravagée. Des filons d'obsidienne noire avaient heureusement été découverts pendant les travaux de reconstruction ; les bénéfices liés à leur exploitation avaient compensé les pertes. Au détour d'un couloir du palais, j'avais surpris un domestique qui affirmait que l'odieuse duchesse Louisa avait attiré les foudres du ciel...

Je gagnai rapidement le port. Des habitations temporaires avaient été construites dans des entrepôts désaffectés. Elles accueillaient les citoyens qui se réfugiaient dans la capitale pour échapper au Jugement Dernier. Les quatre jours restants étaient à peine suffisants pour résoudre les problèmes de logistique et d'hébergement. Toute la ville était en émoi en attendant que la justice céleste s'abatte sur le monde.

« Tu te fais désirer, s'exclama Rébus en sortant de chez lui. Un peu plus et je m'endormais.

— Moi aussi, je suis content de te voir. »

Il m'entraîna sur les quais. Nous marchâmes le long du fleuve, encore gros de la pluie de la veille. Sur le chemin, il me confia les difficultés qui astreignaient son père, marchand de talismans dans le Sultanat Calorique. À cause de l'émeute qui avait eu lieu dans la capitale voisine, ses affaires avaient cessé de façon brutale.

Ses parents étaient immigrés. Ils venaient du lointain Royaume Minéral, où Rébus rêvait de se rendre pour rencontrer le reste de sa famille. Les récits de son père lui donnaient des envies de voyages, mais il n'avait jamais eu suffisamment d'argent ou de volonté pour en réaliser. En dehors de l'Île Brumeuse, mon ami ne connaissait pas le monde.

« Cela va bientôt changer, dit-il sans cacher son enthousiasme. Lex m'a promis de me présenter à la guilde des vif-passeurs, une fois que j'aurai rencontré mon djinn totem. Tu imagines ! Dans quelques semaines, je pourrai voyager où bon me semble, gratuitement !

— Je pensais que ce sortilège était un secret qui ne se transmettait que de père en fils, ou quelque chose du genre…

— La preuve que non. Je devrai simplement prêter serment à leur guilde pour ne pas divulguer la formule et rester loyal. Je serai apprenti pendant quelques années, le temps de découvrir les astuces du réseau. Je pourrai ensuite m'installer à mon compte dans n'importe quelle ville ! »

La promesse d'un avenir le comblait de joie. Je le laissai m'expliquer tous les avantages de sa prochaine situation. Sa motivation atteignait des sommets. Était-ce un nouveau projet utopique qu'il abandonnerait à la première difficulté venue ? Il avait toujours des idées extravagantes, mais il les menait rarement à terme.

Je n'étais pas non plus rassuré d'apprendre qu'il s'apprêtait à suivre les conseils du bras droit de son frère. Lex avait le cœur d'un assassin, pas d'un simple passeur. Je m'étonnais de voir Rébus lui faire confiance à ce point.

Les examens du Suprême devaient avoir lieu deux semaines plus tard. Ces épreuves angoissaient mon ami et le rendaient nerveux. L'approche du cataclysme magique et l'éventualité d'une guerre avec le Sultanat Calorique n'arrangeaient rien à la situation. La tension montait dans le quartier du port et Rébus échouait à s'en affranchir.

La milice patrouillait dans les rues. Nous rencontrâmes des mages qui contrôlaient l'identité des résidents pour éviter que des clandestins s'installent en avance dans les habitations construites par la couronne. Les portes de la cité ne s'ouvraient complètement que le jour du Jugement Dernier. En attendant, la plupart des réfugiés climatiques campaient à l'extérieur des remparts et les gardes maintenaient l'ordre dans la capitale.

Dès que nous croisions la route des miliciens, je me détournais et j'entraînais Rébus avec moi, sans mot dire. Je ne voulais pas être reconnu par des sorciers trop zélés. Depuis notre dernier rendez-vous, mon Ensorceleuse de mère avait sans doute promis une forte récompense à quiconque empêcherait mes sorties nocturnes. Ses sbires seraient ravis de me ramener pieds et poings liés au palais...

Mon ami finit par remarquer mon manège. Il s'en étonna ouvertement, avec un certain malaise. Je renonçai à inventer un nouveau mensonge éhonté. L'heure était arrivée de lui dire la vérité. Le temps sembla s'arrêter autour de nous.

« Je te dois quelques explications, soupirai-je. Promets-moi de ne pas te vexer...

— Tu m'inquiètes avec ton air sinistre. Je ne t'ai jamais vu comme ça. »

Mes mains tremblaient et ma gorge était nouée. Mon cœur battait à tout rompre.

« En vérité, tu ne connais pas mon vrai visage. »

Lentement, je mis ma main sur le pendentif enchanté que je portais au cou. Je l'arrachai d'un geste sec pour rompre le charme de camouflage. Rébus eut un mouvement de recul en me voyant changer d'apparence, sans pour autant me reconnaître.

« Je veux être honnête avec toi, continuai-je. Je t'ai dissimulé mon identité par simple nécessité… J'espère que tu accepteras mes excuses. Je suis Angelo de los Calyptos, le prince héritier. »

Rébus resta bouche bée, avant d'éclater de rire. Je m'attendais à tout, sauf à ça.

« Tu m'as eu, convint-il en s'essuyant les yeux. J'ai vraiment cru que tu étais sérieux pour une fois !

— Ce n'est pas une plaisanterie. Ce bijou en est la preuve. »

Je lui montrai mon index où se trouvait la bague invisible. Il fixa le doigt nu et s'esclaffa à nouveau. Rébus se plia en deux en se tenant le ventre.

Énervé par ma stupidité, j'arrachai l'anneau et lui rendis son apparence normale. Subitement silencieux, il prit le joyau dans sa main et l'observa d'un air abasourdi. Les deux feuilles d'eucalyptus formaient la marque royale. Toute trace d'hilarité disparut aussi soudainement qu'elle était arrivée.

« C'est une blague ? dit-il d'un ton sec. Dis-moi que tu l'as volé. »

Mon cœur se serra et je le fixai avec peine.

« DIS-MOI QUE TU L'AS VOLÉ !

— Je ne veux plus te mentir, déclarai-je avec émotion. Je n'ai pas choisi d'être prince. Je ne voulais pas que mon statut se dresse entre nous ; cette mascarade était malheureusement nécessaire. Ce n'est rien d'important, notre relation n'en sera pas affectée, je te le jure.

— Tu ne peux pas en décider tout seul ! »

Il cracha par terre.

« Pendant des années, j'étais fier de tes confidences. Aucune de tes histoires n'était vraie, n'est-ce pas ? Tu es un menteur ! Crois-tu me faire une faveur en m'accordant ton amitié, moi, le pauvre garçon du port ? Je n'ai pas besoin de toi ! »

Il me bouscula et me fit tomber à la renverse. Impuissant, je le vis disparaître dans le dédale des rues.

Rébus me reniait. Une profonde tristesse s'empara de moi. Avec lui, toute une partie de ma vie s'échappait. Le temps l'aiderait-il à me pardonner ? J'espérais le convaincre que je partageais la personnalité d'Allegro, mon double fictif qu'il avait choisi pour confident.

Quatre jours plus tard, la nouvelle année marquerait la fin de mon adolescence. Je passerais le Suprême et je m'investirais dans mes responsabilités d'héritier de la couronne. Si Rébus refusait de me revoir, ma vie serait bien triste…

Je rentrai au palais le cœur lourd. Je fermai la fenêtre et m'allongeai sur mon lit.

Mes pensées s'envolèrent vers Amira Al'Malwib, la belle Princesse Noire qui avait vécu dans l'isolement pendant toute son enfance. Je craignais de découvrir à mon tour les affres de la solitude.

Les rumeurs racontaient qu'elle voyageait dans la capitale du Royaume Aquatique, Guazu. Avait-elle vu ses cascades vertigineuses qui se jetaient dans l'océan ? Se promener sur leurs abords devait être une expérience inoubliable, de même que traverser le fleuve sur ses célèbres passerelles en bois…

J'imaginai les bancs de poissons sous la surface de l'eau, les singes et les oiseaux dans les branches des arbres, les barques des pêcheurs qui tiraient leurs lignes…

Je finis par m'endormir. Ou du moins le croyais-je au début.

CHAPITRE XVI

Encore des secrets qui me tiennent en haleine, alors que la chaleur de l'été est au plus fort… Depuis l'empoisonnement qui a coûté la vie à Mélissa, je déambule dans un labyrinthe de méfiance et de paranoïa.

Mes soupçons se sont portés sur un beau vif-passeur qui rôde dans mes jardins et séduit mes servantes. Quelle fut ma surprise en ordonnant une enquête sur ce jeune homme ! Mes espions m'ont garanti son innocence, mais leur incursion les a menés jusqu'aux portes d'Edelstener. Mes hommes ont découvert le pot aux roses : le quartier général des vif-passeurs, à l'intérieur du palais !

La loyauté des vif-passeurs est acquise au Royaume Minéral, ce qu'ils se gardaient bien de révéler. Nous négligeons toujours ce minuscule pays dans les négociations internationales alors que ses citoyens n'habitent pas tous dans des montagnes glacées… Ils sont déjà parmi nous. Comme des araignées de l'ombre, ils tissent une toile d'influence au sein même de notre société.

Granada de los Calyptos
« Mémoires d'une Reine Bien-Aimée »

Une épine s'enfonça sous ma peau et une goutte de sang perla sur mon doigt. Je retirai ma main des buissons piquants. Dans mon rêve, un épais brouillard dissimulait le Mausolée Blanc qui dominait la colline. Les rayons de la lune n'arrivaient pas à traverser ces voiles blanchâtres, figés dans un silence de tombeau.

Un cercle d'eau sombre protégeait le monticule rocheux. Inconsciemment, je savais que seuls les fantômes pouvaient franchir cette frontière liquide. Lentement, je tentai ma chance et m'en approchai. Je me mouillai jusqu'au nombril. Un cri retentit soudain.

« *Prince Angelo !* »

Cette voix m'appelait, comme toujours. Cette fois, pourtant, je la reconnus et j'eus l'étrange sentiment de me réveiller au sein de mon cauchemar. La Princesse Noire accourut à ma rencontre et s'agenouilla au bord de la rivière. Ses habits avaient la couleur des flammes. Ils la paraient d'une aura troublante, hypnotique.

« Revenez ! »

Des tourbillons se formaient autour de moi. S'agissait-il vraiment d'un rêve ? Le froid de l'eau était une sensation trop réelle pour appartenir à un simple songe. Je rebroussai chemin et me hissai sur la berge où Amira Al'Malwib m'attendait. Son visage d'ébène était d'une pureté surnaturelle. Un bandeau avait dissimulé ses yeux malades pendant de longues années ; à présent, ses iris dorés me dévisageaient avec une intensité déroutante.

« J'attends ce moment depuis si longtemps, murmura-t-elle. Je poursuis votre ombre depuis des années ! Mon handicap m'empêchait de voir vos traits. J'ignorais que vous étiez un prince tout à fait réel... Vous étiez pour moi un garçon insaisissable et sans identité, le fantasme d'une enfant privée de lumière.

— Je regrette de ne pas vous avoir rendu visite, avouai-je en baissant la tête. J'aurais reconnu votre voix et ce cauchemar se serait terminé plus tôt. »

Elle tendit un doigt pour relever mon menton. À son contact, un frisson me traversa.

« La culpabilité ne changera pas le passé, affirma-t-elle. Nous devons songer à l'avenir. N'était-ce pas le sens de votre remarque, le soir du mariage ? Je vous ai reconnu et cela a changé ma perception des événements qui ont bouleversé ma vie. Les dieux m'ont rendu la vue alors que j'étais sur le point de mourir. La seule énigme qui demeure est la suivante : que faisiez-vous cette nuit-là, dans mon palais ? »

Je lui racontai ma version des faits avec honnêteté. J'avais été induit en erreur par Robulus et son gang, par crainte qu'ils menacent ma propre famille. J'avais été piégé en leur compagnie sans me douter de leurs buts réels. La jeune fille avait fait les frais de ma naïveté...

Mon escapade avait laissé des traces de magie végétale dans la cité d'Al-Hamra. Robulus m'avait volontairement incité à utiliser mes sortilèges pour investir le palais. Si la Princesse Noire avait vraiment été assassinée cette nuit, mon royaume aurait été accusé de meurtre. La guerre aurait été déclarée entre nos deux peuples.

« Nos gardes ont identifié ces traces, me confirma la jeune fille. Nous suspections le Royaume Végétal d'avoir comploté contre ma vie. Nous craignions ainsi d'assister au mariage de votre sœur, où nous risquions de subir des agressions déguisées en accidents.

— Ce meurtre n'était pas commandité par ma maison.

— En êtes-vous sûr ? Ces assassins n'ont pas agi de leur propre chef ; ils avaient reçu des ordres.

— Mes parents ne s'abaisseraient pas à de telles extrémités. »

Amira soupira.

« Le spectre de la guerre se rapproche. Nous devons oublier nos désaccords. Un nouveau conflit ne ferait pas de gagnants, seulement des victimes.

— Nous pouvons l'empêcher ! », jurai-je en lui prenant la main.

Un frisson nous parcourut. Tout avait commencé ainsi... Pourtant, rien ne se produisit et je m'écartai. Je regrettais mon geste trop familier. Amira était une princesse qui savait se montrer intimidante et cinglante.

« Que s'est-il passé, la nuit du miracle ? s'étonna-t-elle. La vie s'échappait de mon corps, puis vous m'avez pris la main et je me suis sentie... *vivante*. La magie s'est déversée en moi alors que je n'avais jamais pu lancer le moindre sortilège. Quand j'ai ouvert les yeux, vous vous étiez volatilisé. J'ai cru avoir imaginé cette rencontre. »

Je me souvins que nous étions tous deux blessés.

« En prenant votre main, murmurai-je, j'ai involontairement mêlé mon sang au vôtre. La magie qu'il contient a réagi de façon imprévue. Sa force brute s'est passée de formules. »

J'ignorais le secret de cette guérison miraculeuse. Maintenant qu'Amira avait retrouvé la vue, elle pouvait visualiser les couleurs d'un poème et lancer des sortilèges. Je préférais éviter de m'ouvrir les veines pour reproduire notre petite expérience... D'un commun accord, nous produisîmes une étincelle de lumière pour essayer de les mélanger. Elles se rencontrèrent, sans effet.

Je n'osais pas suggérer à la jeune fille de se mutiler volontairement. Si le sang était la clé du mystère, nous n'avions toutefois pas d'alternative. La Princesse Noire avait conscience de ma réserve.

« Nous devons essayer, m'assura-t-elle, même si ce n'est pas *politiquement correct.* »

C'était même complètement fou. Elle ramassa un caillou et traça une ligne rouge sur sa paume, sans sourciller. Je grimaçai avant de l'imiter, avec un gémissement que je ne parvins pas à étouffer. Force était de constater qu'elle avait moins d'appréhension que moi. Je craignais la douleur, contrairement à elle.

Je lui tendis ma main blessée. Le sang coulait sur ma peau, dans une chaleur humide. Lorsqu'Amira referma ses doigts sur les miens, mon cœur s'arrêta et le monde explosa.

Un déferlement de puissance jaillit entre nous et je ne pus retenir un cri. Je ne réussis pas à retirer ma main, tétanisée par le choc. Une force surhumaine compressait nos corps et empêchait nos doigts crispés de se démêler.

Des nuages de magie se condensèrent et nous enveloppèrent dans un tourbillon éblouissant. L'espace d'un instant, je vis que nous quittions la terre ferme : nous étions soudain suspendus dans l'air, au cœur d'un orage grésillant. Des éclairs blancs s'échappèrent et creusèrent des tranchées dans le sol. Une odeur de brûlé emplit mes narines.

Nous étions prisonniers d'une sphère d'énergie, indomptable et enragée. Elle s'abattait tout autour de nous sans que nous puissions la contrôler. Nous étions les témoins impuissants d'une tempête de magie.

Des flots d'images se déversèrent dans mon esprit. J'étais une petite fille qui brisait un vase et s'écorchait les pieds sur les éclats de céramiques, car elle était aveugle et ne les voyait pas. J'étais brusquement adolescente, en train de me noyer dans une mare de vif-argent : de quel côté était la berge ?

Les souvenirs d'Amira continuèrent à affluer en moi, jusqu'à ce que la pression diminue aussi soudainement qu'elle était arrivée. La magie s'éteignit et je m'effondrai au sol. Je haletai bruyamment. J'aurais juré que tous mes os s'étaient brisés.

Autour de nous, tout était dévasté. Nous étions au milieu d'un cratère menaçant : des cercles concentriques s'éloignaient comme des vagues de terre et de roche. Les arbres gisaient, déracinés, dans un chaos sinistre. Tout n'était que mort et désolation. D'un mouvement commun, nous nous tournâmes vers la colline mystique du Mausolée Blanc. Le brouillard s'était dissipé et dévoilait un spectacle stupéfiant.

Les légendes louaient la beauté délicieuse d'un édifice créé par les dieux ; il ne restait plus que des blocs de marbre dispersés aux quatre vents et en piteux état. Au pied de la butte qui avait soutenu le sanctuaire, la rivière circulaire s'était évaporée et tarie, laissant un long ruban de cailloux pour seul souvenir. Qu'avions-nous fait ?

« Heureusement, ce n'est qu'un rêve, murmurai-je. Quel cataclysme ! Promettez-moi de ne plus jamais mélanger notre sang. »

Amira n'était pas de cet avis.

« Vous êtes effrayé, et vous avez tort. Cette magie m'a guérie d'un handicap incurable. Nous devons apprendre à la contrôler. Quels miracles pourrions-nous encore provoquer ? »

Je m'attardai sur ses iris piquetés d'étoiles. Elle avait vécu toute sa vie sans magie, ce qui expliquait son ignorance sur le danger de ses excès.

« Vous négligez son impact sur les Astres, rétorquai-je. Cette débauche d'énergie provoquerait leur grossissement démesuré. Les marées seraient plus brutales, les climats deviendraient fous… Notre environnement serait irrémédiablement modifié. Je doute que cela soit pour le mieux. Regardez autour de vous : ce n'est qu'une vision, mais admirez notre œuvre de terreur et de destruction ! »

Je me détournai avec amertume. Je haïssais ces mystères dont j'étais la victime.

« Vous êtes d'un pessimisme déroutant, me dit-elle doucement. Mon handicap m'a offert deux qualités : la patience et l'espoir. »

Je soupirai et déplorai les ruines du temple. D'où venait notre pouvoir ? En étions-nous dignes ? Amira me prit le bras. Son contact me fit frissonner ; de peur cette fois. Elle ne s'écarta pas pour autant.

La princesse m'invita à explorer ce cauchemar qui nous hantait depuis toujours, pour lever le voile sur cette première énigme. Elle était persuadée que la clé se trouvait dans le Mausolée Blanc. Ce monument légendaire était protégé de toute intrusion, hormis celle des fantômes.

« Un ami poète raconte qu'il dissimule la porte de l'au-delà, murmura-t-elle. Allons percer son secret ! »

La Princesse Noire raffermit sa prise sur moi. Ensemble, nous traversâmes la rivière asséchée en zigzaguant à travers les galets glissants de vase et de boue. Nous entreprîmes bientôt l'ascension de la colline. Des buissons-ardents avaient pris possession de ses flancs, formant un tissu de verdure et de baies rouges. Ils cohabitaient avec une bruyère basse et épineuse qui s'accrochait à nos vêtements et nous ralentissait.

242

Au sommet, des blocs de marbre témoignaient de l'existence du bâtiment sacré. La nature reprenait déjà ses droits, comme si le temps suivait un autre cours. Des arbustes poussaient sur la roche et de la mousse verdâtre grimpait sur les colonnes brisées. Ne venions-nous pourtant pas de les détruire ?

Un rêve… Je me répétais inlassablement qu'il ne s'agissait que d'une illusion. Mon esprit refusait d'admettre ce qui se déroulait depuis ma rencontre avec la Princesse Noire. Malgré tout, l'humidité me glaçait la peau, comme si je me trouvais vraiment sur une colline, au beau milieu de la nuit, en compagnie d'une jeune fille à qui les dieux avaient rendu la vue.

Six statues de bronze se dressaient sur les vestiges du Mausolée. Dans une parité parfaite, des hommes et des femmes formaient un cercle et tendaient leurs bras vers le ciel. Au centre, un arbre irradiait d'une intense lumière blanche et éclairait leurs visages métalliques. Nous nous approchions pour les détailler, quand une voix retentit et nous fit sursauter.

« Bienvenue, Messager ! »

L'écho puissant nous glaça les sangs. Nous restâmes immobiles et inquiets.

La brume environnante s'éleva et se condensa devant l'arbre de lumière. Trois silhouettes féminines apparurent, comme des fantômes de vapeur qui reprenaient vie et couleurs. Elles portaient des vêtements d'un autre temps, des robes de bal dont la traîne paraissait infinie. Elles s'animèrent alors que le ciel se dégageait et laissait entrevoir un croissant de lune.

« Nous sommes les Oracles de Dohr'im, annonça celle du centre, Uranie, Trimène et moi-même, Polymnie. Je parlerai au nom de notre peuple qui se meurt. Notre époque est plus ancienne que la tienne : nous appartenons à ton passé. Ce rêve nous permet de te laisser un message par-delà les âges. »

Amira et moi nous jetâmes un regard stupéfait. Ses doigts cherchèrent les miens et se crispèrent, malgré le visage doux et ouvert de notre interlocuteur. La femme de brume avait de longs cheveux bruns et une couronne de perles étincelantes. Elle tenait un luth de sa main gauche et égrenait des notes que nous n'entendions pas.

« Les hommes ont trahi notre dieu à l'aide d'un sortilège d'Impureté, reprit-elle d'un air peiné. *Son pouvoir se délite et sans doute a-t-il disparu depuis longtemps, à l'heure où tu nous écoutes. Nous t'avons enchanté pour rendre sa splendeur à cette magie perdue. Essentielle, elle est l'équilibre même de ce monde. En tant qu'Oracles, nous avons puisé dans les dernières bribes de sa puissance pour t'offrir une force incroyable et dangereuse. Si tu es parvenu jusqu'ici, cela signifie que tu l'as découverte. »*

Son tutoiement me surprenait. Avec Amira, nous étions deux… Lorsque ces femmes avaient préparé leur discours, ne s'attendaient-elles pas à ce que plusieurs enfants pussent un jour entendre leur appel ? L'histoire de Dohr'im était par ailleurs différente de celles des prêtres. N'était-ce pas un demi-dieu qui avait trahi les hommes, et non l'inverse ?

« Seuls les dieux s'occupent des naissances. Tu es un blasphème et nous en paierons le prix fort… Nous avons agi dans l'ignorance. Personne n'a jamais réalisé un tel prodige et nous ignorons les conséquences de notre ultime expérience. Chaque siècle, un enfant naîtra avec le Souffle des Dieux, le dernier souvenir d'une magie perdue. Avec l'aide des Filles de la Lune, ce don sera plus puissant à chaque génération de Messagers. Elles veilleront sur toi, car tu es l'un de ces élus. »

J'eus un sourire amer. Les Filles de la Lune avaient commandité mon assassinat, de cela au moins j'étais sûr. Curieux comportement de la part des bonnes fées qui m'étaient allouées…

Polymnie fit un pas en arrière. À sa droite, la deuxième femme s'anima. Trimène avait une longue chevelure blonde et portait une couronne végétale de baies colorées. Elle était assise devant un chevalet et posa son pinceau avant de se tourner vers nous.

244

« *Tu dois agir avant que les Esprits Sauvages retrouvent leur puissance*, expliqua-t-elle d'un ton douloureux. *Ces créatures existaient à l'aube des temps. Lorsque les dieux découvrirent ce monde, ils y insufflèrent leur magie et le peuplèrent d'humains à leur image. Mécontents et meurtriers, les monstres se heurtèrent à leurs pouvoirs supérieurs et furent anéantis. Leurs os furent à jamais enfouis dans les profondeurs de la terre.*

« *Hélas, leur âme pervertie influençait les imprudents qui se risquaient à creuser dans ces fosses maudites. C'est ainsi que l'Impureté apparut, l'ennemie mortelle de la magie. Poussés par le vice et le mensonge, les Impurs réussirent à blesser notre bien-aimé Dohr'im...*

« *La disparition de notre maître a fermé les portes des cieux. Les Esprits Sauvages sont encore prisonniers de leurs gangues de terre, mais leurs disciples continuent à rassembler leurs os pour reconstituer leur pouvoir. La Malédiction Astrale est la preuve qu'ils ont déjà réussi à pervertir la magie des dieux disparus et à l'utiliser pour leurs propres desseins.* »

Trimène baissa les yeux.

« *Tu es le seul à pouvoir les combattre. Chaque génération de Messagers se servira du Souffle des Dieux pour changer le monde, pas à pas, jusqu'à ce que l'équilibre soit rétabli. Ce but doit être atteint avant que le Sablier du Temps ne soit vide ! La discrétion est de mise. N'oublie jamais que les Esprits Sauvages rôdent. Ils restent à l'affût de la magie perdue pour la dévorer et la pervertir. La religion du Cercle sera leur meilleure arme, car les prêtres diffuseront leurs mensonges et prépareront leur avènement. Méfie-toi de leurs discours...* »

L'Oracle secoua la tête et se pencha sur son chevalet. Elle tapota son pinceau sur une palette de peinture et rajouta une touche de couleur à son tableau.

Près d'elle, la troisième femme regardait le ciel à l'aide d'un télescope. Elle se détourna et s'approcha d'un pas. Ses cheveux roux coulaient comme une rivière jusqu'au bas de son dos. Elle portait une couronne d'osier et d'anis étoilé.

« *Nous avons foi en toi, même si nous ignorons combien de millénaires s'écouleront... L'ivoire du Sablier du Temps te prêtera la force et l'espoir dont le monde a besoin. Nos sœurs protégeront cet artefact jusqu'à ce que les Messagers réussissent à retrouver les Sept Sens et à ouvrir les portes du royaume céleste. Un guide t'aidera dans ton aventure ; tu le rencontreras à l'âge de quinze ans, lorsque tu auras pleinement accepté ta puissance et ta mission. »*

Uranie pointa soudain son bras et son visage se crispa.

« Mais prends garde, Messager ! »

Sa voix me glaça comme une douche froide.

« Trois prophéties ont annoncé ta venue, mais l'une d'elles prédit ta destruction en même temps que celle du monde connu. N'utilise pas le Souffle des Dieux avant d'avoir trouvé notre guide ! Cette prophétie promet que l'irréparable sera commis si tu l'invoques sans précaution ! »

Les silhouettes de brume commencèrent à s'estomper. Les trois femmes nous sourirent avec tendresse.

« Nous te souhaitons bonne chance, Messager. Un peuple entier disparaît en espérant que tu restaureras son souvenir... »

Elles se turent et la lumière absorba les couleurs du rêve. L'arbre s'éteignit, les statues disparurent, la colline s'évanouit. Sans voir une dernière fois Amira, cette princesse si proche et pourtant si différente, je perdis connaissance.

CHAPITRE XVII

Ces longs déplacements m'épuisent. Les réjouissances des vendanges ne sont plus de mon âge ! Nos gens s'y retrouvent pour fêter l'arrivée de l'automne et les récoltes de raisin qui ne tarderont pas à être fermentées pour le plaisir de nos palais. Le duc de la Vallée d'Yères avait bu plus que de raison avant de m'inviter sur la piste de danse. Son adresse était remarquable... Un maître en la matière ! L'espace d'une chanson, je virevoltais au gré des notes et des accords comme une jeune fille passionnée.

Leur accueil m'a réchauffé le cœur. Je craignais que la fermeture définitive de leurs mines d'obsidienne ne refroidisse leurs ardeurs. Les viticulteurs ne se plaindront plus de voir leurs vignes perverties à des kilomètres à la ronde, comme si la poussière des travaux rongeait les feuilles et flétrissait les grains... Seuls les alchimistes étaient absents de cette soirée, bien entendu. L'obsidienne est un facteur de richesse non négligeable, mais comment pourrait-elle compenser la perte de centaines d'emplois, d'une tradition millénaire et des meilleures bouteilles de vin que le monde a connues ?

Granada de los Calyptos
« Mémoires d'une Reine Bien-Aimée »

Je revins à moi dans ma chambre. Mon esprit torturé était perdu. Ce rêve m'avait paru si réel ! Des courbatures me lançaient. Quand je remarquai qu'une égratignure coupait la paume de ma main par une ligne droite, je sus que je ne me trompais pas. Par le mystère d'une magie inconnue, j'avais rencontré la Princesse Noire près du légendaire mausolée où les fantômes achevaient leur dernier voyage.

Elle connaissait désormais ma double identité et, pour mon plus grand bonheur, elle pardonnait mes erreurs. Je brûlais d'envie de la retrouver pour clarifier les paroles des Oracles. Quelle incroyable vision !

Ma mère avait dit vrai : j'étais le fruit d'une magie perdue. Les prêtresses de Dohr'im avaient tout planifié des millénaires auparavant. Leur sort était puissant, mais elles avaient agi par désespoir, dans la précipitation. Elles avaient commis des erreurs. N'avaient-elles pas parlé d'*un seul* Messager, alors que nous étions deux à entendre leur discours ? La princesse du Sultanat Calorique était-elle la guide que les Oracles m'avaient promise ?

Selon les archives, les précédents élus étaient tous décédés dans leur plus jeune âge. Avaient-ils possédé un pouvoir aussi puissant et incontrôlable que nous partagions avec Amira ? Les magiciennes avaient commis une folie en offrant cette énergie de destruction à des nourrissons.

Fils d'un dieu à l'histoire travestie, j'étais un Messager dont le mystérieux *Souffle des Dieux* ne fonctionnait qu'avec Amira Al'Malwib, pour le meilleur et pour le pire.

Cela semblait invraisemblable. La révélation de ma mère sur mon adoption avait dû me faire perdre la tête. Cette hallucination était-elle la réponse à mon désir d'éclaircir les secrets de mes origines ? Ou à celui d'être pardonné pour mes erreurs de jugement, lorsque je m'étais fait complice d'un meurtre heureusement raté ?

Je devais rejoindre la Princesse Noire pour m'assurer de la véracité de ce rêve. Seul dépositaire d'une magie perdue, vraiment ? Je ne pouvais pas me fier à ce délire et renier mon titre d'héritier de la couronne. Je renonçais à réfléchir plus avant sur mon rôle dans cette fresque épique. Toutes mes certitudes se délitaient chaque jour davantage et je luttais pour ne pas perdre pied. Le déni maintenait les dernières bribes de mon équilibre mental, une protection illusoire mais efficace.

Messager ou non, j'appréciais d'achever ce cauchemar d'une autre manière que par la noyade. Son secret percé, il ne me hanterait plus. Au moins une bonne nouvelle !

L'aube se levait. L'heure était venue de renouer avec le quotidien d'un prince, bien éloigné de celui d'une quête divine. À l'extérieur de ma chambre, mon valet était au garde-à-vous, prêt à me saluer. Je soupirai avec agacement.

« Encore à me surveiller ! Serais-tu insomniaque ? »

Navio pencha la tête sur le côté. Ses grands yeux marron ne portaient nulle trace de fatigue, seulement de la surprise.

« Vous n'avez plus un regard de chien battu, remarqua-t-il. Loués soient les dieux ! Vous êtes guéri !

— Inutile de crier ces idioties sur tous les toits.

— C'est pourtant un miracle… »

Les yeux écarquillés et la bouche ouverte en un terrible rictus, il avait tout d'un dément. Je m'apprêtais à descendre les escaliers, mais il s'interposa sur mon passage. Je haussai un sourcil devant son attitude. Navio m'expliqua que le ménage était en cours et que les servantes avaient recours à des sortilèges odorants qui pouvaient heurter ma sensibilité.

« Je ne vais pas attendre qu'elles aient terminé de nettoyer le palais pour déjeuner ! »

Navio ne bougea pas d'un pouce. Au contraire, son expression se figea.

« Je vous propose un compromis, déclara-t-il d'un ton sérieux qui me déstabilisa. Vous restez dans votre chambre et je vous apporte suffisamment de pâtisseries pour survivre jusqu'au matin. Qu'en dites-vous ?

— Marché conclu. »

Un sourire s'étendit sur son visage et il redevint ce garçon d'allure si niaise. Je n'oubliais pas sa brutale transformation. Le choix de Mona dans mon garde du corps prenait davantage de substance : il n'était idiot qu'en apparence. Sans mot dire, il disparut dans l'obscurité et je fis demi-tour.

Je récupérai un galet de quartz brillant sur une étagère et j'arrosai les nocturnes qui croissaient sous ma fenêtre. Je détachai les mauvaises herbes qui avaient poussé durant la nuit. La magie de l'Astre Émeraude avait des effets secondaires très désagréables.

Navio revint bientôt les bras chargés de gâteaux emballés dans un tissu vert brodé de fils d'or. Je louai son sens du détail.

« N'en abusez pas, vous devez être en parfait état pour la venue de la princesse. »

Mon cœur tressauta. *Amira va me rendre visite,* songeai-je avec allégresse.

« Son père a demandé une entrevue officielle avec le roi Kiridjo, expliqua-t-il. Elle souhaitait vous voir en particulier, je présume, après votre conversation lors du mariage… »

Cette nouvelle me réjouit profondément : j'attendais la Princesse Noire avec impatience. Je brûlais d'envie de discuter avec elle de notre rêve. Était-il bien réel ? Comment avait-elle interprété le discours des Oracles et leurs sous-entendus ? Des milliers de questions occupaient mon esprit.

Cela n'occulta pas l'alléchante attraction des pâtisseries. De manière imperceptible, mes doigts se déplacèrent lentement dans leur direction…

Je passai la matinée à me consumer d'anxiété. À force de tourner autour du patio de la salle des banquets, j'embarrassais les nobles qui se prélassaient dans l'eau. Ils n'osaient pas se plaindre directement, mais leurs allusions étaient très explicites. Je n'avais pourtant aucune envie de stopper mon inlassable déplacement. Ils finirent par partir en plaidant la migraine.

Une escorte de mages quitta le palais pour se rendre auprès des grottes de vif-argent. La Mare Royale était trop instable pour être utilisée, ce qui obligeait nos invités à voyager par le réseau traditionnel, malgré le flux ininterrompu de réfugiés climatiques. Se déplacer en ce jour devait être un calvaire.

Les campagnes se vidaient et leurs habitants rejoignaient les villes les plus proches pour se mettre à l'abri du Jugement Dernier. La Citadelle Viridys accueillait des milliers de réfugiés. Pendant cette brève période d'exode, les devantures des auberges affichaient complet. Tous les parcs étaient pris d'assaut ; les tentes y étaient autorisées à titre exceptionnel. Les murailles enchantées de la capitale nous protégeaient des Astres qui s'apprêtaient à brûler le monde pendant une nuit entière. Les temples offraient la même protection dans un espace plus limité. Seuls les prêtres et les bigots s'y rendaient et priaient pour leur salut.

Un domestique me tendit une cape en velours pour que je puisse sortir dans les jardins. Le mage Acacia se trouvait posté près de l'enceinte et je gardai prudemment mes distances. Mieux valait qu'il m'oublie encore un peu. J'avais méprisé ses cours pour explorer la bibliothèque à la recherche d'informations sur Dohr'im et ses Messagers.

J'avais perdu plusieurs jours à lire les accusations des prêtres à l'encontre du dieu. Je préférais la version des Oracles… Elles renversaient la situation en affirmant que Dohr'im avait été la victime d'un affrontement avec des forces démoniaques, et non l'inverse. Les trois femmes dénonçaient la mythologie défendue par la religion du Cercle.

Qui détenait la vérité ? L'Histoire l'avait-elle progressivement oubliée ? Tous s'accordaient toutefois sur deux éléments fondamentaux : la disparition des dieux et celle de la magie de Dohr'im. Si les Oracles avaient raison, Amira et moi possédions les dernières traces de ce pouvoir. Je n'osais pas imaginer la réaction des prêtres, s'ils l'apprenaient un jour…

Après d'innombrables fausses alertes, je notai un mouvement parmi les gardes. Brusquement, mon mentor appela une servante et lui confia quelques paroles ; elle courut à l'intérieur. Alarmé, je m'approchai d'Acacia pour mieux distinguer la colonne de marcheurs.

« J'espère qu'ils ne viennent pas rompre l'Hexalliance », murmurai-je.

Le mage me regarda de travers.

« Vous avez parfois des remarques stupides, mon prince. À croire que cela vous amuse… »

Je ne relevai pas la pique. Le groupe progressait lentement vers nous. Les gardes avaient des vêtements violets qui se démarquaient du blanc des habitations. Ils formaient un cercle serré autour des invités. Ils s'écartèrent bientôt et s'inclinèrent jusqu'au sol, permettant à la princesse et à son père de se dévoiler. Mon cœur s'arrêta totalement à leur vision. Leurs yeux bridés n'étaient pas du tout ceux auxquels je m'attendais.

« Quel plaisir de vous trouver en bonne santé ! lança l'empereur Lumineux d'une voix enjouée. J'ai entendu dire que vous aviez souffert de quelques désagréments, ces derniers temps… »

Je luttai pour trouver une politesse à répondre. Comment avais-je pu croire un instant qu'il s'agirait du sultan ? J'avais été trompé par mes désirs de revoir Amira.

« Les guérisseuses font des merveilles », répondis-je dans un souffle.

Le monarque opina et salua Acacia, qui s'offrit comme guide jusqu'au palais. Je dévisageai Luli Mingwang avec une intensité que je ne souhaitais qu'à moitié. Un foulard de soie noire à pois jaunes entourait son cou. La princesse eut un sourire plein de charme.

« Quelle étrange expression ! Êtes-vous si surpris de nous voir ? »

Sa voix cristalline brisa mon dernier espoir de retrouver Amira avant la fin de l'année. Comment avais-je pu confondre l'annonce de sa visite ? Je n'y perdais toutefois pas au change… La jeune fille était ravissante dans sa tunique dorée. Je fis des efforts pour reprendre mes esprits.

« Je vous présente mes excuses, princesse. Je suis ravi de vous retrouver en dépit de l'approche du Jugement Dernier.

— Nous avons peu de temps. Vous savez que les vif-passeurs eux-mêmes sont incapables de modifier la destination des Grandes Marées. En cette saison, les marées classiques sont rares. Je devrai vous quitter dans quelques heures seulement.

— Vos visites sont toujours trop brèves ! »

Elle rit gentiment. Je lui pris le bras et lui proposai de nous promener dans les jardins. Nous laissâmes mages et servantes quelques pas derrière nous. Je l'emmenai dans l'allée bordée d'oliviers, vers les patios de l'ouest. Les branches des arbres ondulaient sous la brise.

Elle m'apprit que ma sœur s'était installée dans leur capitale, Faliang, la Cité aux Mille Reflets. Les mariés disposaient d'appartements près du Lac de Lumière, de façon à profiter pleinement des Arcs-Aube. Ces noms me firent rêver. J'ignorais l'architecture de son palais pour la bonne raison que je ne m'y étais jamais rendu.

« Promettez-moi de venir admirer notre cité, me dit-elle avec un accent exotique qui fit fondre mon cœur. Mes récits ne sont pas à la hauteur de sa beauté.

— Détrompez-vous, je vous suivrais n'importe où. »

La princesse s'empourpra. Elle se détourna et s'extasia devant une fontaine en marbre rose, au bassin hexagonal. Dressées au-dessus de chacun des six coins, des sculptures animales crachaient normalement des jets d'eau qui se rejoignaient au centre. À cette époque de l'année, les tuyauteries étaient éteintes à cause du risque de gel.

La jeune fille caressa le rebord de pierre. Elle se dirigea vers un banc, contre le tronc d'un saule pleureur qui grandissait dans un angle du patio. En été, il déployait ses branches à la surface de l'eau et protégeait les courtisanes de son ombre. Elles aimaient s'y attarder en priant pour que leurs vœux se réalisent.

La princesse s'y assit et je l'imitai. Nous étions face à la fontaine, le regard distrait par le mouvement du vent dans les arbres.

« Croyez-vous au destin ? demanda-t-elle.

— Si c'était le cas, j'aurais de quoi me plaindre de certains dieux. »

Luli hocha la tête. Peut-être n'avait-elle écouté ma réponse qu'à moitié. Perdue dans ses pensées, elle fixait vaguement la statue d'une sirène.

« Je crois aux signes qu'ils nous envoient, murmura-t-elle. Des coïncidences, des événements, des gens que l'on rencontre… En ce moment, je ne cesse de les observer. Tous concordent et je ne peux pas les ignorer. »

Elle se tourna vers moi.

Elle était bien trop proche. J'étais hypnotisé par le bruissement de ses cils et ses yeux noisette qui brillaient comme deux perles enchantées.

« Sont-ils là pour guider nos choix ? reprit-elle. Nous vivons une époque étrange. Les mentalités évoluent, des liaisons se font en dépit des traditions et du bon sens. Tout semble possible. D'autres ont montré l'exemple… Comment expliquer ces impossibles attirances, sans avoir recours à la main divine ? »

En parlant de main, la princesse effleura la mienne. Une bouffée de chaleur me monta au visage.

« Que voulez-vous dire ? »

L'ambiguïté de ses paroles et de son attitude me fit frissonner de plaisir et d'angoisse mêlés. Sans répondre, elle se rapprocha lentement. J'étais comme paralysé, incapable de bouger ne serait-ce que le petit doigt. Un torrent d'émotions se mit à rugir en moi.

Ses lèvres effleurèrent les miennes. Mon cœur s'ouvrit en grand et menaça d'exploser. Un millier de promesses écartèrent les frontières de mon esprit pour le laisser s'envoler loin du monde.

Brusquement, ma poitrine se compressa et des sons stridents sifflèrent dans mon crâne. Je repris brutalement pied à terre. Je m'écartai de la princesse et pris ma tête entre les mains.

Un second coup sembla s'abattre sur ma nuque et je fermai les yeux, en proie à une violente migraine.

Luli cria quelque chose que je ne compris pas. Tout était noyé dans le vertige qui m'atteignait.

Pourquoi maintenant ?

Je plongeai dans un gouffre imaginaire. J'avais l'impression de ricocher contre des parois rocheuses. Des piques m'écorchaient de l'intérieur, tant le corps que l'esprit.

Pourquoi cet acharnement ?

Je luttais avec l'énergie du désespoir, en vain.

Je capitulai et perdis connaissance.

Une odeur de thym et d'orange. La voix d'une femme.

« Leur lien s'est déclenché, constatait-elle dans un murmure. Les enfants risquent de réveiller le Souffle des Dieux. Les autres Filles de la Lune ne vont pas tarder à s'en apercevoir. Je ne donne pas cher de leur peau… Ni de la mienne, d'ailleurs, car je ne peux pas me résoudre à comploter contre ce garçon que j'ai vu grandir.

— N'ayez pas peur de vos consœurs, fit une deuxième voix familière. Angelo ne maîtrise pas ce dangereux pouvoir dont vous craignez l'influence. Pourquoi subirait-il le destin apocalyptique qu'elles lui prédisent ? En vérité, peu m'importent leurs angoisses. S'il choisit de suivre les traces de Dohr'im lors du Suprême, nous romprons tout contact avec ces meurtrières. J'ai juré de le protéger et je le ferai, quelles qu'en soient les conséquences.

— Vous ignorez de quoi il peut être capable…

— Et vous, qu'en savez-vous ? S'il avait réellement découvert cette magie perdue, pour quelle raison ne l'utilise-t-il jamais ? Vous m'assurez que son évanouissement en est une manifestation, sans aucune preuve tangible.

— Majesté, pardonnez-moi... Il s'agit d'une intuition que je ne peux pas expliquer de manière rationnelle. Plus le Suprême se rapproche, plus je crains le réveil précoce du Souffle des Dieux. »

De nouveau le silence. Toujours cette sensation d'absence, de déchirement.

Je pleurai dans mon sommeil.

Lorsque j'ouvris les yeux, j'étais plongé dans le noir. Je mis quelques instants à reconnaître ma chambre et à me rendre compte qu'un pan de tissu sombre était tiré devant la fenêtre, bloquant l'entrée des rayons solaires.

Je me levai pour l'écarter. La lumière m'éblouit. Visiblement, nous étions le matin.

Bientôt, la porte s'enclencha et la reine fit son apparition, accompagnée de Mona qui apportait un bol fumant sur un plateau argenté. La domestique s'en alla et ma mère m'adressa un sourire fatigué.

« Bois ce fortifiant, conseilla-t-elle tendrement. La fièvre qui t'a surpris hier a duré toute la nuit. Tu es très affaibli. »

Je jetai un coup d'œil à la boisson ambrée qui laissait s'échapper des volutes de vapeur.

« Sans vouloir insulter vos talents, aucun remède ne pourra effrayer ces démons.

— Quel fatalisme ! se moqua ma mère. Quoi qu'il en soit, ma préparation ne peut t'être que bénéfique. Ce n'est qu'un peu de tilleul et de miel. »

Je n'étais pas convaincu. Je haussai les épaules et pris le bol de terre cuite. Malgré sa chaleur, je bus d'un trait le breuvage et m'assis sur mon lit. Une légère torpeur s'empara de moi. L'Ensorceleuse avait sans doute omis quelques ingrédients dans sa liste…

« Je me sentirai mieux lorsque vous m'aurez révélé la vérité, déclarai-je durement. Pendant mon sommeil, je vous ai entendue parler avec une Fille de la Lune. Comment est-ce possible ? N'ont-elles pas tenté de m'assassiner ? »

Elle baissa les yeux.

« Angelo, il est préférable que tu n'apprennes pas son identité. Cette femme est l'unique alliée que nous ayons parmi cette dangereuse secte. Son double jeu doit rester secret. Elle veille sur toi depuis ta naissance et je suis la seule à l'avoir démasquée. Ses consœurs ignorent notre entente. Grâce à elle, j'ai de précieuses informations sur leurs activités.

— Si mes souvenirs sont bons, elles ont tenté de m'étrangler avec un talisman piégé. Vous m'avez menti en disant que je ne devais rien craindre de leur part.

— Certes, la mission qu'elles poursuivent est ambiguë. À l'origine, leur secte a été créée pour te protéger, mais elles sont effrayées par le pouvoir qu'elles ressentent en toi. Elles sont prêtes à te tuer s'il le faut. Leurs démonstrations de puissance sont juste des menaces pour rappeler leur surveillance. Elles craignent que tu sois trop exposé aux regards ou trop influent. »

Je reposai le bol sur une table.

« Et vous, avez-vous peur de moi ?

— Pourquoi le devrais-je ? Tu n'es pas différent d'un enfant ordinaire.

— À vos yeux, mes pertes de conscience sont donc parfaitement normales ? »

Elle soupira.

« Angelo, ne sois pas agressif. Je n'ai pas de réponses à tes questions existentielles. Personne ne comprend le mystère qui t'entoure. La nuit de ta naissance a bouleversé l'ordre naturel des choses. Même les Filles de la Lune n'avaient pas prévu ce qui s'est déroulé. »

Je l'interrogeai du regard.

« Ces femmes ont des dons de voyance, expliqua-t-elle. Leurs visions prophétiques sont très précises lorsqu'elles concernent les Messagers de Dohr'im. Pourtant, il y a quinze ans, elles se sont entièrement trompées. Un malheureux concours de circonstances, à les entendre... »

Elle marqua une pause. Ses mains tremblaient de manière incontrôlée. Jamais je ne l'avais vue perdre son sang-froid.

« Angelo, je sais que j'ai déjà perdu ta confiance en te dissimulant le secret de ta naissance. Je pensais à tort être capable de le garder pour moi. Pour que tu puisses comprendre la cause de ton récent malaise, je dois te faire une ultime confidence. Je n'aurai alors plus rien à te cacher... »

Ma mère se leva et joua avec la mirabelle en or qui pendait à son cou. Des éclats de lumière dorée glissaient sur ses doigts.

« Dans ta fièvre, tu n'as cessé de crier son nom. Une nouvelle coïncidence ? Je ne crois pas. Vous êtes liés d'une manière qui me dépasse. Tout cela était prédit, mais je gardais l'espoir. N'était-elle pas aveugle ? Ne vivait-elle pas de l'autre côté de la frontière ? Je devais empêcher votre rencontre jusqu'à ce que tu aies passé le Suprême. J'ai échoué très près du but. Comment l'impossible a-t-il pu se réaliser ? »

Sa question resta en suspens. Elle me fixa avec fatalité.

« Tu n'es pas le seul Messager de Dohr'im. Vous étiez deux à naître au même instant et au même endroit. Amira Al'Malwib et toi êtes apparus ensemble, dans les jardins du palais. Vos âmes ont été imprégnées d'un ancien sortilège. »

Ses paroles eurent un écho qui me bloqua le souffle. Dans un sens, nous étions *jumeaux*, malgré nos différences physiques.

« Pardonne-moi, Angelo... Les Filles de la Lune étaient présentes lors de votre naissance. Elles t'ont confié à moi, alors que l'actuelle sultane tenait Amira dans ses bras. Elles nous ont fait promettre de garder le secret, car vous deviez rester séparés et cachés pour votre propre bien. Elles prédisaient que les ennemis de Dohr'im se lanceraient à votre poursuite si vous vous rencontriez, ou si vous n'étiez pas assez discrets sur votre pouvoir. Hélas, notre vigilance n'a pas suffi. »

Je découvrais enfin son secret. Je la regardais avec détachement, sans émotion. Je la voyais pour la première fois.

La potion que j'avais bue m'avait-elle engourdi les sens ? Je ne parvins pas à déverser toute la rancœur et la colère qui m'habitaient. Je n'avais plus rien à dire à cette reine qui avait prétendu être ma mère. Comment avait-elle pu me cacher l'existence d'une sœur jumelle, en plus de mon adoption ?

« Partez. »

Je voulais qu'elle quitte cette chambre et elle s'y résigna. Je ne récupérai mes facultés de réflexion qu'après son départ, quand le bruit de ses pas disparut dans le couloir. Persuadée de ses bonnes raisons, elle avait commis un crime impardonnable. Elle m'avait dissimulé la vérité sur mes origines et coupé de ma seule famille.

Quinze ans plus tôt, le sortilège des Oracles avait semé les graines d'un désastre mondial. Amira et moi étions les héritiers de deux nations qui se haïssaient depuis toujours. Comment le peuple réagirait-il en apprenant notre gémellité ? Cette étrange parenté était marquée de mensonges et de trahisons... Nos pays risquaient-ils de sombrer dans une rébellion ouverte contre la monarchie, comme dans le Royaume Aérien ?

Ma fureur et mon amertume dissimulaient davantage. La compréhension qui accompagnait cette révélation me soulagea d'un grand poids. Je reconnaissais enfin les liens mystérieux qui me rattachaient à la Princesse Noire.

Nous étions jumeaux... Nous étions les deux Messagers de Dohr'im, à la destinée marquée au fer rouge...

L'Ensorceleuse et la sultane s'étaient partagé la garde des enfants que les Oracles et les Filles de la Lune leur avaient confiés, comme elles l'auraient fait de deux chatons orphelins d'une même portée.

Mes responsabilités de prince héritier n'avaient jamais eu le moindre sens. Je n'aspirais qu'à regagner ce qui nous avait été volé : quinze années de mensonges. Je savais qu'aucun de nous n'abandonnerait son peuple, mais nous devions nous retrouver pour démêler le vrai du faux.

Avec résolution, je m'emparai d'une poignée de talismans. J'enfilai une toge, laçai mes sandales jusqu'aux genoux et fixai une cape sur mes épaules. J'accrochai la bourse de cuir de mon Herbier à ma ceinture. Lorsque je quittai ma chambre, mon valet s'étonna de ma tenue.

« Mon prince ! Où allez-vous ?

— Je vais rendre visite à ma sœur.

— Les Grandes Marées vous mèneront uniquement sur l'Île Brumeuse, rétorqua Navio avec candeur. Les seigneurs Mingwang ont emprunté l'une des dernières marées contrôlables par un vif-passeur. »

Je l'ignorai et m'engageai dans l'escalier. J'étais décidé à tenter ma chance et personne ne pouvait me faire changer d'avis.

Je sortis du palais d'un pas pressé. Les jardins étaient déserts, comme endormis, prêts à accueillir l'hiver qui commencerait après le Jugement Dernier. L'Astre Émeraude était gigantesque. Il projetait ses rayons magiques sur mon visage et occultait presque ceux du soleil, plus pâles.

Mes pensées se focalisaient sur mon objectif. J'atteignis rapidement la mare de vif-argent.

Un coup d'œil à la statue de la Balance me noua l'estomac. La nuit du meurtre de ma grand-mère avait dû être terrible. J'en comprenais à peine les conséquences, quinze ans plus tard.

« Ça suffit », intima une voix pleine de reproches.

Je me retournai et me retrouvai face à mon père. Je ne l'avais pas vu depuis plusieurs jours. Il était parti chez mon oncle, dans le duché des Derniers Prés, pour gérer les problèmes de restriction de magie. Ses traits étaient tirés.

« Ton attitude est affligeante, déclama le roi Kiridjo avec sévérité. Si tu utilises les marées maintenant, les dieux seuls savent où tu débarqueras et ce qu'il adviendra de toi. Tu agis sans réfléchir ! Peu importent tes sautes d'humeur, n'oublie pas qui tu es. Je ne veux plus voir cet adolescent irresponsable qui se laisse submerger par ses émotions. »

Je fronçai les sourcils.

« Je dois retrouver Amira Al'Malwib. »

Il sembla surpris et j'inventai une excuse.

« Pendant la cérémonie nuptiale, je l'ai insultée par mon silence. Je souhaite lui présenter mes excuses. Je suis persuadé que toute cette tension politique n'est due qu'à un malentendu de ma part. »

Le souverain eut un pâle sourire qui détendit son visage.

« Nos voisins ne vont pas nous déclarer la guerre pour un tel détail. Rassure-toi, tu n'es pas responsable des hostilités qui se profilent à l'horizon. Tu as toujours su t'attirer les faveurs des jeunes et jolies princesses. Amira Al'Malwib te pardonnera tes faux pas. »

Il me prit par l'épaule et m'invita à faire demi-tour pour rentrer au palais.

« Une missive est arrivée il y a quelques heures, annonça-t-il. Les perturbations des marées empêchent les nouvelles de circuler, mais les oiseaux messagers continuent à voyager, avec bien sûr un certain délai. Hier matin, la Princesse Noire a réuni son peuple, sa famille et tous ses conseillers. Contre toute attente, l'héritière du Sultanat s'est prononcée en faveur du maintien de l'Hexalliance et d'un rapprochement entre nos deux nations. »

Il accéléra le pas.

« Ses paroles pacifiques nous redonnent l'espoir, reprit-il. Elle détient une grande influence sur l'opinion publique, car le miracle qui lui a rendu la vue a été perçu comme un don du ciel. Les prêtres y voient l'œuvre des dieux qui auraient offert au peuple Calorique un regard neuf sur leurs erreurs. »

J'étais en proie à un immense soulagement, pas seulement à cause de ce rebondissement politique. La princesse venait d'accepter publiquement les excuses que je lui avais faites en rêve… Son acte me prouvait que je ne souffrais pas d'hallucinations : elle avait également entendu le message des Oracles.

Quitte à dissimuler notre gémellité, nous pouvions consolider la paix. Était-ce le premier pas nécessaire pour changer le monde, comme les Oracles le prédisaient ?

« Par ailleurs, lança soudain mon père, comment espérais-tu guider les marées ? Pensais-tu recourir au Quatrain Végétal ? »

Je tressaillis. J'y avais en effet vaguement pensé.

« Ton grand-père n'a toujours agi qu'à sa tête, soupira-t-il. Même en tant que fantôme, il se moque des lois les plus anciennes. Je ne t'interdirai pas d'expérimenter ce sort ; je ne peux que t'avertir quant à son usage. Tu ne dois jamais divulguer cette arme puissante. Ses effets comprennent l'ensemble du pays, voire davantage. En revanche, il ne permet pas de modifier la destination des marées. Seuls les vif-passeurs en sont capables.

— À quoi sert-il, dans ce cas ?

— À gérer le royaume ! Il me guide dans mes décisions comme dans mes actes. Croyais-tu que sa connaissance constituait un privilège quelconque ? Seul le roi le possède pour la bonne raison qu'un paysan se moque complètement du bon fonctionnement du pays. Tout ça n'est évidemment que de la théorie, puisque dans mon cas j'ai gardé des vaches avant d'être monarque… »

Son humour me réchauffa le cœur.

« Cette formule permet aussi de réveiller l'Astre Émeraude. Si tu le souhaites, tu pourras me voir à l'œuvre après le Jugement Dernier. »

Le cadeau de mon père était précieux. Me le proposait-il dans un objectif pédagogique ou bien thérapeutique ? Son geste me rendait une petite parcelle d'enthousiasme, suffisante pour atténuer le désespoir qui m'avait accablé en apprenant que je devais patienter plusieurs jours avant de retrouver la Princesse Noire.

CHAPITRE XVIII

Les marées se raréfient. Le cataclysme ne tardera plus. L'hiver arrive et avec lui cette malédiction qui permet aux Astres de déverser leur rage sur notre monde bien-aimé.

Les histoires des prêtres n'expliquent pas tout, loin de là. Est-ce vraiment la preuve que les dieux nous jugent pour nos péchés ? Comment peuvent-ils se montrer aussi violents envers leurs adorateurs ? Chaque année, leurs dégâts sont plus importants. Je les soupçonne de ne pas être aléatoires. La dernière fois, nos ports et les abords de nos falaises ont été méthodiquement rasés. Les druides, dans leur grande sagesse, ont supposé que les dieux refusaient le développement de la pêche. Mais quel mal doit-on voir dans les huîtres, les fruits de mer et le poisson frais ? Non, je crois que leur colère suit un but précis qui m'échappe encore.

Par bonheur, l'économie de ce comté a été sauvée par la découverte d'un filon d'obsidienne, mis à nu par l'ouragan dévastateur. Son exploitation a compensé les coûts de reconstruction des villages de pêcheurs. La religion du Cercle a ainsi échoué à contraindre les côtiers à un régime végétarien.

Granada de los Calyptos
« Mémoires d'une Reine Bien-Aimée »

L'année arrivait à son terme. En cette veille du Jugement Dernier, j'avais un regain d'espoir. Depuis l'annonce du mariage de Mariña et de mon accession au titre d'héritier royal, les révélations s'étaient bousculées et les bouleversements avaient chaque jour pris plus d'ampleur. J'avais enfin trouvé les clés des énigmes qui me torturaient depuis des mois. Mes soucis étaient loin d'être terminés, mais mon optimisme revenait doucement.

265

Même si j'avais été adopté, je ne pouvais pas renier l'amour sincère de mes parents. Je devais réfléchir à leur héritage et choisir ma destinée, car le rêve des Oracles m'offrait une alternative à la couronne du Royaume Végétal. Étais-je capable de suivre leur quête ? J'étais impatient de retrouver Amira pour lui avouer notre gémellité et découvrir la véritable nature du Souffle des Dieux, cette magie perdue qui marquait notre différence.

« Vous êtes un prince très étrange », me confia Navio.

Mon valet me dévisageait. Il m'avait de nouveau accompagné à la bibliothèque, cette fois pour chercher des documents sur les Quatrains. Étant donné que mon domestique ne savait pas lire, il était incapable de m'aider à détailler les innombrables reliures.

« Je n'arrive pas à vous cerner, reprit-il. Un jour, vous êtes habité d'une colère noire, et le lendemain vous rayonnez d'espoir. Vous êtes un kaléidoscope émotionnel. »

Je le regardai en souriant.

« Tu as passé trop de temps avec les druides...

— Moquez-vous, rougit-il. N'oubliez pas que vos états d'âme vous offrent une puissance magique phénoménale, puisqu'elle est directement liée à vos émotions. Je doute cependant que vous concurrenciez la force intérieure de Ginseng Martinos... »

Je n'entrai pas dans son jeu en demandant des précisions sur ce héros inconnu avec qui je partageais visiblement les ivresses de la cyclothymie. Extrêmement bavard, Navio avait la fâcheuse tendance de s'appesantir sur des anecdotes inutiles. Hélas, il n'eut pas besoin de mon intervention pour poursuivre son monologue.

« Ginseng faisait partie de l'élite des mages aux temps antiques : les Émotifs. Ce sont les inventeurs des premières Rimes. Cette hiérarchie a évidemment disparu à cause des barrières culturelles de notre époque... De nos jours, il est impoli de laisser libre cours à ses émotions, d'où le nombre restreint de magiciens doués. »

Ses propos étaient à la limite de l'incohérence. Je n'arrivais plus à me concentrer pour choisir les bons volumes dans les étagères. Le soleil ne devait plus tarder à se coucher et je finis par déclarer forfait.

« Laissons mes émotions de côté pour ce soir, capitulai-je. Sinon, je crains de devoir rajouter la dépression à ta liste. »

Guidé par mon valet qui éclairait le chemin au moyen d'un cristal d'avoine, je quittai la bibliothèque pour regagner la salle des banquets. Le vacarme était assourdissant.

« Sans doute une nouvelle querelle entre nobles, supposa Navio tandis que je m'installai près du patio. Ils mettent un point d'honneur à refuser que leurs grands jardins soient pris d'assaut par les tentes des réfugiés climatiques... Ils sont persuadés que les paysans auraient pu rester chez eux jusqu'au dernier moment, alors que le danger est réel. L'explosion des Astres fait des victimes chaque année.

— Et qu'en penses-tu ?

— Ces discussions ne sont pas constructives. Les mages sont déjà surchargés de travail pour organiser cet exode, inutile de leur rajouter des problèmes d'orgueil mal placé. »

Il rougit de sa propre fougue et s'éloigna pour se renseigner. Il fut remplacé par trois aristocrates et quelques plats fumants. Déçu de mes vaines recherches, je grignotai sans faim en ignorant la conversation superficielle de mes voisins.

Navio ne fut pas long à revenir. Acacia marchait à ses côtés, d'une démarche pressée et le visage alarmé. Mon mentor ne prit pas la peine de saluer les nobles, qui s'offusquèrent puis se turent sous son regard assassin. La réputation du mage lui donnait une autorité naturelle qui m'avait toujours fasciné.

« Prince, pardonnez-moi de vous déranger en si bonne compagnie... Voulez-vous bien me suivre ? »

Je sautai du bloc de marbre sur lequel j'étais allongé. L'élégance et le raffinement n'avaient jamais été mon fort.

« Je dois vous mener en lieu sûr, annonça-t-il un ton plus bas. Votre chambre conviendra parfaitement.

— Que se passe-t-il ? Pourquoi cette fuite ? »

Mon mentor resta muet. Il se contenta d'avancer, le regard sombre. Subitement, quatre sorciers surgirent de nulle part et prirent place autour de moi. Ils étaient armés de leur bâton de combat. Leur tunique était plus courte que les toges traditionnelles pour faciliter la course. Partagée entre le vert et le noir, la couleur de leur tenue était intimidante.

Une fois dans mes appartements et ses compagnons éloignés, Acacia s'expliqua.

« Le discours d'Amira Al'Malwib nous a offert une promesse de paix. Hélas, la jeune fille était la source de cet espoir ; sans elle, il perd toute sa substance. La Princesse Noire a été enlevée. Ses ravisseurs n'ont pas été identifiés, mais notre reine affirme que vous êtes également en danger. »

Mon cœur se serra en comprenant brusquement la situation. Ma fièvre n'était pas naturelle. Les cris qui m'avaient hanté avaient été les siens.

Le mage pointa vers moi un doigt menaçant.

« Ne quittez votre chambre sous aucun prétexte. Je surveillerai personnellement votre fenêtre. Si vous partez vous promener, je vous enverrai aux cachots. »

Je déglutis devant son air déterminé. Il n'hésiterait pas une seconde à mettre ses menaces à exécution. Je m'assis sur mon lit et accusai le choc. Amira avait de sérieux ennuis et son appel au secours m'avait fait perdre connaissance. Je sentais encore au plus profond de moi le désespoir et la douleur qui m'avaient assailli. Elle était sûrement blessée...

À peine Acacia avait-il barricadé la porte que ma décision fut prise. Parmi tous mes avenirs possibles, je choisissais celui où se trouvait Amira. Son enlèvement risquait de menacer notre traité de paix et de déclencher des hostilités entre nos deux pays. Je devais me hâter. Qui d'autre que moi pouvait réussir cette tâche ? Le lien qui nous unissait était si fort qu'il me conduirait à elle.

Je devais m'enfuir. Pourquoi ne pas simuler ma propre disparition ? Si le rapt de la princesse faisait pâtir nos relations politiques, le mien amènerait nos deux patries à s'entendre au moins sur un point. Ma mère était habituée aux mensonges et aux manœuvres douteuses : elle saurait mettre à profit cette situation pour se rapprocher du Sultanat Calorique, par exemple en organisant des recherches menées de concert…

Peut-être essayais-je simplement de justifier cette fugue stupide. Je désirais aussi m'échapper de cette prison pour oublier les mensonges qui m'étourdissaient. J'avais souffert des secrets de mon Ensorceleuse de mère. J'avais un prétexte pour m'extraire de son emprise.

Toutes ces pensées me traversèrent l'esprit en un battement de cœur. C'était à moi de la retrouver ! Elle était ma sœur jumelle et cela justifiait les sacrifices les plus insensés.

J'étais cependant bloqué dans ma tour. Si j'avais tenté de fuir par la voie des airs, Acacia m'aurait foudroyé en plein vol. Je ne tenais pas non plus à vérifier la propreté des cachots… Je devais demander de l'aide de l'extérieur, à la seule personne susceptible de le faire.

Je m'installai à mon bureau pour rédiger une lettre à l'attention de Rébus. S'il me pardonnait mes mensonges, il viendrait à mon secours. Je soufflai profondément avant de m'atteler à cette tâche difficile mais essentielle.

« Rébus, mon ami,

J'aurais dû te révéler bien plus tôt la vérité sur mes origines. La confiance que j'ai à ton égard est totale et je regrette mes erreurs de jugement. Je comprends ta réaction, mais j'espère que le temps refermera cette blessure pour que notre amitié se prolonge.

Mon ascendance m'empêche d'entretenir des relations normales avec des adolescents de mon âge. Certains me repoussent, d'autres manient l'hypocrisie avec un détestable talent. J'ai toujours apprécié ta compagnie. À tes côtés, j'étais épris de liberté et je révélais au grand jour ma personnalité : contrairement à ce que tu penses, tu es le seul à me connaître vraiment. Je te dois tout, et pourtant j'ai encore besoin de ton aide. Laisse-moi une chance de te prouver que mes sentiments sont sincères.

Les mages m'empêchent de quitter le palais. Il me faut cependant partir au plus vite, avant qu'il ne soit trop tard. Pourras-tu m'aider à simuler mon propre enlèvement ? Je regrette de t'impliquer dans cette affaire, mais Robulus est sûrement capable d'une telle prouesse. Je saurai payer ses services en échange d'un sauf-conduit, en mémoire de mon aide dans son dernier crime... Je vis dans la tour sud ; à ma fenêtre, un talisman émettra une lumière de couleur changeante.

Je souhaite te revoir bientôt,

Allegro/Angelo »

Par un enchaînement de pliages précis, je transformai ma missive en oiseau de papier. J'avais appris cette technique des années auparavant. Je récupérai une plume cristallisée dans mon Herbier. J'imaginai *le vol joyeux d'un petit ange bleu* et prononçai **« MÉSANGE »**, en croisant mon pouce et mon index.

Un halo coloré entoura ma lettre. Elle se mit à frémir et un pépiement hésitant s'en échappa. Le volatile agita ses ailes de papier et s'éleva dans les airs. Je l'attrapai tant bien que mal pour lui expliquer où délivrer mon courrier. Mon émissaire s'enfuit bientôt par la fenêtre sans demander son reste.

Ce moyen de communication était des plus primaires. Sa fiabilité était plus qu'incertaine : un lance-pierres pouvait l'intercepter, une rafale ou une soudaine averse pouvait défaire les pliages... Les chances d'arriver à bon port demeuraient faibles.

J'espérais que Rébus me pardonnerait. Le perdre m'était insupportable. En priant pour qu'il réponde à mon appel, je préparai une bourse avec cinquante *la-diams* et un *si-*

diams, ce qui représentait une somme coquette. Je mis l'argent de côté et soupirai. Je bouillonnais d'impatience et l'attente me frustrait déjà. Qui savait ce que la Princesse Noire endurait en cet instant ?

∫

Cette nuit fut une des plus courtes de mon existence. Elle fut abrégée une heure seulement après que minuit eût fleuri. Je me réveillai plus par pressentiment que par le bruit de poussière que fit ma fenêtre en se désagrégeant.

Je me redressai en sursaut, clignant des yeux pour chasser les brumes du sommeil.

« Bonsoir, Allegro, me salua une silhouette sombre que je reconnus comme celle de Robulus. Ou dois-je t'appeler Angelo maintenant ?

— Merci d'être venu », éludai-je.

Je me levai en chancelant. Ma tête bourdonnait sous l'effet d'une légère migraine.

Par bonheur, Rébus avait transmis mon message encore plus rapidement que je l'escomptais. Je tendis la bourse de diamants à son dangereux frère. Il la secoua et sourit en entendant les notes *la* et *si*.

« Je t'aurais aidé gratuitement, dit-il en empochant quand même l'argent. Je m'en veux toujours de t'avoir abandonné dans le palais du Sultanat Calorique. Rébus m'a expliqué que tu étais resté caché dans la capitale avant de rentrer par vif-argent ? »

Je hochai la tête pour éviter de m'appesantir sur le sujet.

« Évidemment, reprit-il, ce sera un coup de main exceptionnel. Ensuite nous ne jouerons plus dans la même cour. Je n'ai pas encore eu de mission à l'encontre de ta famille, mais tu te doutes que cela pourrait arriver un jour.

— Pas trop vite, j'espère… »

Ces dernières paroles me rassurèrent et me firent frissonner à la fois. Depuis son arrivée, Robulus aurait largement eu le temps de me poignarder.

Je remerciai le ciel en apprenant que personne n'avait encore engagé les Éternels à ma poursuite. Ils semblaient d'une prodigieuse efficacité pour infiltrer les palais les mieux protégés. Dans d'autres circonstances, comment aurais-je pu éviter sa lame ou ses sortilèges mortels ? J'avais déjà constaté que l'Impureté était une arme contre laquelle j'étais mal préparé.

Rapidement, je réunis un stock de talismans et j'emportai une poignée de diamants. Comme je bâillais largement, le brigand me jeta un coup d'œil dubitatif. Il tira une fiole de sa poche et me la tendit.

« Bois ça pour te réveiller, c'est du café ensorcelé. »

Je reniflai discrètement le produit, au cas où. On n'était jamais trop prudent... L'odeur était forte, mais normale.

Je bus quelques gorgées du liquide noir et brûlant. Je sentis aussitôt une onde de vigueur me traverser.

« C'est efficace, approuvai-je. Encore plus que les sortilèges à base de thé.

— Tu en auras besoin. Les mages patrouillent dans les jardins et nous devons être discrets. Allons-y, il ne faut pas traîner... »

Le breuvage m'avait redonné de l'énergie. Un peu trop nerveux toutefois, je m'approchai de la fenêtre ouverte et tapai par mégarde sur le pot où fleurissaient les nocturnes. Il tomba du côté intérieur et se brisa dans un fracas de terre cuite.

Mon ravisseur poussa un juron, car quelqu'un actionna la poignée de la porte. Et moi qui la pensais barricadée ! En une terrible seconde, Navio passa sa tête dans l'embrasure et découvrit l'odieux tableau.

« Prince ! », s'exclama-t-il, atterré.

J'étais persuadé qu'il s'en irait en courant pour sonner l'alerte, puisque telle était sa fonction. Au contraire, il sauta littéralement au milieu de la pièce et brandit son Talisman

Totem pour lancer un sortilège à l'encontre de l'assassin. Des filaments de lumière se matérialisèrent et vinrent s'enrouler autour des jambes de Robulus pour le faire trébucher.

Mon protecteur maîtrisait des formules de combat. Il jeta un autre sort et des étincelles vertes éclatèrent sur le visage de l'assassin qui poussa un cri et riposta avec un éclair violet. Robulus roula au sol et se dégagea des lianes qui l'entravaient. Il se baissa derrière mon lit et fouilla dans son Herbier. Avec horreur, je le vis choisir des feuilles d'orties et des fleurs d'aubépine. Je craignais la dangerosité du mélange entre ces plantes et sa magie Impure.

« Ne le blesse pas ! »

Mon cri se perdit au milieu d'une explosion qui souleva Robulus et le projeta contre un mur. À moitié assommé, il tenait encore les ingrédients dans sa main. Le sort venait d'être jeté par Navio. Je fixai ce dernier d'un regard plein d'admiration et de surprise.

« Je n'ai pas toujours été domestique, avoua-t-il. En réalité, je ne l'ai jamais été complètement. Je suis une sorte de mage-espion. Mona m'a engagé comme garde du corps pour que vous ne couriez aucun danger. »

Il se rapprocha de Robulus et le toisa durement. Celui-ci tenta de murmurer une formule, mais Navio le fit taire d'un nouveau sort douloureux qui s'échappa de son navet en améthyste comme une flèche éblouissante.

Ce retournement de situation me rendait indécis. Je devais absolument quitter le palais. Or, mon sauveur me tournait le dos... Je mis la main dans ma poche, à la recherche d'un talisman. Je visualisai *le souvenir d'un arbre millénaire* et chuchotai : « **CHARBON** ».

Une brume opaque se forma autour du faux domestique. La pièce était déjà noire et nos yeux s'y étaient accoutumés. Cette fois, plus rien ne devint visible. J'entendis des bruits de lutte. Un jet d'eau brûlante me frôla. Maladroitement, je me couchai au sol pour éviter toute erreur.

Après une longue bagarre, tout se figea. Sans doute n'y avait-il plus aucun meuble à détruire… Un rayon de lumière mauve dissipa soudain les ténèbres. Robulus s'approcha de moi. Sa figure comportait plusieurs hématomes et une blessure lui entaillait le bras.

« Ce n'est rien, dit-il en la pansant à l'aide d'un bout de tissu. J'ai connu pire… »

Avec inquiétude, je cherchai Navio du regard. Il gisait près de la porte, allongé sur le ventre.

« Il est inconscient, assura l'assassin. Quelle plaie, ce petit gars ! J'ai cru qu'il prenait le dessus du combat. C'était à un contre deux… »

Ses paroles me mirent mal à l'aise. Je voulais m'approcher pour vérifier qu'il respirait encore, mais Robulus me retint par l'épaule.

« Dépêchons-nous de sortir, me pressa-t-il. Je ne tiens pas à voir débouler d'autres sorciers. »

Il avait raison. Ma migraine s'était accentuée sous l'effet de l'appréhension. J'avais hâte de quitter le palais pour calmer les battements de mon cœur.

Je sautai bientôt dans le vide à sa suite, en planant jusqu'aux jardins à l'aide d'un sort de légèreté. Au pied de la tour, trois complices nous firent signe que la route était dégagée. Nous nous glissâmes dans l'ombre des patios endormis. Où étaient passés les gardes ? Je m'étonnais de n'en croiser aucun. Ce n'était pas pour me déplaire, car je craignais une nouvelle bataille contre ces voleurs qui se prenaient pour des maîtres-tueurs.

Au niveau de l'enceinte, une corde avait été jetée sur le mur. Le franchir se négocia par quelques égratignures. Rébus nous attendait de l'autre côté avec un air angoissé, en compagnie de Lex, le bras droit de son frère.

« Me pardonnes-tu mes mensonges ? demandai-je avec anxiété.

— Je pensais que tu croyais encore en notre amitié… »

Son visage s'éclaira d'un sourire et il me donna l'accolade. Une bouffée d'espoir apaisa mon mal de tête comme par enchantement. Mon ami me pardonnait !

« Merci, murmurai-je à son oreille. Je ne sais pas si je le mérite.

— Jure-moi d'être honnête. Je veux tout savoir, comme le mystère qui entoure la belle Luli Mingwang... Tout le monde sait que tu as le béguin pour elle ! Il paraît qu'elle est venue pour toi, hier... »

Soudain, un jet de lumière blanche partit du palais et jaillit dans le ciel. On venait de s'apercevoir de ma disparition.

« Vous vous ferez des câlins plus tard ! », s'écria Lex avec mauvaise humeur.

Il donna le signal du départ et je me mis à courir. Les rues défilèrent sous nos pas. Nous dévalâmes les quartiers des nobles à toute allure, sans nous méfier du vacarme que nos sandales provoquaient en claquant sur les pavés. Il avait plu récemment et je glissai plusieurs fois, au risque de me casser une jambe. Je songeai avec ironie au chat de Dame Tamara qui devait sûrement m'observer dans un coin pour assister à mon inévitable chute...

Au bout d'un moment, je sentis un point douloureux se former dans mon flanc droit. Je n'eus d'autre choix que de m'arrêter en haletant. Cette pause forcée avait lieu près des premières maisons des artisans-potiers. Dans un square, des tentes avaient été dressées. Des ronflements sonores s'en échappaient.

« Attendez ! », cria mon ami.

Nos complices ne l'entendirent pas et disparurent au détour d'une maison. Nous n'étions plus que tous les deux. Ma respiration était sifflante. Je m'étonnais du retour de ce désagrément, car je pensais être guéri de mes problèmes d'asthme.

« Nous devrions en profiter pour nous éclipser, proposai-je. Je suis désolé de te l'avouer, mais je n'ai pas confiance en ton frère et son groupe d'assassins.

« — Ça se comprend... Mais tu ne crains rien, je te le garantis. Ils peuvent t'aider à te cacher autant de temps que tu voudras.

— Chaque fois que Lex me regarde, j'ai l'impression qu'il réfléchit à la meilleure façon de m'écorcher vif...

— Ne dis pas de bêtises. Il se donne juste des airs de mauvais garçon. »

Il me tint l'épaule, en attendant que mon point de côté se calme. Nous poursuivîmes notre fuite peu après. Rébus m'emmena à la *Taverne des Voyageurs*. L'enseigne était close et aucune lumière ne filtrait à travers la porte.

« C'est ici, le quartier général ?

— Mon frère a fait du charme à la Mégère. Elle loue les caves aux Éternels. »

Mon ami me tint la porte pour me laisser entrer. Assailli d'odeurs de bois vermoulu, je me cognai contre plusieurs chaises avant d'atteindre la trappe menant au sous-sol. Il referma l'ouverture derrière moi. En bas, une véritable maison souterraine s'étalait sur trois pièces. Robulus et ses quatre complices étaient assis autour d'une table. Lex avait les bras dénudés et couverts de tatouages de corbeaux.

« Enfin ! s'exclama le chef d'un ton agacé. Rébus, tu sais pourtant quels sont les risques ! Nous commencions à croire que vous aviez trouvé une autre cachette... »

Il brassa l'air de la main.

« Peu importe, installez-vous. Nous devons attendre que les mages se fatiguent avant de partir d'ici. »

Mon ami s'assit à côté de Lex. L'assassin posa la main sur son épaule et murmura un mot à son oreille, sans me quitter des yeux.

Mal à l'aise, je m'attablai en leur compagnie en acceptant une bouteille de Nectar'Miel. L'un des malfaiteurs commença à raconter une histoire interminable et sans intérêt. Lex jouait avec un couteau de la taille de mon avant-bras. Son regard meurtrier me troublait.

Le récit m'endormait et je me rendis bientôt compte que je m'affalais de plus en plus sur mon siège. Les effets du café s'étaient estompés et j'étais épuisé. Incapable de résister, je finis par m'assoupir. Juste avant de fermer les yeux, je surpris une remarque de Robulus :

« Ce n'est pas trop tôt. Ma petite potion fait enfin son effet. »

$\int$

Je m'éveillai un peu plus tard dans une cave aux odeurs de moisi. Quand je voulus bouger, je constatai que des cordes m'entravaient et me liaient à une chaise. J'appelai au secours et la porte finit par s'ouvrir sur deux hommes aux cheveux noirs.

« Pourquoi suis-je ligoté ainsi ? »

Rébus fuyait mon regard.

« Cher *prince*, déclama son frère, comme tu peux le constater, tu es notre prisonnier. N'est-ce pas ce que tu voulais ? »

Mon cœur s'arrêta de battre. Plus que jamais, je sentais la solitude et l'impuissance de mon état.

« Qu'est-ce que cela signifie ? bafouillai-je. Nous avions conclu un marché ! »

Un sourire carnassier s'étala sur le visage du bandit.

« C'est vrai, ricana-t-il. Tu voulais te faire enlever, non ? On n'a fait qu'obéir aux ordres de *Sa Majesté*. »

Il parodia une révérence et s'éloigna en riant. J'avais été trahi ! Ces brigands m'empêchaient de partir à la recherche de la Princesse Noire. Moi qui rêvais d'avoir les mains libres… Quelle injustice !

« Et dire que je t'ai cru quand tu parlais d'amitié indestructible… »

Rébus recula d'un pas.

« Je n'avais pas le choix, se récria-t-il. On m'a forcé la main. Tout aurait été différent si tu ne m'avais pas révélé ton identité. Je t'en voulais de m'avoir menti durant toutes ces années et j'ai raconté ton secret à Lex. J'ignorais que cela aurait de telles conséquences.

— C'est facile de me renvoyer la faute. Ce n'est pas toi qui es retenu contre ton gré ! »

Le feu montait à ses joues.

« Je veux devenir vif-passeur, expliqua-t-il. Je devrai jurer fidélité à leur guilde après les épreuves du Suprême. Leur loyauté appartient au Royaume Minéral ; c'est son gouvernement qui est responsable de cette situation, pas moi. »

Sa révélation me perturbait, mais la colère m'aveuglait. Je ne compris pas tout de suite les implications de ce secret.

« Tu es donc un espion ? grinçai-je. Merveilleux ! Je choisis mal mes amis !

— Le Royaume Minéral cherchait un prétexte pour t'éloigner du palais. Ta proposition d'enlèvement tombait à pic. Même sans ton message, Robulus avait tout préparé pour venir te chercher. Tu lui as simplifié la tâche, c'est tout... Ne t'inquiète pas, il m'a promis que tu rentrerais chez toi sain et sauf dans quelques jours.

— Comment peux-tu être aussi naïf ? Ton frère est un assassin ! Détache-moi ! »

Rébus évita les flammes de mon regard. Je sentais ma tête bourdonner, comme sur le point d'exploser.

« TRAÎTRE ! TU N'ES QU'UN MENTEUR SANS PAROLE ! »

Mes cris causèrent le retour précipité de Robulus.

« La ferme, le prisonnier ! »

Il eut un geste de la main et je me retrouvai projeté contre le mur. À moitié assommé, je mis quelques instants à reprendre mes esprits.

« Je ne peux plus bouger, vous n'allez pas en plus me demander de me taire ! »

Robulus eut un sourire cruel.

« Tu te crois malin ? déclara-t-il d'un ton glacial. Que dirais-tu de goûter à nouveau aux délices de l'Impureté ? »

Sans prévenir, il brandit son Talisman Totem et lança un sortilège. Des épines violacées traversèrent l'air et s'enfoncèrent sous ma peau. Ce fut ma dernière image. Je sombrai dans un abîme sans couleur et empli d'une douleur dépassant de loin tout ce que j'avais connu.

CHAPITRE XIX

Nous sommes à l'aube du Jugement Dernier, enfin ! Les réfugiés climatiques ont investi la ville et se sont installés à l'abri des remparts. Je n'ose pas songer aux imprudents qui auraient pu être oubliés à l'extérieur, à la merci des dieux. Je ne souhaite cette fin tragique à personne, pas même à mes pires ennemis.

Hélas, ces derniers sont de plus en plus nombreux. En découvrant la loyauté des vif-passeurs envers le Royaume Minéral, j'ai éventé le secret de leur roi. J'ai contrarié ses plans pour obtenir le monopole sur le transport de nos marchandises. J'ai également fâché les alchimistes en promulguant une loi interdisant les fouilles de nouvelles mines d'obsidienne. Enfin, le gouvernement du Sultanat Calorique est prêt à déterrer la hache de guerre au moindre incident...

Je crains leur visite, dans quelques jours, pour fêter la renaissance de l'Astre Émeraude. Je dois préparer mon plan de bataille pour gérer ces trois fronts à la fois. Rien ni personne ne m'empêchera de lutter pour un monde meilleur !

Granada de los Calyptos
« Mémoires d'une Reine Bien-Aimée »

À mon réveil, la forêt avait remplacé la cave. J'étais ligoté à un arbre, seul, dans des bois lugubres et remplis de bêtes sauvages. Les rayons du soleil m'indiquaient que l'aube s'était levée depuis longtemps.

Le dos meurtri, j'entrepris de desserrer mes liens sans parvenir au moindre résultat. Ces diables d'assassins connaissaient leur métier... Ils m'avaient abandonné à mon triste sort. Nous étions le jour du Jugement Dernier et les Astres devaient exploser le soir même. Le cataclysme magique qui s'ensuivrait me serait fatal... Comment osaient-ils me livrer à la fureur des éléments, moi, un innocent dont le seul crime avait été de naître prince ?

Je constatai avec regret l'absence de Rébus. La trahison de mon ami était plus difficile à accepter que ma naïveté aveugle. Il fallait pourtant être stupide pour organiser son propre enlèvement et se fier à des individus aussi louches.

Une odeur entêtante embaumait l'air. Elle venait d'un parterre entier de Fleurs-Sereines, des sortes de marguerites géantes dont le parfum était réputé pour provoquer un sommeil éternel. Je commençais déjà à m'engourdir quand je vis un groupe de champignons colorés à ma droite. Leurs spores ne tarderaient pas à me causer des hallucinations.

Quelles chances avais-je de survivre à ces pièges naturels ? Entre ces végétaux vicieux et l'imminence du Jugement Dernier, j'étais perdu. Un sentiment de fatalisme s'empara de moi. Deux mois plus tôt, une vieille sorcière m'avait lu les lignes de la main et prédit une mort prochaine. À cause de mon amitié avec Rébus, j'avais rencontré Amira Al'Malwib et entraîné ma propre chute. Je ne pouvais pas lutter contre mon destin…

Impuissant, je respirai les émanations toxiques des Fleurs-Sereines. J'ignorais si les herbes soporifiques me provoquaient déjà des hallucinations, mais des farfadets verts apparurent parmi les broussailles et m'encerclèrent en dansant. Je fermai les yeux pour ne plus les voir, tandis que le sommeil engourdissait mon esprit.

« Tu es bien le fils de ton père pour tomber dans un piège pareil ! »

La voix me sortit de ma léthargie. Un mouvement avorté me confirma que j'étais toujours prisonnier. En face de moi, une silhouette blanchâtre me dévisageait.

Je clignai des yeux. Il s'agissait d'une femme à la cinquantaine d'années, dans une longue robe de bal vaporeuse. Une rivière de perles brillait à son cou et ses cheveux étaient coiffés en un double chignon serré par un filet. Son allure noble et austère la rendait particulièrement intimidante.

« Qui êtes-vous ? demandai-je d'un ton pâteux.

— Un fantôme, nigaud, dit-elle en agitant un éventail. Et je te conseille de trouver un moyen de te libérer avant que les phénix ne retrouvent ta trace.

— Quels phénix ? »

Elle haussa les bras en l'air avec accablement.

« Par tous les dieux, comment ont-ils pu rater à ce point son éducation ? »

Elle referma son éventail d'un geste sec et s'approcha en le pointant vers moi. Je déglutis devant cet ectoplasme menaçant.

« Ce sont tes pires ennemis, dit-elle d'un ton cinglant. Les Astres renferment les cendres de ces oiseaux capricieux. Les différents royaumes prennent soin de ces êtres maudits... Ils accumulent la magie toute l'année, jusqu'au jour du Jugement Dernier où ils ressuscitent pour quelques heures. Ils s'échappent alors de leur prison et déversent leur rage sur le monde. Ils se réveillent pour chanter leur malédiction sur les humains qui les enchaînent ! »

La nature des Astres m'était inconnue. Les Prêtres du Cercle nous apprenaient que les ombres qui traversaient le ciel pendant le Jugement Dernier étaient celles des dieux.

« Ils redistribuent leur énergie dans des milliers de talismans, rétorquai-je prudemment. Sans eux, nous ne pourrions pas trouver de cristaux pour nous soutenir dans nos sortilèges. »

Elle abattit son éventail sur ma tête. Je glapis en sentant le bois me frapper comme s'il était réel. Depuis quand les fantômes pouvaient-ils nous blesser ?

« Tu as le crâne bourré de sottises ! me réprimanda-t-elle. Les talismans sont des leurres pour vous pousser à nourrir les phénix et les laisser détruire votre monde à petit feu... Vous autres humains semblez oublier que la magie est dans votre sang, dans vos émotions et vos poèmes ! Vous n'avez pas besoin de ces cristaux. »

Elle brandit le poing en direction des nuages.

« Il y a longtemps, les dieux ont détruit les Esprits Sauvages, des êtres maléfiques dépourvus de compassion. Leurs corps furent enfouis dans les profondeurs de la terre. Hélas, ces monstres ont manipulé les hommes pour libérer l'Impureté et provoquer la chute des dieux. Leur cœur a été déterré pour être consumé dans les Astres des différents royaumes. La magie s'est corrompue... Une malédiction a pris forme autour de leurs cendres. Chaque année, les Esprits Sauvages ressuscitent sous forme de phénix et déferlent sur le monde.

« La découverte des obsidiennes est tout à leur avantage, car elles permettent d'utiliser davantage d'énergie et de les engraisser plus vite... Un jour, ils auront suffisamment de pouvoir pour s'incarner définitivement et réduire les hommes en esclavage ! »

Son discours me rappelait celui que les Oracles m'avaient tenu en rêve. Comment pouvions-nous ignorer cette menace grandissante ? Les alchimistes ne pouvaient être qu'alliés dans cette maudite entreprise. Leurs obsidiennes permettaient des prodiges qui provoquaient l'engraissement des Astres et le dérèglement du climat. Ces dangereux esprits leur avaient-ils promis la richesse et le pouvoir, ou agissaient-ils sans comprendre qu'une volonté supérieure les manipulait ?

« Je regrette de ne pas l'avoir compris plus tôt, avoua le fantôme d'un air peiné. Il a fallu que je meure pour découvrir l'ampleur de ce complot plusieurs fois millénaire, qui a commencé par la chute de Dohr'im. Hélas, le pouvoir des Esprits Sauvages grandit. Je les soupçonne d'être sur le point de parvenir à leurs desseins. »

Elle écrasa du pied quelques Fleurs-Sereines. Je m'étonnais de l'entendre mentionner Dohr'im, un demi-dieu oublié. Elle s'aperçut de mon air béat et m'annonça qu'elle connaissait les secrets qui me tourmentaient, car elle avait été à mes côtés depuis le jour de ma naissance. Cette femme était un drôle d'ange gardien…

« J'erre depuis longtemps pour dénouer les fils de cet écheveau, dit-elle avec dureté. Je ne pouvais pas partir en paix avant d'assister à la défaite de ces esprits damnés. Les fantômes savent se rendre invisibles et discrets… J'ai longuement conversé avec les Filles de la Lune, qui ne sont finalement pas toutes des empoisonneuses en puissance. Elles ont répondu à mes questions sur les mystères de ton existence, ce qui explique ma présence aujourd'hui.

— Je croyais qu'elles voulaient me tuer. Elles vous ont envoyée pour me sauver !

— Les Filles de la Lune, te sauver ? se moqua-t-elle. Elles préféreraient mille fois te voir mort plutôt que dévoré par les Esprits Sauvages ! Qui sait si la magie perdue que tu détiens ne leur suffirait pas à prendre l'ascendant sur notre monde ?

— Je partage ce don avec Amira Al'Malwib, la Princesse Noire. Cette magie dont vous parlez ne se déclenche qu'à son contact.

— C'est ce qui vous a sauvé la vie jusque-là. Si vous n'aviez pas été jumeaux et séparés tout ce temps, vous auriez vite attiré l'attention de vos ennemis. »

Je fronçai les sourcils avec frustration.

« Y a-t-il quelque chose que vous ignorez ? m'agaçai-je. Vous semblez tout savoir, alors que j'ai moi-même appris ces secrets au cours des dernières semaines. Pourquoi ne vous êtes-vous pas présentée plus tôt pour m'aider à comprendre ces mystères ? »

Elle tapota de nouveau le sommet de mon crâne avec son éventail plié.

« Pas d'insolence, jeune homme ! dit-elle d'un ton sentencieux. J'ai suivi ma propre route et je t'ai surveillé de loin. Tant que tu n'avais pas rencontré la Princesse Noire, tu ne risquais rien, car tes ennemis ignoraient ton identité. Ils se doutent désormais que les Messagers parcourent le monde... Ils doivent soupçonner Amira Al'Malwib d'être l'élue des prophéties à cause de sa guérison miraculeuse. Son enlèvement est sûrement leur œuvre, mais si tu te retrouves aujourd'hui attaché à un arbre, ce n'est pas de leur faute. »

Elle me rappela que j'étais toujours en très mauvaise posture. Le ciel se parait de couleurs anormales, comme un étrange crépuscule ou un orage sur le point d'éclater. Le cataclysme ne tarderait plus.

« Ta disparition profitera à d'autres individus malhonnêtes, expliqua-t-elle. Des traces de magie calorique ont été disséminées dans ta chambre pour laisser croire à la culpabilité du Sultanat. Les assassins ont leur marque de fabrique et ton cher ami Robulus a fait de ce stratagème sa spécialité...

— Ce sera une déclaration de guerre, soufflai-je avec crainte. C'est le même plan diabolique auquel j'ai participé en infiltrant le palais d'Al-Hamra. Qui est derrière ce complot ?

— Une guerre permettra aux alchimistes de s'enrichir davantage, car leurs obsidiennes seront vendues au prix fort. Au cours du mariage de Mariña, j'ai surpris Balthazar en train de rencontrer discrètement le roi Björn du Royaume Minéral... En échange d'une quantité non négligeable de ces précieuses pierres noires, le roi a accepté de vendre l'aide des vif-passeurs dans ce complot. Les maîtres du vif-argent lui ont juré fidélité : il dispose d'eux comme bon lui semble. Certains n'utilisent pas les canaux pour transporter des marchandises, mais pour espionner les royaumes voisins. Lorsque tu as révélé ton identité à ton ami Rébus, l'information a circulé par le biais de son ami vif-passeur jusqu'aux oreilles du roi Björn et de Balthazar. »

Je frissonnai en songeant que le Grand Alchimiste avait comploté avec le Royaume Minéral pour me faire disparaître. Leurs intérêts communs étaient liés au déclenchement d'une guerre avec le Sultanat Calorique.

« Pourquoi m'ont-ils attaché au milieu d'une forêt alors que le Jugement Dernier approche ? Rébus m'a affirmé qu'ils ne voulaient pas me tuer. Ne serait-ce pas plutôt à cause des Esprits Sauvages ?

— Ton ami est aussi naïf que toi, dit-elle sans aménité. Il a cru les balivernes de ses aînés aussi facilement que tu t'es précipité dans leurs bras ! N'accuse pas les ennemis de Dohr'im de tous tes maux. Leurs marionnettes ne sont pas si nombreuses et j'ignore si Balthazar en fait partie. Lorsque les phénix te dévoreront, les Esprits qui les animent seront surpris de constater que le jeu des humains aura également fait le leur. »

Je tressaillis en songeant à ce sinistre repas.

« Aidez-moi à regagner le palais ! Si vous pouvez me frapper avec votre éventail, vous pouvez sans doute me libérer ! »

Elle en profita pour me heurter à nouveau.

« As-tu simplement essayé de le faire ? Ce n'est pas à moi de sauver le monde. Il te faudra un minimum de volonté pour y parvenir ! »

Je me trémoussais, sans succès. Elle savait que j'étais condamné et cela l'amusait.

Je soupirai en songeant à la diseuse de bonne aventure qui avait prédit ma fin tragique. Deux mois plus tôt, elle avait deviné que la mort ne tarderait pas à m'emporter dans ses bras.

« C'est mon destin de mourir, dis-je d'un ton abattu. Une prophétesse m'avait prévenu en lisant les lignes de ma main. Regardez et vous verrez qu'elles se terminent brutalement. »

La femme prit ma main dans son étreinte glacée et fronça les sourcils.

« En effet, elles sont bien trop courtes, si tu veux mon avis. »

Sans prévenir, elle ouvrit son éventail et l'abattit sur son côté tranchant. L'objet me coupa profondément la paume et laissa une entaille qui prolongeait la ligne médiane.

« Mais vous êtes folle ! m'écriai-je. Pourquoi avez-vous fait ça ? Vous pensez peut-être que ça allongera mon espérance de vie ? »

Elle me menaça avec son arme et prit un air terrifiant.

« Chaque fois que tu regarderas cette cicatrice, tu te rappelleras que tu es le seul maître de ton destin. Ne te laisse jamais influencer par la terreur des autres ! »

Je restai bouche bée devant tant d'ardeur. Je finis par baisser les yeux avec soumission. Je regrettais de m'être fait empoisonner le cœur par une simple diseuse de bonne aventure. Il fallait toujours garder le courage de vivre. Ces derniers mois, je m'étais laissé porter par les événements. Il était temps de me relever et de me battre.

Avec une nouvelle volonté, je cherchai autour de moi une solution. Le fantôme s'assit sur une pierre et s'éventa. Au-dessus d'elle, des nuages verts tourbillonnaient en silence. Je glissai ma main entre les liens qui m'attachaient à l'écorce rugueuse de l'arbre. Je ne parvins qu'à me bloquer davantage. La vieille femme étouffa un rire et je la foudroyai du regard. Je secouai la corde avec angoisse. Je la sentis brusquement riper sur mon doigt, comme si l'articulation gênait son passage. Mais ce n'était pas exactement le cas : il s'agissait plutôt d'une bague qui empêchait ce mouvement.

« Par tous les dieux ! », m'écriai-je.

Je venais de reconnaître l'anneau que ma mère m'avait offert pour mon anniversaire et qu'un sortilège pouvait rendre invisible. La dernière fois que j'avais vu ce talisman, Rébus s'était enfui en l'emportant. L'avait-il mis à mon doigt en prévision de ce moment ? Il pensait que je resterais à l'abri dans le sous-sol de la taverne, mais son frère avait dû changer ses plans pour me faire découvrir le plus dangereux des spectacles. Rébus m'avait-il offert un moyen de sauver ma vie ?

Je respirai profondément et murmurai une formule. Les torsades d'argent apparurent, ainsi que les deux feuilles d'eucalyptus en émeraude. Je songeai *aux milliers d'éclats de verre agités par le vent.* Je psalmodiai **« FEUILLE »** et clignai deux fois des yeux. Le bijou irradia d'une lueur salvatrice. Des disques lumineux s'en échappèrent et tranchèrent les cordes qui me retenaient. Je me libérai avec un cri de victoire.

« Félicitations, applaudit le fantôme. J'aurais vraiment regretté de te laisser mourir ici et d'attendre la prochaine génération de Messagers. »

Elle était folle, c'était la seule explication logique. Je déchirai un morceau de vêtement pour panser la plaie qu'elle m'avait faite à la paume. Elle saignait abondamment. Je songeais avec désespoir qu'il me resterait toujours une cicatrice pour me rappeler l'origine de l'expression *« esprits frappeurs »*. La femme avait gravé sa leçon de morale dans ma chair avec une précision diabolique.

La nuit était tombée. Comme à l'approche de l'orage, la forêt était devenue silencieuse. Même les plus petits animaux s'étaient tapis dans leurs terriers. Au loin, je crus entendre le roulement du tonnerre et le hurlement d'un rapace. Mes cheveux se dressèrent sur ma tête.

« Dépêchons-nous, dit l'ectoplasme avec un soudain empressement. Les phénix se réveillent. Nous devons déguerpir et trouver un abri avant qu'ils crachent leur feu infernal.

— Que craignez-vous ? Vous êtes déjà m… »

Son regard meurtrier m'empêcha de finir ma phrase. Il ne semblait pas correct de lui rappeler que les fantômes avaient terminé leur existence. Ce n'était pas entièrement juste, puisqu'elle était la preuve qu'ils pouvaient continuer à agir sur le monde des vivants.

Je lui en voulais de s'être jouée de moi alors que j'étais attaché à un arbre, mais je la suivis docilement quand elle s'enfonça dans les bois. Des éclairs verts tombaient dans le lointain et éclairaient notre chemin. Sans un bruit, la femme me guida à travers les obstacles que nous rencontrâmes. Son sens de l'orientation était la clé de ma survie.

À présent que j'étais libre, ma volonté de vivre était forte. Mon cœur battait à tout rompre en songeant aux dangers qui m'attendaient si je ne gagnais pas rapidement la protection d'une ville ou d'un temple. Peu importait le nombre et la puissance de mes ennemis, je savais que je lutterais jusqu'à mon dernier souffle. Je voulais revoir Amira, mes amis et ma famille. Même l'Ensorceleuse, malgré ses secrets et ses artifices.

Le chignon de mon guide disparut derrière un fourré. La femme flottait au-dessus du sol et ignorait les pièges de la forêt. Avec un grognement, je la rattrapai en sautant par-dessus de grosses racines noueuses. Nous finîmes par atteindre le sommet d'une colline clairsemée depuis laquelle nous pouvions observer les alentours. Avec un pincement au cœur, je constatai que nous étions au beau milieu de la Forêt des Fées. Au loin, la clairière du Temple Végétal était éclairée de feux de joie. Elle se trouvait malheureusement à plusieurs heures de marche.

« Nous n'y arriverons jamais, me lamentai-je.

— Veux-tu une autre entaille pour comprendre ta leçon ? Ne te laisse pas abattre par ce qui te semble être le destin ! »

Ce fantôme acariâtre ne m'aidait pas à accepter cette fuite éperdue. Devant nous, une étoile filante traversa soudain le ciel, à la différence notable que son rayonnement était vert et qu'elle quadrillait le territoire sans jamais disparaître. Je compris avec angoisse que l'Astre Émeraude s'était réveillé sous la forme d'un oiseau furieux, un phénix à l'âme corrompue par la magie sauvage. Était-il à ma recherche ?

Ma compagne se dirigea vers une grosse pierre horizontale, un dolmen en partie enterré. Une ouverture nous permit de nous faufiler dans une sorte de grand terrier. Le passage n'était pas très large. Une fois à l'intérieur, nous avions toutefois la place de nous accroupir tous les deux. L'air était humide et sentait la moisissure.

« C'est un ancien temple, expliqua la femme au collier de perles. Tous les dolmens sont enchantés. Nous ne risquerons rien là-dessous. »

Je croisai les doigts pour qu'elle ait raison. Je me résignai avec fatalisme à passer la nuit sous un gros caillou, en compagnie d'un bien étrange fantôme. Du coin de l'œil, je la dévisageai et remarquai des détails auxquels je n'avais pas prêté attention. Ses yeux étaient légèrement en amande, avec de fines rides qui dessinaient des pattes d'oie de chaque côté de son visage.

Je faillis me cogner la tête en lui reconnaissant un air de famille. J'avais brusquement deviné son identité. Imperturbable, elle me sourit et s'éventa avec dignité.

Remerciements

Cette histoire est née dans les jardins du palais de l'Alhambra, à Grenade. Je garde un souvenir émerveillé de ma rencontre avec l'Ensorceleuse, un rêve éveillé au milieu des orangers en fleurs. Je suis heureux de voir l'intrigue du Souffle des Dieux se développer au fil des années et prendre la forme d'une saga complète... Ces livres maintiennent ouverte la porte d'un univers enchanté.

Je tiens à remercier ma famille et mes amis pour leur soutien dans cette aventure et pour la joie que nous partageons au quotidien. Sans eux, la magie de ces livres n'aurait pas la même saveur !

J'ai eu la chance de croiser le chemin d'une petite maison d'édition qui a publié ce premier tome en 2015. Après la disparition de cette maison d'édition, j'ai réédité cet ouvrage – une aventure éditoriale qui n'aurait pas été possible sans le soutien de mes proches.

Enfin, merci à vous, lectrices et lecteurs, d'avoir commencé votre route aux côtés des Messagers de Dohr'im ! J'espère que vous apprécierez les aventures de nos héros, qui ne sont pas au bout de leurs surprises...

Bonus / Soutien

Vous avez aimé ce premier tome du *Souffle des Dieux* ?
Vous voulez aider les Messagers de Dohr'im ?

Laissez un commentaire en ligne !

Cette série est autoéditée. Les Messagers de Dohr'im ont
besoin de vous pour se faire connaître...

BONUS : recevez des récits inédits et des
informations sur les prochaines sorties en vous
inscrivant à la Newsletter ViP, sur le site officiel :

www.vincent-portugal.fr

Rendez-vous également sur Facebook et Instagram :

@vincent.portugal.auteur

Du même auteur

Résumé de *Fabuleux Nectar*

« Du haut de sa tour du Palais Suspendu, Misha étudie ses grimoires et réchauffe ses alambics. L'alchimiste du roi est un créateur talentueux. Il invente des sortilèges et murmure des poèmes pour transformer la magie en outils insolites.

Son quotidien est bouleversé par la capture de trois rebelles des îles Liberté qui luttent pour leur indépendance. Pourquoi la princesse Séléna s'est-elle livrée à ses ennemis ? L'alchimiste soupçonne la prisonnière de profiter de sa captivité pour leur tendre un piège.

La belle étrangère prétend que son navire contient des trésors dignes des légendes, l'héritage d'un antique peuple des mers. **Ses ruses et ses manigances se teintent de mystère, de magie, et d'une alchimie fabuleuse qui pourrait changer le destin du royaume.** »

www.ingramcontent.com/pod-product-compliance
Lightning Source LLC
Chambersburg PA
CBHW052008020726
47501CB00004B/1065